战火情天系列

喋血莱茵河

彼得·海洋 著

暨南大學出版社
JINAN UNIVERSITY PRESS
中国·广州

图书在版编目（CIP）数据

喋血莱茵河/彼得·海洋著. —广州：暨南大学出版社，2015.12
（战火情天系列）
ISBN 978－7－5668－1666－5

Ⅰ. ①喋…　Ⅱ. ①彼…　Ⅲ. ①长篇小说—中国—当代　Ⅳ. ①I247.5

中国版本图书馆 CIP 数据核字(2015)第 263355 号

出版发行：暨南大学出版社

地　址：中国广州暨南大学
电　话：总编室（8620）85221601
营销部（8620）85225284　85228291　85228292（邮购）
传　真：（8620）85221583（办公室）　85223774（营销部）
邮　编：510630
网　址：http：//www.jnupress.com　http：//press.jnu.edu.cn

排　版：广州市天河星辰文化发展部照排中心
印　刷：佛山市浩文彩色印刷有限公司

开　本：787mm×960mm　1/16
印　张：16.5
字　数：323 千
版　次：2015 年 12 月第 1 版
印　次：2015 年 12 月第 1 次

定　价：48.00 元

（暨大版图书如有印装质量问题，请与出版社总编室联系调换）

引　子

在欧洲西部的版图上，法国在第二次世界大战之前，综合实力仅次于英国，而其陆军又是欧洲首屈一指的。第二次世界大战爆发，德军巧计突破法军防线，合围英法联军。敦刻尔克大撤退，30 余万英法联军突出重围，进入英吉利海峡对面的英伦三岛，法兰西三军大伤元气。塞纳河流域的法国三军仅有 65 个非主力师，英军留在法兰西战区的兵力不到一万，而德军则有 140 个主力师，其中装甲师有 10 余个。

面对德军强大的军事压力，法国雷诺内阁将三军总司令甘末林免职，而魏刚将军被任命为法军总司令。魏刚上任后立即在索姆河与埃纳河之间构筑“魏刚防线”，试图阻止德军南进。

德军在对法军防线进行毁灭性打击的时候出尽了风头。

1944 年立秋，当美军收复巴黎，正要追歼德军主力时，盟军总司令下令从 8 月下旬到 9 月 2 日停止前进。巴顿欲哭无泪。

而此时，在诺曼底战役惨败被赶下台的德军西线集团军司令冯・龙德施泰特，又由希特勒任命为萨尔河西线决战总司令，参谋长为坦克专家韦斯特法尔。当德军准备非常充分时，盟军司令艾森豪威尔命令巴顿 9 月 5 日在萨尔河西线攻击，挺进法兰克福！

1944 年 9 月 5 日、6 日，美军在通往默兹河以东的洛林地区的路上与德军进行厮杀！

9 月 8 日，德军坚决反击，德军第 106 装甲旅突击美军 90 师在奥梅兹的防线，敢死队杀进美军师部，同时德军炮火突击美军第 11 与第 7 装甲师。

巴顿将军在前线沮丧落泪，苦战了几天。12 日，巴顿亲自指挥第 7 装甲师在摩泽尔河突破德军防线，进抵德军阿纳维尔桥头阵地。

9 月 19 日到 25 日，美军对德军展开苦战，美军离攻抵德军重要防线梅斯仅数公里时，美第 12 军付出了惨重代价。当进达南锡，巴顿欣喜若狂之时，盟军总司令又一次命令他停止攻击。

9 月 30 日，一个惊心动魄的凌晨，美第 35 军突遭德军急袭，巴顿乘飞机急奔前线，指挥第 6 装甲师，铁血反击德军……

1944 年 12 月中旬，早被希特勒赶下台的元帅龙德施泰特又被任命为西欧总司令，指挥25个主力师向美军反攻，决战在阿登山区。

1945年1月1日，德军在马斯河再次正面与美军血战，1 200余架飞机扫荡美军！

1月3日，德军进行最大规模反扑，在阿登山区全线展开拼杀！

1月底，德军在阿登反击战中被歼10万之众，损失飞机1 200余架……

1945年2月，巴顿的铁血军团直逼德军据守的齐格菲防线。

2月8日，加拿大第1集团军重点急袭德军防线。

2月23日以后的一个月内，美第1集团军、第9集团军、第3集团军等数路铁军直逼德军防线；蒙哥马利指挥的英军第21集团军，也向前攻击推进，饮马莱茵河畔，雄师咆哮……

作品揭示了向莱茵河进击的盟军将士的轨迹，融学术性、知识性、哲理性、传奇性为一体，引人入胜。

彼得·海洋

2015年8月28日

目 录

第四卷　希耶河以东的决战

第五卷　血染阿登山区

第六卷　突破莱茵河防线

第一卷　血战两天两夜

血战两天两夜·卷首语

美第3集团军解放了巴黎，使巴顿名声大噪，正当巴顿所部旗开得胜，一个更大的胜利向美第3集团军招手之时，盟军总司令艾森豪威尔下令，从8月下旬至9月2日这段时间，限制巴顿所部的战车及其他一切动力燃料，命其停止前进5天，巴顿与他的将校们欲哭无泪。

1944年9月4日，巴顿接到盟军总司令命令：立即恢复对萨尔河西线的攻击，挺进法兰克福！

德军被俘军官2 500多名，其中将军24名

美第3集团军的作战参谋们沉重地告诉艾森豪威尔将军：这一进攻命令来得太慢了，德军利用巴顿所部停止推进的5天时间，在萨尔河西线重新部署了决战体系，63个野战师中，只有15个装甲步兵师，同时，在诺曼底战败被赶下台的德军西线集团军司令冯·龙德施泰特又被起用担任总司令，希特勒为他配了精明的参谋长韦斯特法尔。韦斯特法尔这个坦克专家，早在北非战区，就充任过隆美尔的战略战术助手，其后又在意大利战区担任凯塞林元帅的参谋长。现在他告诉指挥部的将军们：元首下令坚决阻止盟军前进，控制荷兰战局，并向兰斯反攻！并命令第1集团军的冯·诺拜尔斯道夫特将军指挥7个师、1个装甲旅，配备足够的大口径火炮，在战斗机、轰炸机的有力协同下，在距鲁尔区不远处组成坚固的防线阻止美军！

1944年9月5日、6日两天，美第3集团军在通往默兹河以东的洛林地区的路上，面临着一场血与火的考验！

第一章　得意的德军参谋长

小引

1944 年 9 月 5 日晨，德军韦斯特法尔将军被一阵急促的脚步声惊醒，他习惯性地眨了眨眼睛，撑起半截身子，抬起头正要喊值勤作战参谋时，作战部长顿帕·马迪得已经推门进来："将军，前线急电！"

右为德国盖世太保头目海德里希，1942 年被捷克人刺杀

“谁发来的?”韦斯特法尔说着两腿下床。

“第1集团军冯·诺拜尔斯道夫特将军!”马迪得立正回答，“请阁下审读电文。”

韦斯特法尔将军伸手接过电文，灯光下一排排文字映入眼帘：

“美国第3集团军巴顿将军，指挥其第80师在摩泽尔河发动攻势，敌人空军给我摩泽尔河阵地带来毁灭性打击。我请求航空兵立刻轰炸美军渡河部队……”

读到这里，韦斯特法尔将军不愿意继续看下去，他将电文“啪”的一下重重扔在床边的桌子上。低头思索半晌，不知为什么，他的脸色突然放晴，他抬头对马迪得说：“守好司令部。”

“将……将军，这……这……”马迪得不得要领地盯着参谋长，“您这是……”

“以你的军衔，你应该明白了。”韦斯特法尔向马迪得挥一下手，转眼盯着一个作战参谋，“备车，快!”

“将军，上哪儿去?”马迪得问。

“歼灭巴顿的机会到了，这是一个不可多得的机会，我不能坐在司令部等待胜利的电文，我要亲自到战俘营去把伪装成炮手的巴顿给找出来!”韦斯特法尔将军一脸得意，仿佛巴顿已在他的战俘营中。

这位将军一边穿制服，一边还在说：“快，向龙德施泰特元帅报告，说我已经乘车去了前线，到摩泽尔河前沿阵地去了。集团军的特务第2师也跟随我增援摩泽尔河防线，航空军两个大队立即出击!”

“是，立即执行将军的命令!”马迪得受其影响，也精神起来。

一辆德军指挥车向摩泽尔河防线飞驰，车中的人无暇顾及车窗外一闪而过的丛林和房屋。韦斯特法尔沉浸在自己的想象之中，脸上浮现出少有的微笑。他不时抬头对窗外作随意的观看，时而吸烟，时而与随行的作战参谋交谈，一举一动都显示出对于战胜巴顿的十足信心。

早在8月下旬，巴顿将军指挥的第3集团军正向德军腹地全速推进之时，韦斯特法尔就收到作战部长马迪得派人送来的情报：

盟军总司令艾森豪威尔限制第3集团军的行军速度，其手段是控制巴顿所部所需汽油。目前巴顿的坦克、装甲车、汽车等以汽油为燃料的动力车辆全部无法开动，第3集团军只能在默兹河以东的洛林地区集结待命……

看着这份情报，韦斯特法尔将军心里的高兴劲儿简直无法用语言表达。他脚步轻松地走进龙德施泰特元帅的指挥部。

龙德施泰特曾是希特勒的爱将，是被称为“西线顶天立地之柱”的人物。然而诺曼底防守失利后，这根“柱子”遭到前所未有的冷遇。他被希特勒打入

冷宫，度日如年般待在一幢被希特勒遗忘的山间别墅中打发光阴，等待着东山再起，重返军事指挥舞台。有些将军平日里横行战场成性，突然环境大变，在这样寂静的地方无所事事，便不堪忍受。如果像龙德施泰特那样又遭到希特勒一顿顿的臭骂，有人甚至会精神压抑，拔枪自杀。龙德施泰特想起这些，对比着自己被重用时的威风与失意后的凄凉，心中很不是滋味。他多次上书希特勒，请求给他个战术顾问之类的差事，以尽余生之力。希特勒每每读到龙德施泰特捎去的信，都冷冷地对周围人说："都听着，不好好干，就会如此！我有的是将军预备队！"

终于，希特勒命令龙德施泰特直飞他的作战指挥部的电文传下来了。这是一封龙德施泰特少见的电文命令，希特勒在电文中首先就写道："马上来接受作战命令！"

龙德施泰特抵达希特勒官邸后，发现元首脸上肌肉绷得很紧，双眼布满血丝。见到龙德施泰特，希特勒向左右挥了挥手，副官退避开了，房间里只剩龙德施泰特与希特勒。

"报告元首阁下，德意志帝国元帅龙德施泰特奉命赶到！"龙德施泰特打破抑人的寂静。

"哦，知道。"希特勒简洁地回答。

屋里又静得连掉根针都能听见，龙德施泰特笔直地站着，等候着元首开腔。

"你看看，"希特勒终于说话了，他指着巨幅地图，"这里，看这里。"

这时的龙德施泰特真是全神贯注，他看见地图的中间有一块被红线圈住的多边形块，方块的左上角有"洛林"字样。在"洛林"二字的边上又注明了"美第 3 集团军集结地"。

"这么说巴顿所部已进入默兹河以东地区？"龙德施泰特问。

"不能说进入默兹河地区！"希特勒反驳说，"你应该重新认识、理解这一地名。"

"元首，这一地区改成代号了？"

"元帅阁下，你应该读点历史，特别是世界军事史中有关法兰西战事方面的描写！"希特勒用不耐烦的语气说，"不懂军事史的军人，永远只能当副官！"

龙德施泰特听得心中极其不悦，他决不认为自己只是一介武夫，虽然从某种意义上讲，他的确只是这个"奥地利下士"的高级副官，诺曼底一役后，他的军事生涯似乎已经走到尽头，但这并不等于自己一无所知。龙德施泰特心中愤愤不平，可表面上却平静如水，他没有胆量与元首顶嘴。

"你应该知道，法兰西第二帝国是怎样灭亡的！"希特勒不无得意地说，"巴赞元帅为何最终在梅斯投降！"

其实希特勒提示的这一历史，龙德施泰特是很清楚的。1870 年，普鲁士与

法国爆发战争。双方首次交战在马斯拉图尔，由于多种因素法军大败。此后，双方又频频在圣普里瓦特、格拉沃格特激战。普鲁士将士凭着正确的战略与战术，精良的武器以及最优秀的战术指挥官，逼得法国巴赞将军无路可走，只好在梅斯向普军无条件投降，第二帝国也就到此结束。法兰西民族在默兹河畔留下了屈辱的一页。第一次世界大战刚刚爆发，法国国防部获悉德军将从默兹河以东地区直逼法军。法军立即调集重兵决心与德军在此地区决一雌雄，而德军更是重兵投入，这场战斗以法兰西数万将士葬身于默兹河以东的洛林地区而告终……

龙德施泰特不能再沉默了，他知道元首刚才反驳自己的意思了：默兹河地区从来就是法军的葬身之地，是法军的墓区，而这次也将是盟军的墓地。于是他发誓般地说：“打败盟军我有足够的信心！”说着他不等希特勒首肯，就抓起桌上的地图示意棒：“这里，我要在洛林歼灭巴顿！”

“信心不等于胜利，元帅！”希特勒不带表情地说，“谈谈胜利的条件！”

龙德施泰特脸上终于浮现出一丝得意，他挺了挺胸，显得格外精神。

“洛林地区，”龙德施泰特用示意棒点在十字形标识上，“摩泽尔河、尼德河、萨尔河都在这里汇合。”

“嗯，从战略上讲我们要利用这一地理条件。”希特勒说，“将你的想法讲出来。”

龙德施泰特赶紧利用这一机会充分显示自己的才能：“这一地区山脉起伏，森林覆盖面极广阔，而眼下的 9 月又是雨季，洛林地区大小河流纵横，在这片沼泽中，美军的坦克、装甲车、大炮如何运动呢？”

“是的，装甲部队困难重重。”希特勒又给龙德施泰特出了个难题，“但他们可以动用步兵强渡各条河流，对我军正面或侧翼发起进攻！”

“元首阁下，我们还有这条防线。”龙德施泰特指着地图上一条如同河流般的黑粗线说。

“马其诺防线？”

“对，法国人遗留下来的这条马其诺防线，我军可充分利用其作防御战线。没有坦克掩护的步兵只要发起进攻，马其诺防线就会是他们的坟墓！”龙德施泰特挥舞着双手，“胜利！我们在洛林只会胜利！请求元首阁下将此役的指挥权交给我，并给我配备一位能攻善守的参谋长。我要求他具有敏锐的战略头脑与战术头脑！”

“好，我将任命韦斯特法尔将军为你的参谋长！”希特勒实际上早有准备，他扭过头，“传我的命令，韦斯特法尔将军出任龙德施泰特元帅的参谋长！”

“是！”一个作战参谋应声答道。

龙德施泰特元帅对韦斯特法尔将军出任他的参谋长表现出极大的兴趣。韦斯

特法尔是德军中较为年轻的将军，早在北非战区，他就担任过隆美尔的高级副官，以显赫的战功受到希特勒的多次赞扬。这次受命后的第二天韦斯特法尔就与龙德施泰特见了面。看到年轻有为的参谋长，龙德施泰特像碰到老朋友般起身表示热烈欢迎。两人寒暄几句后就转入正题。龙德施泰特用半认真的语气说："参谋长先生，你可是通天人物啊，有什么事我办得不妥，请多多包涵。"

"将军阁下，元首已经为我们创造了打胜仗的有利条件。当然这也包括地理、自然条件。"韦斯特法尔坦白，"我在给凯塞林元帅当参谋长时，都没有这么好的条件。"

"参谋长先生，那是意大利，这是洛林地区！"

"是的。"韦斯特法尔说，"我们对战役的认识应该达到统一。元首对我们的要求是：不惜一切代价阻止盟军推进，同时固守荷兰，寻找一切战机向兰斯地区反攻，夺取这一战略要地！"

"可以完成作战任务，只是兵力略显不足，你认为如何？"龙德施泰特说。

"没问题！"韦斯特法尔非常自信，"巴顿因燃料短缺停止前进了整整 5 天，是吧？艾森豪威尔不知道卡住巴顿不让其行进，实际上等于自掘坟墓！"

"我知道，参谋长先生。"龙德施泰特说，"你看，我们在这一地区共部署了 63 个作战师，其中有 17 个装甲师与装甲步兵师。我第 1 集团军司令诺拜尔斯道夫特将军在离鲁尔区不远的地方部署了 7 个作战师，1 个装甲旅，炮火配置合理，专门打击巴顿！"

现在，巴顿不等德军反攻，就自己送上门来。得知摩泽尔河的战斗打响后，韦斯特法尔坐不住了，他认定此役是打败巴顿的最好时机！

汽车沿着摩泽尔河的防洪堤前进，两架轰炸机正高速驰往摩泽尔河战区上空。

"油门加到最大，最大！"韦斯特法尔命令驾驶员，又随手抓过电台授话器接通了第 1 集团军司令部。

"将军，第 1 集团军司令诺拜尔斯道夫特将军已经在一线，正组织兵力反击！"作战参谋回答。

"告诉他，我马上到！"

汽车闪电般向摩泽尔河冲去！

第二章　摩泽尔河的激战

小引

9 月 4 日晚上，天黑沉沉的。经过一天激战的美军第 80 师的官兵们不顾疲劳，又开始利用夜色作掩护，继续向德军据守的穆松桥阵地攻击！

希特勒下令占领法国全境

美第 12 集团军军长曼顿·埃迪将军，不顾第 80 师师长及参谋长的劝阻，决意到承担主攻任务的第 80 师去。在第 317 团，团长麦洛因上校满头大汗地向军长报告："无论付出多大代价，317 团今夜一定渡过摩泽尔河！"

"上校，"埃迪将军走上前，"无论如何，摩泽尔河是要强渡的，但要尽量减少伤亡！"

"听说你团二营伤亡很大？"一个将军的随同作战参谋问团长。

"新兵连已经补充进去，二营编制正常！"麦洛因上校回答作战参谋后，马上扭过头面向军长，"将军，我团步兵炮损失很大，能否补充 10 门？"

"20 分钟后送到你手里！"埃迪将军很爽快地回答，"立即组织攻击队出发！"

这一夜的摩泽尔河，是弹雨纷飞的天地，是大炮齐鸣的世界，也是军人们厮杀的场所。美军 317 团官兵在团长麦洛因上校指挥下，冒着德军密集的炮火与机枪组成的火力网奋力搏击……

能否夺取摩泽尔河，是关系到美军能否突破德军西线防御的重要因素。8 月下旬，盟军总司令艾森豪威尔下令在油料等动力能源上，限制巴顿所部的行军速度。巴顿不顾自己的政治前途，怒气冲冲地赶到他的上司布拉德利将军的指挥部，咆哮道："将军，争取时间就是争取胜利，胜利就在速度，为什么下令对我实施汽油限量？"

"巴顿将军，"布拉德利用同情的目光看着巴顿，"本人只是执行艾森豪威尔总司令的命令，我没有下达如此命令的权力，请你谅解。"

"你……你简直成了一个活动的传令兵，根本不像集团军司令！"巴顿毫不客气地说，"请你转告总司令阁下，第 3 集团军已经进入默兹河以东的洛林地区，这是军事战略要地，又是德国人多次打败法兰西的不祥之地。我不会像巴赞将军那样为了生命放下武器，但我不能保证所有官兵不在恶战中走巴赞将军的路！"

布拉德利将军有什么办法呢？巴顿把他当作出气筒，但他无权下令让巴顿所部继续推进！

9 月 4 日上午 11 点 20 分，布拉德利将军风尘仆仆地赶到夏隆附近的巴顿将军的司令部。巴顿像往常一样平静而又热情地欢迎老上司的到来。简单的午餐吃完，巴顿首先说话了。只见巴顿用手支着面颊，喝着咖啡对布拉德利说："阁下，我们的大脑并不迟钝，而我们的总司令艾森豪威尔反应慢了至少两拍。"

布拉德利将军故作不解地问："巴顿先生，你说的我怎么像是听不明白？"

"你明白，而且非常明白！"巴顿毫不客气地直言，"总司令是位伟大的指挥家，但在这场交响曲的指挥台上他暂时失控了！"

布拉德利将军似笑非笑地听着，一边喝着咖啡，一边凝视巴顿，听他继续说下去。

巴顿站起来，顺手揭开布帘，一张巨幅地图出现了，那上面红、蓝、黄、黑各色箭头纵横交织，展示着双方兵力在洛林地区的集结、进退。

巴顿语气沉重地说：“我们现在歼灭德军的条件不是兵力。”

“对，是时间，是速度!”布拉德利将军马上回答。

“既然你也知道，那么艾森豪威尔命令我第3集团军停止前进5天，你为什么不抗拒这一将是历史性错误的命令呢?”巴顿单刀直入。

“这……这个……”

“布拉德利将军，我第3集团军进入的洛林是不祥之地，这个你不知道?”巴顿截断布拉德利的话，“9月、10月这一地区是雨季，在河流纵横交织的地区，我的坦克、装甲车、汽车不都成了一堆堆废铁吗?没有坦克、单靠步兵将是什么结果?”

“巴顿将军，你是否太过虑了点呢?”

“过虑?”巴顿打开情报夹，“这是今天清晨送达的最新情报。”说着便将其递到布拉德利将军手中。

布拉德利仍然坐着，他扫了眼巴顿阴沉沉的脸色，才伸出手来接过情报：

“德军利用我军停止前进的5天，向西线快速调进63个作战师，其中有15个师为装甲步兵，由龙德施泰特任总指挥，韦斯特法尔任参谋长。与我第3集团军作战的是诺拜尔斯道夫特指挥的德第1集团军。诺拜尔斯道夫特利用第3集团军停滞之机，已将7个作战师、1个装甲旅调配妥当，并在距鲁尔区较近处修建了一条坚固防线，后勤补给充足，火力配置极佳，防空火力封锁严密，这是德军在此地区内最坚固的防线……”

布拉德利将军读到这里说：“诺拜尔斯道夫特是只老狼，在军中以坚韧凶悍著称，打死这只狼，其他狼就会恐惧而逃跑!”

“我立即向3个军长部署战术!”巴顿说。

布拉德利在一边坐着听巴顿部署。过了一会儿，他问：“主攻由哪个军负责?”

“12军，埃迪将军的部队!”巴顿胸有成竹地说，“他擅长攻坚，是一流的实战专家，这是经过多次血战验证的!”

“好!”布拉德利将军赞成，“由12军在前面开路，强渡摩泽尔河后立即攻占南锡，接着直取曼海姆，夺取莱茵河!”

巴顿坚决执行布拉德利将军的命令。

然而，制订的战役计划与战场的实际效果往往有一定距离。第80师317团在白天的血战中，给巴顿将军的报告是：“德军并不像我们战前想象的那样是一群羊，有很多党卫军，实战证明他们是一群疯狗!”

巴顿将军的回答是："无论是羊还是狗，317 团必须夺取摩泽尔河！"

现在，美军 317 团营长杜尔特少校虽然率部渡过了摩泽尔河，但部队已付出巨大伤亡，过河后只能在原地固守，无力扩大战果。杜尔特少校看着机枪手在一个小坑中忙着寻找最佳射击方位，他大吼："快打，掩护部队冲击，快快快！"

"少校，"一个中士在后面叫起来，"敌人的火力点潜伏在右前河堤后面！"

纷飞的弹雨中，杜尔特少校在中士的提示下，注意到右前的防洪堤后面，同时有近百条火舌喷射出来，将突击部队压制在滩头。看来，不干掉这个中心火力点，部队要想占领摩泽尔河登陆场阵地，肯定很困难，而且会付出更加惨重的代价！

"报告少校，发现敌人两门野战炮！"又有士兵报告。

战前在对德军的正面防线进行火力侦察后，美军得知了大部分德军炮火分布，特别行动队将德军炮兵阵地的方位全部标校出来，交给了炮兵指挥部。战斗开始前，炮兵指挥部按所校距离、方位进行了一轮火力压制的攻击。随后步兵比较顺利地占领了穆松桥，并从这里强渡摩泽尔河，其间德军的炮兵阵地没有一门炮开火，大家以为德军炮兵遭到毁灭性打击。现在突然冒出两门野战炮，大炮响起，炮弹在步兵群中爆炸开花，部队的伤亡就可想象了。

"四排，四排！"杜尔特少校在弹雨中焦急地喊着，"四排长，戴施兹少尉！"

"少校，我在这儿！"四排长戴施兹少尉回答。

"去，把敌人两门炮干掉后，马上从左后敌中心火力点突袭！"

"是！"戴施兹少尉有力地回答完，带队顺着河滩沿着洪水冲击形成的沟向德军迂回。

"火力掩护！"杜尔特命令。

戴施兹少尉率部越过了德军的地雷封锁区，他们发现德军两门野战炮前的士兵，纷纷离开炮位向中心火力点跑去。正纳闷之际，一个地洞口冒出人头，接着又一连窜出十几个德军，直扑炮位，他们拉炮栓，搬炮弹上膛。这一下戴施兹少尉清楚了，刚才是敌人步兵帮忙将打翻的大炮拉起来架好。隐蔽在地洞中的幸存炮兵见大炮已复位，便冲出洞准备向美军攻击。

"轰！"一发炮弹在摩泽尔河中爆炸，掀起了巨大的水柱，将一条满载美军步兵的船掀翻。戴施兹心中的怒火顿时燃烧起来。他一挥手："上，炸毁敌炮！"

部队借助地形掩护，直向德军两门野战炮冲去。

德军罗纳奥中尉是弄炮的老手，当他的炮兵阵地遭到美军远程大口径火炮攻击时，他认为大炮损失了可以再造，但士兵的伤亡一时却无法补充。所以为了减少损失他放弃了大炮，让官兵们进入隐蔽地洞。美军炮击完毕他也没有出来，因为打冷炮将会造成更大伤亡。只是当他发现有两门炮只是被炸翻，复位后完全可

以射击时，他才命令士兵将炮推入阵地。

“中尉，前面是我们撤下来的步兵呢，还是敌人？”一个德军瞭望哨问。

“前面部队打光了，你不知道？”罗纳奥反问，“去，向他们打信号！”

两颗红色信号弹“砰砰”升空，悬挂在长空持续了一会儿才熄灭。

看到两颗红色信号弹，戴施兹少尉不知道是什么意思。但有一点他明白，敌人发现有部队向其炮兵阵地移动，这很有可能是联络信号。

“排长，有个家伙向我们瞭望！”一个战士奔过来报告，“在你正面的树上！”

戴施兹少尉向那报告的士兵点了点头，举起了望远镜，当他将目光停在正面一棵并不很高大的树上时，才发现同样用树枝伪装的德军，正向自己这边观察。显然这是德军炮兵观察员，也就是炮兵的眼睛，打死他就是打瞎了大炮的眼睛。

“给我步枪！”戴施兹咬着牙向跟进的中士说，“快！”

一支步枪压满子弹递到四排长手中。

“看我打死这条狗！”戴施兹说着双手托起枪，只见他眯着一只眼睛瞄向那个德军，只听“砰砰”两声枪响，树枝上“咚”地掉下一个德军滚进炮弹坑。

“前进，冲进德军阵地！”戴施兹命令着，自己首先直冲过去。

战场上的形势一下子对盟军有利起来，由于盟军冲击得距德军炮兵阵地很近，进入炮火死角，德军炮手离开炮位，拿起轻武器，利用炮身作掩护，对美军攻击部队实施还击，子弹在空中横飞。

戴施兹卧倒在德军火力下，德军打来的一颗颗子弹几乎是擦着头皮飞过，但他毫不在乎。挥手投去一颗手雷，借助手雷爆炸的烟雾他猛冲过去，“咚”地撞在一个正扑过来的德军身上。眼疾手快的戴施兹举枪就打，枪前的刺刀正刺在德军右腮下。这个德军是战场老手，他忍住疼痛双手抓住刺刀就飞起一脚踢向戴施兹下腹部。戴施兹闪开德军突袭的一脚，全身向前用力推进步枪。刺刀毫不留情地扎穿了德军脖子，他倒下了，但是又有三个德军不顾死活地扑上来。

“砰砰”两声枪响，三个扑过来的德军立即倒下了两个，另一个家伙引燃身上的炸药，导火索冒着白烟，显然他是想与戴施兹同归于尽。

“臭小子！”戴施兹骂了一句举枪打去，德军胸部中弹，但他咬牙吼叫着扑过来，不过还是晚了点，他背后的炸药“轰”地爆炸了。

看到德军炮兵被一个个地收拾掉，戴施兹兴奋地命令：“向德军中心火力点攻击！”就在这时，德军隐蔽的机枪开火了，戴施兹少尉不幸中弹倒下。

杜尔特少校率部冲上来了，很快有人报告戴施兹少尉阵亡。杜尔特少校急忙上前，浑身被血水浸透了的戴施兹少尉已经停止了呼吸……

“迫击炮攻击敌中心火力点！”杜尔特少校命令。

几门迫击炮开始急袭，德军中心火力点在炮火中显得有气无力，杜尔特乘机率部冲向德军阵地。当午夜即将来临时，巴顿终于收到了第 12 军军长埃迪将军的电报：“我第 80 师 317 团一个营已渡过摩泽尔河，318 团正在马尔巴什的 338 高地血战，请求航空兵支援！”

第三章　338高地的鲜血

小引

318团是美第12集团军第80师一个齐装满员的主力团队，其作战任务是：在317团向摩泽尔河发起攻击的同时，向马尔巴什的战略高地338阵地发起攻击，争取一举夺下338高地，不能拖泥带水！

突尼斯战役中的巴顿

318 团团长莫尼克上校率部快速赶到 338 高地右前方。特务连连长雷尔列上尉满头大汗地迎了上来：“报告上校，特务连侦察完毕！”

“说！”莫尼克上校没有一个多余的字。

雷尔列上尉是位老资格的连长，他从西点军校毕业后正赶上第二次世界大战。几年的战争生活，将他从一个军校生培养成为战场指挥官。这次接到出击的命令，他并未急于出发，而是展开地图进行了认真研究，他反复看了攻击路线后，对团长莫尼克说：“上校，想要知道德军在 338 高地的兵力，我们只能抓个活口来问！”

“对，只能是敌俘口供，一定要是中层军官！”

雷尔列上尉清楚：只有在 338 高地抓到少校以上军官，才能摸清敌兵力情况，而要抓住敌少校以上军官又是何等不易啊！

9 月 4 日中午 12 点，正是德军一线阵地午餐的时间，雷尔列在当地农民掩护下，走进离德军前哨阵地仅 500 米的草棚中。这个叫柏舍曼的老农民与德国兵混得比较熟，不时地为这些德军弄酒、牛肉、鸡。今天他听说为歼灭这些德国鬼子，盟军大部队马上就要发动攻势，于是兴奋地主动要求做向导。雷尔列向柏舍曼道明身份和任务，柏舍曼一个招呼就将德军哨兵叫了过来，将 2 瓶酒、3 斤牛肉递到德军哨兵手中。德军哨兵正乐着时，雷尔列从草棚里面走了出来，用手枪顶住德军哨兵背心问：“哎，你们前哨指挥官什么时候到你的哨位？”

在生与死面前，德国哨兵选择了前者。他交代，下午 1 点钟时有一个叫高施泰的少校要到一线视察步兵阵地。雷尔列得知后，急忙作准备。终于在下午 1 点准时抓住了德军高施泰少校……

现在，莫尼克上校已经审问完高施泰少校，根据高施泰少校的交代，德军在 338 高地正面有炮兵与步兵协同作战，工事比较隐蔽，正面工事的交通壕可通左右及后方补给线。338 高地的左侧较薄弱，因为这里是由一队波兰步兵据守，但军官全为德国人。莫尼克上校此时无法断定德军高施泰少校交代的情况的虚实，他对雷尔列上尉说：“你用两个连对 338 高地左侧实施火力侦察攻击！”

雷尔列上尉率两个连进抵 338 高地左侧，先期来到的欧诺根中尉指着德军阵地的一面军旗说：“上尉先生，德国人在这里有一个步兵炮阵地！”

通过望远镜，雷尔列上尉已经将隐蔽在树林里的德军炮管都看清楚了。再看看自己部队所处的位置，已经完全暴露在德军的炮火下面，显然那个高施泰少校在说谎话。但此时已兵临敌阵，再撤有可能惊动敌人，伤亡也不会小。雷尔列上尉思索一番后，操起电台直接与莫尼克上校通话。莫尼克上校果断地命令：“欧诺根中尉率一个排向敌炮兵阵地隐蔽前进！”

“上校先生，我请求派遣坦克支援我们作战！”雷尔列上尉请求说，“我需要

10 辆 M24 坦克掩护步兵进攻!”

“上尉，坦克正向你的攻击区域前进，请欧诺根中尉准备攻击，远程大炮马上开火!”

“轰……”莫尼克上校的话音刚落，美军远程大炮就咆哮开了，一发发重磅炮弹直袭 338 高地，巨大的硝烟柱直冲长空，黑色的烟雾立即罩住了德军阵地，也挡住了美军攻击部队的视线。

“上尉，命令欧诺根中尉出击，立即出击!”莫尼克上校在电台中命令。

“是，立即执行上校的命令!”雷尔列上尉回答。

在 338 高地上，德军指挥官苏哈津上校冒着美军密集的炮火赶到机枪阵地，机枪营副营长跑步上前：“报告上校，我营营长高施泰少校失踪，106 号哨位哨兵去向不明!”

“敌人炮火猛烈，步兵攻击马上就冲到我阵前了。你现在的任务是在阵地监视阵前动态，守住 338 高地，确保马尔巴什的安全!”苏哈津上校没好气地命令。

“上校，我营失去正职指挥……”

“高施泰少校一定出了意外，在高施泰少校没有回营部之前，你责无旁贷，指挥全营作战，我立即向师部报告。”

“报告副营长，美军突击队杀进我步炮阵地!”一个上等兵满脸是血地赶过来报告，“炮兵指挥官阵亡，炮兵们正拿起轻武器反击!”

刚刚得令指挥全营的副营长蒙奇富挥手一指：“营特务排，增援炮兵阵地，快!”

德军机枪营的特务排，一律配自动火器，可近、远距离作战，同时可作长途奔袭。按照 338 高地总体作战部署，这个特务排有对炮兵阵地实施保卫的作战任务，但蒙奇富没有料到美军攻击部队这么快就冲上来了。

美军在德军步兵阵地前打响了战斗，激烈的枪战中双方都奋力拼杀!

美军欧诺根中尉在炮火与雷尔列上尉的掩护下，已经攻进德军炮兵阵地。他利用手雷一口气炸毁两门德军隐蔽完好的步兵炮，又发现右前的一门德军炮的后面，有几根电线牵向远处，四根无线电天线也隐蔽在火炮后面的树枝上。实战经验丰富的欧诺根中尉顿时心中大喜，他叫：“三班，一排三班!”

“中尉，我们在你后面!”上等兵鲁斯洛奔上来。

鲁斯洛是一排三班的领头，经历多次战斗，具有攻坚的经验，他的班配有两挺班用机枪。欧诺根中尉指着电线伸出来的洞口说：“敌炮兵指挥部在这里，去炸毁它，炸毁洞口!”

打掉敌炮兵指挥部，消灭敌炮兵指挥官，就意味着摧毁了德军的整个炮兵阵地。鲁斯洛明白自己作战任务的重要性，他对中士说：“伙计，我若战死，你立

即接替我指挥全班进攻！”

中士默默地点了点头，正要说什么，另一个士兵对鲁斯洛说：“上士先生，你看，你快看！”

顺着士兵手指的方位，他们看到四五个德国军官从硝烟中冒了出来，沿着一条一米左右深的交通壕直朝这个地洞口走来。

“沉着，沉着！”鲁斯洛压低嗓门对同伴们命令，“让敌人进了设在洞中的指挥部，我们再炸洞口！”

士兵们都卧倒在炮弹坑与各种隐蔽物后面，两眼瞪得大大的，随着这群德军军官移动，直至他们进了洞。

鲁斯洛注意到，当德军这几个军官走到洞口时，从洞口的隐蔽处冒出十几个人头来，显然这十几个家伙是洞口的警卫。要想炸毁洞口，消灭洞中的德国炮兵阵地指挥官，首先要闪电般解决洞口的这十几个家伙。

“手雷准备！”鲁斯洛两眼一眨，一个计划出来了，“请各自利用地形前进，目标洞口！”

士兵们个个都拧开手榴弹保险盖，拉开外围环，手指勾住了导火索，等待投出去的命令。

50 米，40 米，35 米，离洞口越近危险就越大。美军两挺勃朗宁自动步枪突然开火扫射德军洞口及周围，狡猾的德军却一枪未发继续隐蔽，鲁斯洛一挥手：“投弹，投弹！”

“轰！”十几枚炸弹几乎是同时投向洞口。

“投，每个人投四枚！”鲁斯洛又命令。

雨点般的手雷直飞洞口四周，炸得隐蔽的德军血肉横飞，脑浆四溅。

“冲，冲上去！”鲁斯洛命令。

步兵们冲上去了！

鲁斯洛在离洞口十几米的地方，看到一个倒在血泊中的德军少尉，正吃力地爬向前面那挺压满子弹的机枪。看来这个德军少尉是一个顽固的法西斯分子，即使负伤他还想用机枪扫射正在攻击推进的美军。

“老子要你挣扎！”鲁斯洛自言自语着，举枪“砰”的一个点射，那德军伸出的手停在机枪跟前了，他如同狗啃屎般嘴巴直贴地面，四肢再也不见动弹。

“啊——”一声嘶叫从鲁斯洛右后传来。鲁斯洛敏捷地向旁边避去，扭头看到一个人高马大的德兵举着锋利的刺刀向他突刺过来。在这种时刻鲁斯洛已没有机会还击了，他向下一蹲，刺刀尖从他头皮上掠过。不等他收回枪，鲁斯洛举起手枪射击，但关键时刻手枪没有响，卡壳了！

“打！”鲁斯洛跳起来挥枪朝德军脸上打去，这德军忍痛正要再刺，“砰”的一声，他背后中了一弹，子弹从胸前穿过来，德军倒下了……

“上士，炮火开始延伸，后续部队没有跟上来，我们是不是固守一个战壕等待后续部队上来了再攻?”一个中士奔过来建议说。

“不行，没有时间了!”鲁斯洛断然拒绝这个建议。

“上士，我是……”

“你若是美利坚合众国的英雄，就上，炸毁洞口，歼灭洞中的敌人指挥官!”鲁斯洛鼓励这位中士。

中士精神大振，挥手将仅有的两颗手雷投向敌人后，借助硝烟的掩护奋不顾身地冲上去了。

“中士!”鲁斯洛亲眼看到中士被两个德军同时举枪击倒，这两个家伙是利用一门炸毁的大炮作掩护向中士开火的。鲁斯洛没有立即反击，他闪电般冲进不深的交通壕，朝前快速跑了几十米。再探头，这两个德军正好背对着他。鲁斯洛举枪两个点射，这两个家伙永远不能再射击了。

“洞口的敌人冲出来了!”有人在惊叫。

德军足有一个排的兵力，以四挺冲锋枪开路，正掩护德国军官撤出设在洞中的炮兵指挥部。

“不能让敌人跑掉，打!”鲁斯洛的机枪也响了，“把敌人堵住，把他们赶回洞去!”

德军四挺冲锋枪中的两挺向鲁斯洛扫射过来。

刚刚击毙四名德军的欧诺根中尉，听到鲁斯洛所在区枪声激烈，率部赶来准备增援。然而德军机枪的火力将美军部队压住，一时不能行动。欧诺根眉头一皱生出一计：“快将高施泰少校押过来!”

“是!”带着德军战俘的美军下士回答。

欧诺根中尉上下打量了一下高施泰，开门见山地问：“高施泰少校，我只问你一句，是合作，还是继续欺骗?”

高施泰望着欧诺根不说话。

“说，再不说我要你死在这里!”一个士兵沉不住气了。

欧诺根用枪顶了下高施泰：“一分钟，只有一分钟的考虑时间!”

高施泰冷笑一声，突然伸手去抢欧诺根的手枪。

“砰!”欧诺根中尉朝他脑门开了一枪，这个顽固的德军少校瞬间毙命。

“报告，鲁斯洛上士阵亡!”

“报告，二连长阵亡!”

“一连四排伤亡三分之一!”

……

看到战场上冲上来的部队所剩不多，再对抗下去可能不利，欧诺根中尉横下一条心，端起枪：“上!”

“轰……”冲上去的三个战士炸毁了洞口，没有出来的德军官兵被活埋在里面，但三个美利坚合众国勇敢的战士也都阵亡了。看到自己的战友战死，一股热血冲上来，欧诺根的枪喷吐着火焰……

夜色又降临了，美军 318 团莫尼克上校从战场走下来后，给军长发去一封电文：

“将军阁下，攻击敌 338 高地，我 318 团伤亡惨重，鲁斯洛上士等人阵亡，指挥官中有欧诺根中尉等 13 人阵亡，请求撤出战场，明天再攻……”

第四章　留在338高地的遗憾

小引

在318团向338高地发起攻击时，美军第80师319团团长图·索依尔中校正伏在阵地前等待炮火延伸。然而，美军30分钟的炮击刚停，德军密集的反击炮火就冰雹般砸过来了。营长什托科少校不顾被炮弹炸死的危险，从一个隐蔽洞口冲出来奔到索依尔中校跟前："团长先生，我们不能在这里停止不前！"

法国海军自行炸毁了军舰

伏在德军留下的残破交通壕中的团长索依尔，立刻同意什托科马上冲锋的建议，他放下手中的望远镜，对三营长说：“少校，你说得很对，我们的作战任务是夺取维雷勒塞克堡，胜利是等不来的。你带人突破德军第一道步兵防线，为全团杀开一条血路！”

什托科少校庄严地望着中校点了点头，就返身扎进硝烟滚滚的战区，向自己的队伍赶去！

一场步兵对步兵的大搏斗拉开了帷幕！

在德军维雷勒塞克堡的第一道步兵防线上，德军作战参谋哈默盖中尉颇为得意，他看到一发发炮弹直飞美军阵地，对上司瓦纳格上校讨好地说：“上校，胜局已定。我们可以拟定一个报告准备发给诺拜尔斯道夫特将军，他会向元首报捷的！”

“中尉先生，我们据守的是维雷勒塞克堡第一道防线，美国人不会就此善罢甘休的，”瓦纳格上校提醒中尉，“步兵也许马上会发起攻击！”

“如此密集的炮火下，很难有生命存在，”哈默盖中尉不相信，“只要今天美国步兵不发起攻击，明天我军坦克团赶到，航空兵同时攻击，我军阵前就是美军的坟墓！”

“哒哒哒……”一阵机枪声传进瓦纳格上校的指挥部，上校大声问：“怎么回事，怎么回事？”

实战经验丰富的军人一听就知道，这短促的机枪声是在百米之内打响的。哈默盖中尉无法回答上校，他抓起一挺冲锋枪转身正要朝外冲，迎面一个上尉冲进来：“敌人来了，敌人冲过来了！”

“什么事，上尉？这么紧张！”哈默盖中尉似乎有些瞧不起这位上尉。

金利·冯麦希上尉也根本不把哈默盖中尉放在眼里，他甚至没有看中尉一眼，将目光投向正注视他的瓦纳格上校：“上校，304营的阵地被美军突破，四连伤亡很大，电讯中断，营长请求增援！”

“告诉你们营长，把被突破的阵地收复后，对敌人进行追击歼灭！”瓦纳格上校命令。

“上校先生，我的四连只有十几个人了，全营阵地动摇，要收复失地必须再增加兵力！”冯麦希上尉焦急地说，“美军攻击部队火力很猛，有6辆坦克已经闯进炮兵阵地。我们的大炮已经停止射击，请求增援……”

“团直属连由你指挥，立即组织反攻，收复失地！”瓦纳格下达命令，并拔出手枪，“团直属连跟着我上，支援304步兵营阵地！”

德军阵地上，美德双方士兵已经展开了残酷的肉搏战。德军304营正副营长全部阵亡。冯麦希上尉率增援部队刚进入机枪点，两发坦克炮弹“轰轰”地在不远处爆炸，团直属连连长被炸死。冯麦希大吃一惊，急忙命令：“散开，快散开，利用地形攻击前进！”

“上尉先生，”一个被硝烟熏得分不清鼻眼的少尉排长爬过来，“我们的阵地已经被美军占领……”

“你们要立即夺回来！”冯麦希上尉挥舞着手枪说，“首先炸毁美军坦克！”

少尉急忙点点头，转身看着美军坦克说：“我马上带人去炸掉那辆 60604 号坦克。”

“少尉先生，你睁开眼睛好好看一下，60604 号坦克不是指挥车！”冯麦希说，“我们应该首先打掉 3068 号坦克，那是一辆指挥车！”

“是吗？”少尉半信半疑地转动高倍望远镜，他注意到那辆编号为 3068 的美军坦克处于 5 辆坦克中间，不时地发炮打击自己这边的机枪火力点，且命中率较高。

“少尉，少尉，”冯麦希上尉催促少尉，“去，打掉 3068 号坦克！”

“是！”少尉挥手命令三个反坦克组直扑上去，担任掩护的部队向坦克喷吐着火焰开路。

少尉上去了，当离美军 3068 号坦克仅 100 米之距时，他从一个炮弹坑中突然跃起直扑坦克右前，眼看他就要成功，冯麦希上尉还来不及高兴，就眼睁睁地看着少尉前进之处一声巨响，沙石漫天飞。少尉被炮弹击中，不但没有炸毁美军坦克，反而把自己的命送了。

负责主攻的少尉战死令冯麦希上尉恼火万分，他不顾别人的劝阻从隐蔽坑中跳了出来：“上，把美军坦克干掉！”

“上尉！”背后一声大吼，“站住！”顿时，上尉如同被钉子钉住般停下来。

瓦纳格急急地赶过来，上尉转身迎上去：“上校，让我去炸美军坦克！”

“你在这里指挥你的部队，一个指挥官，不能随随便便就丢下自己的部队！”瓦纳格严厉地说着，接着他转过头，“哈默盖中尉，指挥部队围歼美军坦克！”

哈默盖听到命令，心重重往下一沉，他没有料到在打得天翻地覆之际，瓦纳格会命令他上一线拼杀，这真是生死难测，但又绝对没有抗命的余地，他只好硬着头皮说：“好，别说 6 辆坦克，就是 60 辆我们也能全部消灭！”他故作英勇般高声呐喊，给自己壮胆。

“上！”瓦纳格上校命令道。

看到哈默盖中尉带人顺着一条残破战壕过去，瓦纳格回过头对冯麦希说：“上尉先生，注意火力掩护，如果哈默盖中尉也阵亡，你再冲上去！”

“是，上校先生！”冯麦希上尉立即组织火力反击进行掩护。

这边哈默盖中尉跑过来看到 3 个火力组都潜伏在战壕中没有行动，他盯着一个上等兵问：“你的攻击组有兵力伤亡吗？”

“报告中尉，我组三死四伤!”

“还有多少人?”

“七人!”

“去，首先打掉编号为3068的美军指挥车!”

“是!”上等兵出发了。

哈默盖中尉又命令另两个组相继出发，他的身边还留下一个小组，这样要攻有人上，要退有人打阻击，哈默盖对一个少尉说：“没有我的命令，不准攻!”

“中尉，”少尉不解地问，“我们在这儿干什么?”

“等待时机。”哈默盖嘴上虽然这么说，但实际上是为保证他自己的安全。

“中尉先生，我明白!”

“明白就行!”哈默盖中尉将手中的枪向右转了一下。不久，他发现上等兵在美军3068号坦克前伏地不起了，手中的反坦克火箭筒跌落在地。显然，上等兵来不及将火箭筒发射出去就阵亡了。

“嘿!”一个德军下士扑上去，一把捡起陷在泥土中的火箭筒，不等他蹲下，坦克上扫过来一串子弹，这个下士栽倒在上等兵身上。

看到一批又一批士兵战死在美军坦克与步兵火力网下，哈默盖中尉心惊肉跳，他对今天这场血战的胜利深感无望。美军坦克一辆都没被破坏，作为反坦克小组的领头人，怎么可能就这样只带着几个人回去?脸上无光倒在其次，更重要的是上司绝对不会轻易放过自己。中尉只好对身边的少尉说：“现在轮到你去!”

“中尉先生，你的安全呢?”

“去，把队伍拉上去拼了!”

少尉只得乖乖地服从命令。

一见哈默盖中尉所部损失惨重，冯麦希上尉便亲自过来，却见哈默盖中尉伏在地上正向美军攻击坦克观望着。冯麦希上尉大吃一惊：“中尉，你在这儿干什么?”

“上尉，我……我……”中尉一时不知该如何为自己开脱。

“你命令别人冲，自己却隐藏起来，怕死鬼!”冯麦希上尉没好气地说，“快上，瓦纳格上校马上就来了!”

“上尉先生，瓦纳格上校为什么跟我过不去?”哈默盖拉长脸说。

“中尉先生，你不能这样理解，”冯麦希上尉安慰着中尉，“你的思路应该开阔一些才能自我解脱。”

“开阔?”哈默盖眨了眨眼睛，“马上就会战死，还谈思路开阔?!”

“中尉先生，我现在没有时间与你……”

“坦克冲上来了，冲上来了!”有人厉声叫着。

美军3068号战车在后，前面有两辆坦克并列开进，大批步兵在坦克后面跟进，有一股不攻破338高地誓不罢休的气势。

“哈默盖中尉，跟着我上吧!”冯麦希上尉率部冲上去了。

瓦纳格上校也率部过来了：“把美军打下338高地，后退者就地处决!”

美军什托科少校指挥部队杀入德军步兵防线，在随后赶来的坦克掩护下，直向德军338高地中心攻击前进。现在，他所在的3068号坦克被德军火箭筒炸毁，黑色的烟柱直冲长空，从坦克中爬出的机枪手满脸是血，大声叫：“我们用血的代价换取的阵地不能丢，不能丢掉!”

巩固阵地说起来容易，但要真正做到是何等的难啊!

“敌人又上来了!”坦克上的机枪手在报告，“步兵快开枪掩护!”

“打，快打!”什托科少校命令。

坦克炮与坦克上的机枪也同时喷吐着愤怒的火舌!

“报告少校，敌人冲破我军占领的阵地，正向我军两翼扩展，请求炮火支援!”波特斯中尉在步话机中报告。

波特斯中尉的连队是突破德军第一道步兵防线的先锋，但他们连付出的代价异常惨重，现在与大批德军战斗显然是力不从心。

听到报告，什托科少校举起望远镜向波特斯的阵地观察，发现大批德军增援部队正向他所在的阵地冲去，其中有由18辆坦克组成的攻击梯队。齐射的坦克炮、横扫纵射的机枪火力几乎淹没了波特斯中尉所在的阵地。

突然，望远镜中什托科少校看到波特斯中尉扛起火箭筒冲上去了。这时，德军炮火猛烈，硝烟四起，一时望远镜中除了硝烟，什么也看不见了，过了一会才又看到波特斯灵巧的身影，只见他绕到一辆德军重型坦克后面，将反坦克火箭射向坦克那脆弱的油箱，但又被一梭子弹击倒……

什托科少校为中尉的壮举赞叹，但又为失去这位勇敢的军官而悲伤。这时电台中传来索依尔中校的询问：“少校，少校，突进的阵地能否守住?”

“报告团长，攻进敌阵的波特斯中尉他们几乎全部战死。德军凭借有利地形及增援部队进行顽固反击!”什托科少校如实回答。

电台中索依尔中校沉默了几秒钟，又问：“你认为马上组织第二波攻击梯队，会有收获吗?”

“中校先生，我军6辆坦克损失4辆，我建议重新调整攻击战术!”

“好，除留特务排进入3号目标监视敌人外，其余部队撤回原地，注意阻击部队的火力配备，不能让敌人跟踪追击!”索依尔中校命令。

什托科少校痛苦地执行命令，但他没有撤下去，他随特务排立即进入3号目标亲自监视德军，一场更大规模的血战在等待他们!

第五章　勇敢血战的杜尔顿中尉

小引

接到报告，巴顿将军异常烦恼，布拉德利将军用带着疑问的目光盯着他。巴顿将烦恼、怒气统统装进心胸，丝毫不表露在脸上。他连夜赶到第 7 装甲师的指挥部，第 7 装甲师师长到前线部队视察一时回不来，只有副师长基艾里上校迎接他。巴顿不等基艾里上校行完礼，劈头就问："上校先生，我们今天的进攻结果，你知道吗?"

审问德军战俘

“将军，我们已经接到报告，第 80 师 318 团进击马尔巴什的 338 高地时被德军打退，319 团在向维雷勒塞克堡推进中受阻……”

“你怎么不知道 317 团一个营已从穆松桥渡过摩泽尔河了呢？”巴顿截断上校的话，“你就知道失败，为什么不给士兵们讲点胜利的消息？为什么不知道鼓舞士气的重要？你的大脑长在猪的脖子上了吗？”

基艾里副师长顿时哑了，脸色苍白。

“有第 80 师的 317 团在摩泽尔河对岸作接应，明天，你们师分为两个作战群，分别从 803 渡口、706 渡口渡过摩泽尔河，具体作战计划立即制订！”巴顿说完一挥手，“走，到 803、706 两个渡口作实地观察！”

巴顿就是巴顿，有着与众不同的性格。

第 7 装甲师的军官、作战参谋们很快集中起来，在严密的安全保卫中，跟随巴顿将军直奔渡口。

凌晨 4 点，第 7 装甲师的第 1 攻击群由基艾里上校指挥，在 803 渡口开始进行强渡。诺泰得少校指挥的美军先遣营的渡河起初十分顺利，就在即将到达摩泽尔河对岸时，一道雪亮的探照灯光将渡河部队罩住，真的是暴露无遗。诺泰得少校身着德军中校军服站在灯光下，一连打出一串语言信号弹。这三颗绿色、两颗红色信号弹，似乎把德军糊弄了，探照灯光渐渐移开。诺泰得少校开心地对身边一个作战参谋说：“杜尔顿中尉，德国人被我们骗了，哈哈！”

“对，骗骗德国人，骗他们没有商量！”一个参谋应和着。

“轰”一颗炮弹凌空爆炸，紧接着无数道火光划破长空直冲美军坠来。美军攻击部队一片混乱。这时诺泰得才明白，他所掌握的语言信号已经过时，部队遭到德军炮火急袭！

“继续前进，渡过摩泽尔河就是胜利！”诺泰得少校鼓励部队官兵奋力作战。

杜尔顿中尉是一位优秀的步兵炮手，同时又是一位优秀的炮兵指挥官。他这时环扫四周，注意到虽然有探照灯，但更有硝烟与密集的冲天水柱，故而黑夜中双方的视线都非常差。德军炮手几乎只是盲目放炮，他们仅仅知道攻击方向而已，加上船只又在移动，命中率当然更低。他略为放心。

“杜尔顿中尉，我是诺泰得少校，”少校在另一艘船上呼叫，“你 3 点钟方向 500 米处有敌巡逻艇潜伏，打沉它！”

“杜尔顿明白，立即搜索攻击目标！”

“好，尽快解决！”

“是！”

这是艘德军轻型巡逻炮艇，得知美军第 80 师 317 团一个营昨天从穆松桥强渡过摩泽尔河，德军大为震惊。少将亨利·博利帝命令所有能出动的巡逻艇全部实施灯火管制，进入摩泽尔河上火力能掩护的范围内进行潜伏，只要美军偷袭的步兵或强攻部队出现，马上就用隐蔽炮火打击。

现在，正是黎明前的黑暗，伸手不见五指。杜尔顿中尉睁大眼睛斜视，利用炮火的亮光，终于发现前面不远处的地方有一个幽灵般静止不动的黑影。杜尔顿中尉自言自语道："该下地狱的家伙，还想偷着打我，我们比比看吧！"

"停止射击！"杜尔顿中尉命令，"全艇停火！"

眨眼间，杜尔顿中尉所在的艇停止了射击，黑暗中小艇静静地在风浪中行进。几发炮弹击在艇的左右激起巨大的浪柱。

"中尉，敌炮艇出现，敌炮艇出现！"罗迪奥用带着几分兴奋的语气说，"让我开第一炮吧？"

杜尔顿中尉没有表态，他举着挂满水珠的望远镜在黑暗中借助炮火的余光注意目标。德军炮艇离摩泽尔河对岸很近，几门火炮在摩泽尔河岸柳枝的掩护下，不停地转动炮口，但没有开火。杜尔顿中尉明白，只要河面目标一出现，这些德军潜伏火炮就会平射过来，一发炮弹足以击毁一艘满载美军士兵的橡皮艇，这将给自己的攻击部队造成巨大的伤亡。并且，眼前这些利用黑暗、硝烟作掩护潜伏的德军炮艇是德军水上活动炮台，他们的战术是能打就打，不能打马上就掉头跑掉，同时还可为岸炮校正炮击目标。

"左满舵！"杜尔顿中尉命令掌舵的罗迪奥，"快，向敌炮艇右后接近！"

"中尉，"罗迪奥马上回答，"那艘敌炮艇后不远的地方，又发现一艘潜伏炮艇！"

"嗯？！"杜尔顿吃了一惊，他转过望远镜仔细搜索，果然在眼前这艘炮艇右侧 500 米处，又有一艘德军炮艇，如同一只窥视着猎物、已经大张血口的恶狼。倘若从右侧对眼前这艘炮艇发起攻击，500 米外的那艘炮艇马上会发起反击。

"右满舵，右满舵，从敌艇左后接近！"聪明的杜尔顿中尉眼睛转了转，立即调整命令。

"罗迪奥！"杜尔顿中尉命令，"把舵交给海萨曼，你进炮位，快一点！"

"是！"罗迪奥反应敏捷，他将艇舵交给海萨曼中士，就跃到机关炮后面。

"准备！"杜尔顿伏在罗迪奥身旁发出命令，"轻机枪、重机枪全部准备！"

"是！"机枪手们都低声有力地回答，实际上，他们一个个都瞪圆了双眼，早已是剑拔弩张。

德军炮艇不大，但艇上有 3 门火炮与几挺 MG－42 机枪。与美军的汽艇相比较，火力有绝对优势。如果他们首先开火会对美军攻击部队造成巨大伤亡。杜尔顿的攻击队由 4 艘汽艇组成，共载一个连的兵力，他们冲在全战斗群的最前面。别说是第 1 攻击群的伙伴们和基艾里上校在盯着他们，就连第 3 集团军司令巴顿都对这个连队寄予厚望，万一开路不成，反而被德军潜伏火力吃掉，就会在官兵们心里投下一道阴影。

小汽艇分成两路直逼德军炮艇，美军炮兵与德军炮兵正在对射，打得天空通红，摩泽尔河也被炮弹的爆炸搅得“哗啦啦”直响。德军隐蔽的岸炮，河水中炮艇上的炮口，如同一只只恶狼的眼睛对摩泽尔河水面的美军虎视眈眈。

“罗迪奥！”杜尔顿中尉说，“首炮要击中敌艇指挥塔！”

“明白！”罗迪奥回答，他再一次细心地调整炮击诸元。

“2 号，2 号注意！”杜尔顿命令第二艘汽艇，“你们首炮射击德军艇首机枪。”

“2 号明白！”

“3 号，3 号注意！”杜尔顿对第三艘汽艇下达命令，“专打敌艇上的机枪，注意专打敌艇上的机枪！”

“3 号明白！”

“4 号，4 号跟上 1 号，直抵敌艇攻击！”

“4 号明白！”

4 艘汽艇如同 4 支利箭，悄然无声地直直刺向德军潜伏炮艇，当杜尔顿中尉所在的 1 号汽艇与敌炮艇距离很近时，杜尔顿一声令下：“打！”

“轰……”首发炮弹击中敌炮艇指挥塔，第二发炮弹、第三发炮弹连续攻击，顿时河面火光冲天。美军机枪也不甘落后抵近扫射，4 艘汽艇上的火器喷吐着愤怒的火焰，打得天昏地暗。

杜尔顿心中一震：敌人怎么一弹不发呢?

“轰……”突然岸炮响了。

“哒哒哒……”德军机枪也响了。

500 米外的那艘炮艇开炮了，一发发炮弹直朝杜尔顿中尉他们飞来，炸得汽艇四周恶浪翻滚。

“中尉，我们上当了！”罗迪奥愤怒地吼着，“快转过头来打 500 米外的敌艇！”

“这是艘假炮艇！”杜尔顿中尉懊恼极了，“转过炮口，转过炮口！”

这时德军潜伏岸炮与那艘真正的炮艇开火了，密集的弹雨向 4 艘美军汽艇急袭而来……

“报告，2 号中弹！”

“报告，敌炮艇向我们冲过来了！”有人在步话机中报告。

“3 号，4 号，跟着 1 号逼近敌炮艇，进入敌炮火的死角攻击！”

“3 号明白！”

“4 号明白！”

1 号汽艇作曲线规避前进，400 米，300 米，200 米，一下子挺进到德军炮艇

左前，透过德军炮击的火光，杜尔顿中尉看见主炮台上有个军官正挥舞着一面小旗，不用说，他就是德军炮兵指挥官，干掉这家伙就能使对方处于群龙无首之态。杜尔顿命令罗迪奥：“敌主炮炮位，速射！”

“轰！轰！轰！”一串炮弹急袭上去，炸得德军炮艇主炮炮位碎片乱飞。那面摇晃的小旗顿时被浓烟淹没了，随后，德军炮艇向后退，企图逃跑。

“3号，逼近敌正面攻击！”杜尔顿命令。

“3号明白，立即执行命令！”

“4号，4号……”

“报告1号，4号中弹，正在我3号左侧自救！”

“3号注意，现在你与1号联合，干掉敌炮艇！”

“3号正在接敌！”

“好！”杜尔顿中尉对身边的上等兵命令道，“攻击，打！”

一连两发炮弹直射德军炮艇，可能是引爆了弹药舱，在震天动地的轰鸣声中，德军炮艇的后舱炸裂了。

“再加一把劲，打！”杜尔顿命令。

火炮没有响，罗迪奥已经阵亡在炮位上了。杜尔顿心情沉重地移开罗迪奥，自己亲自对敌准确开炮。

“3号中弹……”

“3号，3号，”杜尔顿呼叫着3号，却再也听不见回音。

这时，又一声巨大的爆炸声，这是德军炮艇在沉进摩泽尔河前的最后一声爆炸，杜尔顿中尉看着迅速下沉的敌艇，又看看自己艇上只剩3位战士，而且也都负了伤，心情复杂极了，酸、甜、苦、辣、麻，他自己都不知道是什么滋味。中尉向上校报告：“上校，我打沉敌炮艇一艘，但……”

“杜尔顿中尉，立即撤回来，撤回来！”电台耳机中传来上校的命令。

杜尔顿中尉返航了，不远处，706号渡口的战斗正激烈……

第六章　706 渡口毁灭德军炮兵阵地

小引

在 706 渡口，德军圣约兰上校冒着美军密集的枪林弹雨，赶往博尼纽少校的阵地。博尼纽少校这时非常紧张，10 门重炮很快被美军远程大炮一阵旋风般的急袭捣毁，这令博尼纽少校恼怒不已。他三步并作两步冲进重炮指挥部，重炮指挥官拉卡贝上尉正用手枪顶着一个中尉的胸口，同样怒气冲天地咆哮："中尉，谁给你这么大的权力，没有我的命令就揭开大炮的伪装，没有我的命令就开炮射击？"

盟军轰炸后的小镇

中尉呆呆地望着拉卡贝上尉不语，脸上一阵白一阵红，双手似乎没有地方放，尴尬极了。

德军圣约兰上校两天前接防 706 号渡口时，博尼纽少校匆匆赶到上校指挥部，稍事寒暄后，便用试探的语气问：“上校先生，我们是死守 706 渡口，还是抵挡一阵子后就撤下来?”

“少校先生，到现在为止，本人没有接到撤退的命令。”

“这么说是坚决守住 706 渡口?”

“在没有接到新命令以前，就必须这么做。”上校很肯定地说。

“上校先生，能告诉我美军现在的情况吗?”

“可以，”圣约兰上校冷冷一笑，向后扫了眼，“中尉先生，将那份情报给这位少校看看。”

情报官克米钦中尉没有急于打开文件夹，他走到上校跟前小声问：“上校先生，你不是说对下级暂时保密吗?”

“博尼纽少校例外!”说着又把脸转向博尼纽，“少校先生，你的想法很对。认识敌人，才能真正认识自己。”

“上校先生，我们一直在一线作战……”

“好啦，好啦，”圣约兰上校截断他的话，“你自己把材料仔细读读吧。”

听着圣约兰上校这番不知真假的话，博尼纽少校接过了克米钦的情报，上面写道：

“美军在进入默兹河以东的洛林地区后，其总司令艾森豪威尔命令第 3 集团军巴顿部停止前进。但 9 月 3 日凌晨 0 点 10 分，盟军总司令决定：巴顿所部 3 个军，由 12 军军长埃迪作为前锋，他们的战略是：越过摩泽尔河，攻占南锡，然后夺取曼海姆与莱茵河……”

“哦，巴顿来了!”博尼纽少校的语气中有多种情绪，作为军人，他对巴顿钦佩不已，可作为敌人，他又害怕巴顿。少校接着说：“摩泽尔河是他们的第一前进目标呢!”

“不但如此，马尔巴什、维雷勒塞克堡都是他的第一前进目标，估计他们会同时展开攻势!”圣约兰上校加重语气说，“你的 706 号渡口，是他们进攻中心的中心!”

“守住 706 渡口，仅凭炮兵恐怕没法完成。”博尼纽少校说，“若有一支美军部队渡过摩泽尔河，大炮就会失去作用。”

“我知道，已经准备给你增加一个营的步兵。”圣约兰上校很干脆。

“上校先生，那太好了，谢谢关心!”博尼纽回答。

“你的兵力比所有地方都雄厚，如果守不住我会当场毙了你!”圣约兰上校

这句话是恶狠狠地说出来的。

回到阵地，博尼纽少校把在一线督战指挥的拉卡贝上尉召进自己的指挥部，重炮阵地部署图再次展现在拉卡贝上尉面前，博尼纽少校一字一顿地说："上尉先生，你要记住，美军火炮攻击时，你一定不能开炮，继续隐蔽，待敌军步兵进入河中心时再开火，只有全歼或重创其步兵，我们才能守住706渡口！"

"我明白了，少校先生，敌人的大炮是不能占领阵地的。"拉卡贝上尉回答得异常干脆。

然而今天，交战伊始，德军重炮阵地就遭到摩泽尔河对岸的美军数十门重炮的齐射。担任战地第一指挥的伍里・坦苏奇中尉没有开炮还击，他从瞭望孔内死死盯住美军炮击方位。而担任第二指挥（即第一指挥战死或负伤后，替补其位置的军官，一般由连长、副连长级的军官担任）的欧文威中尉却无法沉住气，他叫起来："坦苏奇先生，美军炮位明确，应该立即攻击，我们一发炮弹就能捣毁他们一门炮！"

"不，欧文威先生，"坦苏奇放下手中的望远镜，"一旦我们的炮位暴露，敌军会集中全部火炮齐轰我们，那么形势对我们将极为不利。"

"我们总不能放过如此好的时机吧？"欧文威中尉拍着大腿喊。

"服从命令，等待着让大炮收拾美国的步兵！"坦苏奇再次命令，他没有耐心再谈下去。

欧文威怀着不满的心情愤然离去，回到炮兵阵地的6号炮位，几个炮手一致要求开炮，欧文威没有办法回答他们，只是命令大家等待命令。一个上等兵冲着他吼："中尉，再不打我们马上也将遭到攻击，到那时，我们的大炮还来不及发挥作用，就会成为一堆堆废铁！"

"打！"欧文威话音未落马上又改口，"停！"

"中尉，你出尔反尔，完全不适合当指挥官！"上等兵好像在低声嘟囔，但声音足以让欧文威听见，他是故意要刺激指挥官。

"你……你……"欧文威感到自己成了风箱里的老鼠——两头受气。

"中尉，请你下命令吧，错了我们顶着！"上等兵仍然在用激将法。

"中尉，你下命令吧，步兵阵地已被敌军炮火扫荡了一次又一次！"又一个士兵说，"中尉，下命令让我们打吧，打完炮弹我们就撤！"

"你就只知道跑！"欧文威终于有发怒的借口了，"打完炮弹，拿起你们的枪往上冲，战死在摩泽尔河！"

"这么说现在打？"上等兵乘机问。

"打！"欧文威中尉头脑一热，顾不得许多，终于下达了命令。

"轰"德军重炮炮弹腾空而起，直奔早就选定的美军目标。很快摩泽尔河上

空双方对射的炮弹纷飞起来，发出巨大的轰鸣声。欧文威得意万分，他感到有一种快感冲击着自己……

“轰！轰！”两发炮弹坠进德军 9 号炮位左后爆炸，引爆了堆放的 6 颗炮弹。巨大的气浪将射击中的重炮掀翻，弹片横飞，6 个炮兵阵亡了 4 个。炮手从炮后座奋力地爬起来，看到 4 具死尸，一下慌了，急忙向掩体跑去。半途中，发现一个轻伤的副炮手从硝烟中冲出来喊道：“中士，我们完全压制不住敌军，撤！快撤！”

“撤？没有命令你敢撤？”

“没有命令，谁撤我毙了谁！”欧文威也突然冒出来，“你们赶快把炮调整过来再打！”

“炮弹！”有人惊呼。欧文威还没反应过来，炮弹爆炸了，欧文威与其他三个士兵同时粉身碎骨……

“完了，一切都被欧文威这个混蛋搅乱了，他死了活该，可我们怎么交代？”拉卡贝盯着坦苏奇中尉。

坦苏奇中尉无奈地说：“上尉先生，重炮阵地完了，我也无能为力，你处决我吧！”

“你自己看着办！”显然，拉卡贝上尉意欲中尉负罪自尽，“去吧，我不愿意再看到你！”

坦苏奇中尉抓住手枪：“死是每个人都逃不掉的，更何况战场上的军人，只是时间、地点不同而已。我不在乎死，也不在乎时间，可我不愿意这样死。你可明白，上尉？”

“你……你要怎么死？难道要我亲自处决你？”

“上尉……我……我……”中尉因激动，一时什么也说不清，其实他想告诉拉卡贝，他想死在对敌人的冲锋中，而不是如此窝囊地死去。

“砰”拉卡贝的手枪喷出一团火，枪响过后，枪口冒着淡淡的青烟。

坦苏奇中尉不甘心地死了。

失职的坦苏奇中尉刚被处决，尸体还在向外流着令人恶心的血液。博尼纽少校带着一脸乌云走了进来，他盯住拉卡贝手中的枪，又看看他铁青的脸：“上尉，你知道你的罪恶吗？”

“少校先生，重炮阵地全部被盟军远程大炮捣毁，并不全是我的责任！”拉卡贝马上解释，“有些东西不符合战场实际！”

博尼纽少校追向：“怎么不符合实际？”

“比如要求我的重炮只攻击进入摩泽尔河中心的盟军步兵。可是我们遭到敌军重炮的突袭，如果不反击，重炮阵地就会一炮不发地覆灭！”拉卡贝上尉说。

“你简直是狂妄!”博尼纽恼羞成怒，他盯住拉卡贝，“你的重炮本来该隐蔽才对，是你过早地脱去伪装，过早地暴露目标，造成重炮覆灭。你打死下级军官只是为推卸责任，我应该处决你。”

“少校先生，”一个少尉作战参谋走前一步，低声对少校说，“现在部队伤亡惨重，没有炮，我们还可以用轻武器反击敌军，现在兵力不足，不如让上尉戴罪立功!”

博尼纽少校没有料到这个参谋会在这个时候为上尉说话，他冷冷一笑说：“你在同情拉卡贝上尉?”

“少校先生，我完全没有这个意思，追究渎职者责任是天经地义的，我只是为大局着想。”

“说得倒是好听!”博尼纽少校已经气疯了，他从牙缝中挤出几个字，“给他一把枪，上阵地吧!”

美军的攻击部队开始冲锋，远程大炮与近程大炮交织的火力猛击着德军河岸阵地。

“博尼纽少校在哪里?”有人在外面叫。

博尼纽少校听声音就知道是谁来了，匆忙镇定一下自己的情绪，循声走过去：“报告上校，我重炮阵地遭盟军炮火毁灭性打击!”

“一个营的步兵呢，伤亡大吗?”圣约兰上校问。

“步兵灵活运动，损失不大。”博尼纽回答。

“好，只要步兵损失不大就好，炮兵伤亡是正常的。”圣约兰上校似乎没有一点责怪的意思。

博尼纽盯着圣约兰上校，忐忑不安地等待下文，他完全不能理解上司今天为何要宽容自己。

“只要我炮兵没有反击，盟军一定认为我们损失惨重，摩泽尔河的防线已形同虚设，可不费吹灰之力打垮我们。因此，他们的防备心理不再存在，那么他们只要进入我机枪火力的射程，就是走进死亡!”圣约兰上校很得意，“你看，军里又调来两个主力旅!”

博尼纽少校也兴奋起来，他为自己又一次从险境中走出来而庆幸。

“上校先生，敌军强攻部队出击了!”一作战参谋报告。

圣约兰上校右手摸着下巴，两秒钟后，他放下右手：“博尼纽少校，命令机枪纵射，将敌军歼灭在摩泽尔河!”

博尼纽少校因重炮阵地被盟军捣毁，没有被追查，而心情异常轻松，他几乎是跑步来到机枪阵地，大声命令机枪组成火力网阻击美军冲击。

圣约兰上校也赶到了前沿阵地，他命令博尼纽少校的部队在阵地左右组成新

的火力网，阻止盟军部队攻击。激战中，摩泽尔河横尸遍野，这天可谓是美军有史以来最黑暗的一日……

美第 7 装甲师在数天的血战中，两个战斗群都被德军阻击住，一时间官兵们只有望“河”兴叹！又有什么战略战术能突破德军坚固的防线呢？

第七章　摩泽尔河畔的争夺战

小引

巴顿所部第 7 装甲师的两支部队出师不利，第 80 师也没有后续部队渡过摩泽尔河，以致前一天渡过摩泽尔河的美军第 80 师 317 团杜尔特营孤军作战，处于德军三面火力的包围之中，形势非常严峻。营长杜尔特少校从电台中接到了师部作战参谋向他通报的敌情，并命令他继续顶住敌人的进攻、守住已夺取的阵地的命令。杜尔特嘴上是答应了，但心里没有底，他放下电台授话器，走出指挥所，正碰到连长叶朗塔上尉提着一挺打红了的勃朗宁机枪在与两个士兵说着什么。杜尔特走上前，询问他们："站着干什么，把攻击的敌人赶下去！"

希特勒与德军将领研究军事

叶朗塔上尉转身面向少校说："少校，机枪管打的发烫了，简直快熔化了，像这样打下去后果严重!"

"那儿有一挺，还有两箱子弹!"杜尔特少校向前一指。

叶朗塔上尉顺着少校所指方向望去，一个德军机枪手正抱着机枪小跑前进，他的后面有两个背着弹药箱跟进的弹药手，其中一个副手也握着一支冲锋枪。德军气焰嚣张，目中无人。

"步枪给我!"叶朗塔上尉甩掉手中不能继续使用的机枪，从一个士兵手中抓过步枪，"看我的!"

美军几个官兵都原地卧倒。

叶朗塔上尉滚进一个炮弹坑，借助一具敌人的死尸作掩护举枪瞄准，当德军机枪手也在寻找架设机枪的地方的时刻，叶朗塔"砰"地打去一个点射。就在德军机枪手头部中弹两手一松，机枪向下掉尚未落地的那一瞬，另一个美军中士也打出一个点射，德军机枪副手也向前扑倒了。两个德军弹药手自知不打也是死，干脆甩掉肩头的子弹箱冲上去，一个拔出手枪，一个抓起步枪。可美国军人岂会轻易放掉他们，又是两个点射，德军从此又少了两个卖命的军人。

"快，把敌人的机枪、子弹背回来!"叶朗塔上尉一边打击后面跟上来的德军，一边下命令。三个战士如同箭一般冲过去了。

"原地卧倒打!"杜尔特少校命令。

叶朗塔上尉跃进几步，一枪干掉左前冒出来的一个德军，又快速地冲到前面，对正抓起德军机枪的中士说："你拿子弹链，我来打!"

打击敌人进攻的有力武器——机枪又响了。杜尔特少校不知从什么地方夺取了一门德军迫击炮，正在轰击德军机枪阵地，打得德军阵地腾起一股股硝烟。德军正面攻势得到遏制。

"米安霍上士，你向右运动，把敌人那辆冲在前面的坦克干掉!"叶朗塔上尉命令。

"是!"米安霍上等兵回答着，拖着一根长而粗的爆破杆，向即将冲进四排阵地的德军坦克奔去。他有信心干掉这铁家伙。它跑得太快，将跟进的步兵甩得老远老远的，这正是炸毁它的良机。然而，这辆先头德军坦克的塔顶上，有架机枪在横扫四周，为坦克开路，保护坦克，米安霍要打下它也是极其困难的。但米安霍凭借平时练就的过硬技术，在叶朗塔上尉、杜尔特少校亲自指挥的火力掩护下，巧妙地一步步接近这辆德军坦克。

德军伊温普中校现在正在这辆编号 B－4096 的坦克里，他的坦克发射的每一枚炮弹都相当精准。今天，作为德国第 1 集团军司令诺拜尔斯道夫特将军的参谋长，伊温普到摩泽尔河前线来了解情况。战地作战参谋长向他报告，美军攻击部队遭到前线部队沉重打击。好大喜功的伊温普立即意识到：不能错过立功晋升的良机。他对跟随的助手说："皮门康少校，我想向总司令请求率一个团歼灭盟军渡过摩泽尔河的残部！"

皮门康少校想了一下说："中校先生，昨天渡过河的是巴顿所部一支敢打硬仗的部队，强将手下无弱兵，万一失败，伤亡惨重，怎么向长官交代呢？"

"我想美军不会是你想象的那样吧，为什么你就不能想到胜利呢？一个地道的悲观主义者。"伊温普中校生气了，"美国人就那么厉害？"

他这么一问，皮门康少校立即附和说："你说得对，其实我们有几个有利条件。"

"说下去，别吞吞吐吐的。"伊温普催促说。

皮门康少校作出智商超人的姿态说："美国人在两个渡口强攻败北，仅凭运气让一个营渡过了摩泽尔河，却又没有良好的防御工事群，如果我们发起反攻，可一举将他们歼灭在摩泽尔河畔！"

"这么说你信心十足？"

"有十二分的信心！"

"既然是这样，我也不能把好事全部揽走，"伊温普中校说，"你率一个营从正面发起攻击，首先来个中心开花，然后向两翼发展。美军前是你的密集弹雨，后是摩泽尔河，进退都是死路一条！"

"行，我带部队上！"皮门康少校说。

"我在后面用炮火与机枪掩护你，让德意志的军旗在摩泽尔河上方永远飘扬！"

皮门康少校率一个营上去了。伊温普并不放心，他睁大双眼死命盯着前方。皮门康少校的坦克在美军阵地前横冲直撞，似乎不可一世。离美军阵地不远的时候，突然一颗炮弹击中了坦克，坦克冒出一股黑烟后，又窜出一串火焰。坦克中的皮门康少校及其乘员还没爬出来，坦克已"轰"地爆炸了。伊温普中校沮丧地大骂皮门康是混蛋、笨蛋。

"是的，他本人死了倒没什么，但快冲上去的队伍由于失去了指挥官与保护又溃退了。"作战参谋奥里斯在一旁添油加醋，"完了，又完了！"

"谁说完了？"伊温普中校不满奥里斯中尉的说法，"你带宪兵把溃退的士兵堵住，继续冲锋！"

"宪兵队，上！把往后退的混蛋们赶向前！"奥里斯中尉在伊温普的命令下又转而命令宪兵队。

德军宪兵队涌上去了。

"溃退者，用机枪扫死，一个不留！"宪兵队的官兵在奥里斯中尉的命令下，

吼叫着对正溃退的士兵命令道。

在真正开枪打死两个士兵后，后退的队伍停住了。

“上，伊温普中校指挥我们打败美国佬!”奥里斯中尉指着开过来的坦克，“中校的指挥车来了，快跟着冲，冲上去!”

官兵们互相望了一会，犹豫了几秒钟，只好转身又向美军阵地冲去，但这次速度没有刚才那么快了，他们的脚步越来越沉重，越来越慢，他们的脚下是一具具同伴的死尸……

美军米安霍上等兵顺着一条德军残留的战壕潜行，冲到离德军坦克200米左右的地方时，德军坦克上的机枪手发现了这个可怕而又勇敢的美国军人，顿时冷汗直冒，急忙一连打出三个点射后，干脆就左射右扫。米安霍上士拖过一具德军死尸抵挡，后闪电般滚进旁边半人深的重炮弹炸成的坑。一发机枪子弹带着尖啸几乎是擦着他的头皮飞过，米安霍打了个激灵，向下一蹲，却高兴地发现德军坦克吼叫着栽进了战壕，坦克屁股高高地翘起来。

“好机会!”米安霍乐了，猛从炮弹坑中跳出来，向德军坦克道扑上去。

“哒哒哒……”轻机枪的子弹顿时截住米安霍的去路。这是奥里斯中尉指挥的督战部队跟上来了。

“打!”卧倒的米安霍上士命令自己，他奋力地向坦克投去一弹，这颗反坦克手雷在距离坦克四五米的地方爆炸了，没有给坦克造成损伤。

“老子再炸!”米安霍又投去一弹，由于用力过猛，手雷在坦克后面的空中爆炸。米安霍没来得及投出第3颗手雷，坦克中的德军都爬出来了。米安霍冲上去，向边打边躲的德军投去一弹，活见鬼，这颗手雷没有爆炸，反而赶着德军跑得更快，打得更凶。

“中校，中校，我们来了，我们来了!”奥里斯赶到正在寻找藏身之地的伊温普中校跟前，他自以为来得正是时候，为上司解了围。

伊温普一下站住，心里舒了一口气，表面上却表现出生气的样子，瞪大双眼问：“为什么不跟随坦克前进？老子一辆坦克孤军进击，差点车毁人亡，你干什么去了？”

奥里斯中尉不敢吭声，站得笔直。

“上，快去，杀开一条血路!”

“中校，美军火力太猛，我们受到强力阻击，部队攻击速度太慢，他们打死都快不了，我实在没法。”奥里斯为难地说。

“前进，跟着我前进!”伊温普中校又喊叫着命令。

德军又开始硬着头皮攻击。

美军杜尔特营长见米安霍攻击德军坦克，又拿枪在阻击德军。他急忙对叶朗

塔上尉说："打敌人指挥官！"

叶朗塔上尉却报告了一个令人震惊的消息："少校，我们的船遭德军攻击！"

"什么？"

"船，船！"

有一个营的德军正朝停船的后方奔袭。

"敌人要切断我们的退路，准备包围我们！"杜尔特少校有些焦急地说，"你干掉正面敌军指挥官，掩护部队撤过河！"

"撤？"叶朗塔上尉不解地问，"我们付出了沉重的代价，好不容易打过河来，不能撤！"

"你看清楚形势，我们若不撤，会一个不剩全战死在这里！"杜尔特营长简短地解释了一句，仍然坚持命令，"掩护，快让部队作撤兵防守，4 门迫击炮由你指挥！"

"是！"坚决执行命令的叶朗塔上尉，率队进入激战。

杜尔特少校深深吸了一口冷气，带着遗憾的心情率领部队向后撤去！远远地，他还在用依依不舍的目光在硝烟中寻找叶朗塔上尉的身影。

叶朗塔上尉命令 4 门迫击炮组成掩护火力后，自己快速奔跑进重机枪阵地，3 挺重机枪在咆哮，将德军攻击部队压制在 700 米之外不敢抬头，4 挺勃朗宁自动步枪凭借灵活机动的优势，也有效地纵射敢于试探冲击的德军。战场暂时出现对美军有利的态势。

"少尉，海吉姆少尉！"叶朗塔上尉对机枪排长说，"相持下去对我方不利，你立即率第二攻击队上去，打死敌指挥官！"

"上尉，我没有发现目标，没有发现打击目标！"

"有一个德军中校在你的正面，已被你的机枪火力压住，这时他肯定正在策划反击，快去干掉他！"叶朗塔再次命令。

"第二攻击队，跟着我上！"海吉姆少尉跃出战壕，从右侧向敌人迂回逼近。

战场上，德军在数量、武器上占有绝对优势，而美军 317 团仅有一个营的兵力，既没有增援，并且又撤走一部分，正处于被动之中。

叶朗塔上尉打完手上机枪中的子弹，换弹链之际，发现海吉姆少尉已经倒在枪弹之下，其余几个士兵死的死、伤的伤，他心里沉重极了，只是低声对身边的中尉说："洛维莫先生，海吉姆阵亡啦！"

"我已经看到了。"洛维莫说，"敌人足有一个团的兵力，上尉，我们的掩护任务完成没有？"

"你看，少校还没有上船呢！"叶朗塔说着拖起机枪，"机枪停止射击！"

霎时间重机枪停止了射击，机枪手、弹药手都知道上尉的战术，一个个潜伏

在阵地，两眼眨都不眨地盯住德军阵地，等待最佳攻击时刻！

美军的停射战术没有骗过伊温普中校，他立刻下令：“别动，敌军在耍阴谋！”

叶朗塔上尉一看德军不上当，命令：“特等射手准备！”

“上尉，少校命令我们撤离！”洛维莫中尉说。

叶朗塔上尉此时也看到三颗绿色信号弹在摩泽尔河上空升起，形成三个光球……

“现在不能全撤，”叶朗塔上尉说，“你把队伍拉下去，我带重机枪掩护！”

“不，你走，我掩护！”洛维莫中尉说，“你快走！”

“敌人进攻了，敌人进攻了！”前面有战士叫起来。

德军的全面攻击开始了。叶朗塔上尉瞄准了伊温普中校，在他急袭的机枪子弹中，他看到伊温普狗啃屎般向前栽倒。

德军阵脚大乱，在美军密集的弹雨中再次伏地不敢抬头。

“撤，快撤下去！”叶朗塔上尉命令，“中尉，快率部队撤！”他自己则又开枪射击敌人。

战场上枪声再次大起，德军的攻势又恢复过来。而叶朗塔上尉为掩护部队，阵亡在摩泽尔河畔……

摩泽尔河的长长流水，会永远怀念这位反法西斯勇士！

两天两夜的血战，让美军付出了高昂的代价，巴顿将军在给布拉德利将军的电报中说：

“将军，多么宝贵的 5 天，我们却拱手让给敌人，他们得以喘气，得以做好一切准备，我第 12 军第 80 师、第 7 装甲师经过两天两夜血战，付出了惨重的代价但没有达到预期的战略目的。让人痛心！明天，我们将会付出更加惨重的代价……”

巴顿估计得没错，大规模的血战还在后面！

第二卷　德军全线反扑的恶战

德军全线反扑的恶战·卷首语

1944年9月8日黎明，一阵急袭的弹雨落在美第3集团军阵地，卷起暴风雨般的轰鸣。巴顿与第3集团军的将校们立即冲出掩体向德军阵地望去，有人惊呼：“德军反攻啦，敌人反攻啦！”

巴黎能否成为战场？艾森豪威尔迟疑不决

早在9月4日，美第12集团军群总司令布拉德利将军赶到夏龙巴顿将军的司令部，命令美第3集团军3个军9月5日向德军展开攻击。经过5、6日两天的血战，德军构筑了坚固防线，又有主力步兵师据守，美军以失败而告终。巴顿与他的将校们只有与参谋们再次研究战场态势准备教训德国人，没想到德国人反攻上来了！

不等天大亮，德军第106装甲旅突进美军90师在奥梅兹的防线，其敢死队冲入师部，另一支德军敢死队突破美第80师马尔巴什防区，美军梅斯、多尔诺等战区遭到德军毁灭性攻击；德军炮火集中轰击美第7，第11装甲师，压制得这两个装甲师不敢移动一步。

德军龙德施泰特总司令与参谋长韦斯特法尔并没有被短暂的火力优势冲昏头脑，他俩各乘一辆坦克跟随装甲攻击部队督战。同时命令有限的轰炸机进入美军纵深轰炸。

战场形势在不断恶化，巴顿遥望着滚滚硝烟沮丧地叹着气……

第八章 德军第106装甲旅发起攻击

小引

1944年9月8日凌晨，气势汹汹的德军第106装甲旅旅长恩谢胡准将率领他的坦克，排成攻击编队，沿着开阔的阵前平原，如饿狼般直扑美军巴顿部据守的奥梅兹阵地，密集的炮弹带着刺耳的啸声坠进美军阵地，步兵部队狐假虎威地在后面跟进。坦克在“隆隆”狂叫，一时间整个战场气氛愈加紧张，扣人心弦。

9月7日下午4点，德军恩谢胡准将乘飞机准时来到第1集团军司令部，早已在此的军团司令冯·诺拜尔斯道夫特将军，用充满笑意的目光与神态迎接他：“准将先生，你感觉怎么样?”

德军作为巴黎统治者的最后时刻

“报告将军，恩谢胡准将无论是自我感觉还是战场感觉都处于良好状态！”

“您不愧是个聪明人，未来的元帅阁下。”

“哈哈哈……”两人同时大笑起来，这是一种野兽般令人汗毛倒竖的笑声，如同从地狱传出一般。

“你谈谈战场上良好的感觉来自哪儿？”笑声未停，诺拜尔斯道夫特就发问。

善于察言观色的恩谢胡准将非常喜欢表现自己，特别是在上司面前，因为只有这样才能寻找到更多的晋升机会。

“从近两天的战斗进程看，巴顿突破摩泽尔河，占领南锡，进军曼海姆，最终夺取莱茵河的计划已成为幻想。”恩谢胡说，“本人完全相信将军的指挥！”

“准将，你说得太概念化了。要谈具体，具体该怎么样打下去。作为指挥官，要不断重新认识战场，弄清对手。当然，还有我们的对手目前在想什么，明天将会干什么！”冯·诺拜尔斯道夫特司令官用教训口吻说着。

“明天，巴顿将集中炮火攻击我军防区，然后在航空火力支援下再次举兵强渡摩泽尔河！”恩谢胡似乎已有考虑，故而很快说出来。

“对，巴顿的性格是进攻，进攻，再进攻！”诺拜尔斯道夫特说，“那么我们要怎么办？”

“集中优势兵力，阻止其渡河，就应该在摩泽尔河中全歼他们！”恩谢胡准将挥舞着拳头，“我有足够的信心去实施具体战术！”

诺拜尔斯道夫特将军作为德国第1集团军司令，自有他独特的地方，他也不是那种头脑简单、只会蛮干的军官。听了恩谢胡的话，他提醒道：“准将先生，巴顿从北非开始，一直到现在没有打过败仗，你知道吗？”

“阁下，没有常胜将军！”

“对，你说得完全对，可是巴顿确实是没有败绩，这也是事实。对此我们不能视而不见！”

“这两天在摩泽尔河血战中，他不是被我们打败了？”

“这仅仅是开始，不能说我们已经打败了他！”诺拜尔斯道夫特将军不满恩谢胡那种自我良好的感觉，他顿了一下，终于把自己心里的东西说了出来：“我要在巴顿之前，先发制人，大举反攻，一举将其有生力量歼灭在他们发起攻击之前！谁能笑到最后，就看这次反击的力度了。”

“反击？”恩谢胡不解，“马上全面反击，而不是守住此地？”

“反击必须找准突破点，怎能随便全面攻击？”诺拜尔斯道夫特说，“我准备从这里撕开一条血路！”说着，他指着地图上的一个三角坐标。

恩谢胡使劲眨眨眼睛看清楚：“奥梅兹，从这里突破？”

“怎么样，有何见解？”

“巴顿所部的兵力部署清楚吗?”

“这一地区为美第 90 师防御区，师部就在 662 高地下面!”

“直捣其师指挥部!”

“这还不轻而易举!”诺拜尔斯道夫特将军老谋深算，“我选择美军第 90 师的 358 团与 359 团之间的 662 高地为突破口，请你来，就是要你在明天凌晨发起攻击，一举夺取 662 高地，再直取美第 90 师师部!”

“明白!”恩谢胡回答，“如果我攻击失败，请求就地处决!”

诺拜尔斯道夫特将军立即意识到，恩谢胡在跟他讨价还价，打败了处决他，要是打胜了呢？不言而喻，也应该有赏，现在恩谢胡只说前一半，下一半他希望由上司来说。

“如果你能突进美第 90 师的师指挥部，我就报告元首晋升你为少将副师长!”深知下级心理的司令开口许诺了。

恩谢胡心里高兴极了，他正是需要这样的承诺，但他心口不一地掩饰说：“将军，我们的价值不在晋升，而是为德意志帝国做贡献，只要帝国的利益需要，不管怎样艰巨的作战任务我们都应无条件立即执行!”

听着这样的话，诺拜尔斯道夫特笑了，心中却在暗道：“你不就是想晋升吗?装什么!”

回到防区，恩谢胡准将感觉头有些闷，有点胀痛。或许是刚才太激动了，他这样想，于是用冷水洗了个头，似乎好了一些，便和衣在沙发上休息。午夜，少尉侦察队长甫基悼匆匆赶回，第一句话就像给恩谢胡准将打了一针兴奋剂：“将军，我们一定会胜利!”

恩谢胡掩饰着内心的喜悦：“沉住气，说下去。”他的头一点都不痛了。

“在美军奥梅兹左侧的 662 高地后面，是美第 90 师的指挥部，只要越过第 90 师的 358 团与 539 团之间的开阔地，攻占 662 高地，就可直捣美第 90 师师部!”少尉拼命抑制自己的激动，似乎胜利已然在握。

“开路，你指挥坦克开路!”恩谢胡命令。

少尉当然不想错过这样的立功晋升机会，欣然同意担任第 1 冲击队开路坦克的指挥官。

凌晨，德军先是悄悄地向美军 358 团与 359 团之间的开阔地冲去。甫基悼少尉的坦克在开路途中，不意闯进雷区，在一连串巨大的爆炸声中坦克油箱被引燃了，熊熊大火立时燃烧起来。甫基悼少尉率乘员跳出了坦克，同时美军大炮响了，甫基悼只好狼狈地跳上紧跟而来的恩谢胡准将的坦克甲板，随坦克继续冲击。甫基悼手中的枪作出随时攻击美军反坦克手的姿态，他决不想混在普通的步兵群中，那样显示不出他忠于德意志帝国的决心。

现在，前面有一道火墙封锁了德军去路。恩谢胡准将扭头问：“少尉，怎么回事?”

甫基悼从后甲板跨到前甲板，左手抓住坦克炮塔上的铁栏杆向前看了看说：“将军，有3辆坦克被击中，正在燃烧!”

“是反坦克炮干的，还是火箭筒炸的?”旁边有军官问。

“不像是火箭筒炸的!”

“凭什么下这样的结论?”

“我们的攻击时间，正是美军休息的时间，他们不可能想到我们会首先发动攻击，再说，他们的反应也不会如此之快!”甫基悼说。

“这么说是反坦克炮干的?”

“美军在这一地区都配有大量反坦克炮兵阵地!”

“少尉，立即率部队去打掉反坦克炮兵阵地!”恩谢胡准将不愿听这些没有多大意义的话，“动作隐蔽一点!”

甫基悼点了点头，率部向美军反坦克炮兵阵地冲去。他原来一心想利用坦克攻击立个功。不想还没开始，坦克就被接连炸毁，懊悔无益，甫基悼又一心要率步兵捞回这一损失。

德军坦克群在恩谢胡准将指挥下，停止继续向美军662高地右侧的前进，转而按照攻击编队，集中坦克炮攻击美军炮兵阵地和机枪阵地，以掩护甫基悼少尉他们攻击美军反坦克炮兵阵地。一旦甫基悼他们得手，美军反坦克炮停止射击，他们就会加大油门冲过662高地，直捣美军第90师的司令部。

甫基悼少尉越过美军步兵阵地时，发现阿史纳中校的突击队已经赶到他前面了。甫基悼命令队伍加速超越中校的突击队，然而阿史纳中校在距离甫基悼不远的地方突然大吼：“少尉，你的队伍停止前进！担任我突击队的后卫!”

一听阿史纳中校想指挥自己，甫基悼少尉心里极不愿意，他意识到中校是存心抢头功，可又不能明白表露出来，只好大声回答：“中校先生，我奉旅长恩谢胡准将的命令，捣毁美军662高地的反坦克炮兵阵地!”

“本中校正是执行攻坚任务的，快，担任我敢死队的后卫作战任务!”阿史纳还没说完，美军一连4发炮弹直捣过来，在中校的队伍中爆炸，顿时将队伍炸乱了。

“卧倒，快卧倒，隐蔽，隐蔽!”阿史纳中校命令道。

“冲过炮火封锁线，跟着我!”甫基悼少尉趁中校的队伍大乱逃避中校的指挥，他首先冲进硝烟，哪怕一颗又一颗炮弹在他近前爆炸都不管不顾，他的队伍还真的跟着他冲。

美军662高地右侧是第90师的358团，他们的炮兵发现了德军突击队，转

过炮口狠狠地平射攻击，炸得阿史纳中校及其队伍不敢动弹，而甫基悼少尉的队伍以伤亡一半的代价冲过来了，出现在美军359团步兵阵前。

“报告少尉，”甫基悼少尉刚一卧倒，背着电台的上等兵就报告，“阿史纳中校的突击队没有跟上来。”

“快与中校联络，报告他我们进入了美军359团步兵阵地前，请求突击队跟上！”甫基悼有些忧虑：美军若发现我们是小部队，会马上反击吃掉我们！

电讯兵急忙与阿史纳中校联络，电台中传来突击队的回答：“阿史纳中校阵亡，阿史纳中校阵亡，部队失控，突击队失控！”

甫基悼少尉一听阿史纳中校阵亡，突击队失控，匆忙从上等兵手中夺过授话器：“恩谢胡将军，甫基悼少尉向你报告，请回答。”

“我是恩谢胡准将，请报告。”

“我们已经进抵美军第90师的359团步兵线上，但没有后续部队跟进，我伤亡已过半，请求炮火支援！”甫基悼忙向长官请求。

“少尉先生，我没有命令你进攻美军步兵阵地，只是为减轻我方坦克损失，让你直捣美国人反坦克炮兵阵地。现在再次命令你立即进攻美军反坦克炮兵阵地，我坦克部队已经进入冲击线，只要美军反坦克炮火一停，我们马上就可冲过662高地，直抵其90师师部！”

“明白！”他只好命令部下，“快，向美军反坦克炮兵阵地进攻！”

甫基悼通过纵横交织的残破交通壕，“呼啦啦”地赶到美军炮兵阵地右前的一片草丛中进行侦察。不料，德军一发炮弹直冲而来，在草丛中爆炸，将正潜伏进草丛的两个己方机枪手炸得血肉横飞。

“混蛋，瞎了眼！”甫基悼骂着打开电台，“炮兵注意，我攻击部队已经进入美军反坦克炮兵阵前的草丛，请注意炮火方位！”

“炮兵明白，马上伸延火力支援你们进攻！”话筒里传来炮兵指挥官的回答。

甫基悼少尉正高兴，后面一群黑影冲上来了，不等他反应过来，黑影中有人问：“前面什么人，不回答我们开火了！”

“我们是恩谢胡将军派出的攻击部队，我是甫基悼少尉。你们是谁?”听到对方说的是德语，甫基悼知道是自己人。

“我是梅伦范少校！”

“长官，这里危险，阿史纳中校已阵亡了！”

“正因为他阵亡了，所以将军阁下命令我来指挥敢死队，你协同我杀进美军反坦克炮兵阵地，上午10点钟之前必须夺取美第90师司令部！”

“少校先生，伤亡太大了，美第358团与359团之间的兵力，火力比我们预料的强得多。”

“现在不是谈论伤亡大小的时候!”梅伦范少校正式指挥这支刚认识的部队，“你先冲，我的敢死队在后，再不打进美军反坦克炮兵阵地，我的106装甲旅更将寸步难行!”

甫基悼少尉沉默地四下张望，美军反坦克炮正以精确的炮击点射恩谢胡准将率领的坦克群。只要有一辆坦克炮还击，立即就引来几门炮的同时攻击，炮火映红了黎明前的奥梅兹战区天地……

“还愣着干什么，杀进敌炮兵阵地!”梅伦范催促，“快冲，冲进去拼了!”

“少校先生，美军炮兵阵地前100米处有步兵警戒，步兵阵地前还有大片雷区!”

“废话，有步兵是必然的，美军是攻击部队，怎么没有步兵？有地雷也是难免的，但是，不能因为这些而停止前进。你冲上去!”梅伦范少校用枪顶住甫基悼少尉，“上!”

甫基悼少尉“呼”地站了起来：“冲，冲进美军炮兵阵地!”

“跟上，杀进炮兵阵地!”梅伦范少校也命令。

德军两支敢死队向美军炮兵阵地拼命冲去，刹那间战斗更激烈、更残酷了。

德军编好战斗队列的坦克在恩谢胡指挥下，也开足马力向美军阵地冲过来，殊死血战在近距离展开了……

第九章　阵亡在敌阵的美军依里奇上尉

小引

德军向美军反坦克炮兵阵地冲击。美军第 90 师第 359 团二营营长戈特瓦少校对三连连长麦施京上尉说："你看到了吧，德军反击上来了！"

投降的德军

“少校先生，我们要把敌人赶走！”

“歼灭掉他们，跟着我走！”戈特瓦少校说完命令，“二营出击！”

“是！”官兵们异口同声地答应。

戈特瓦少校指挥全营官兵，主动增援反坦克炮兵阵地。

尽管这几天美军各路部队的攻击均未成功，但美军全军上下团结一心，他们的共同愿望是明天打败敌人！

现在，美军步兵358团1营营长莱耳曼中校，指挥他的部队在反坦克炮兵阵前与德军敢死队交上了火。战事发展很快，莱耳曼中校与炮兵指挥官贝利斯中校通完话，仗就打到了门外。一阵接一阵的机枪声震耳欲聋，手榴弹的爆炸声更是震荡人心。

“中校，德军攻到指挥部门外了！”一个上尉作战参谋赶过来焦急地报告。

“命令四连，四连回援营部！”莱耳曼中校说完拿起枪，对指挥部的警卫、作战参谋们说，“勇士们，把敌人反击下去！”

“打！”美军一位上尉作战参谋，一刀结果了一个冲过来的大个子德军，自己也因用力过猛栽倒了，他翻滚爬起来，从德军胸口抽出血淋淋的刺刀。这时他听到左前“咚”的一响，他抬眼一看，离他几十厘米远的地方，一颗正冒白烟的手榴弹即将爆炸。上尉不愧是战场老兵，沉稳地闪电般飞起一脚踢飞手榴弹。“轰！”手榴弹在德军群上空爆炸，几个正在奔跑的德军顿时抱头鼠窜。

“上尉，命令部队顶住，四连马上到！”美军营长莱耳曼中校跑步到近前，“这个阵地不能丢，我到炮兵指挥……”

“中校，炮兵正在撤退，指挥部没有人了！”一个少尉赶过来说，“我们如果不顶住这股敌人，炮兵会损失更大！”

莱耳曼中校也注意到，德军看到美军炮兵阵地上的士兵正在撤退，都在那里蠢蠢欲动，迫不及待地想追击。但358团1营的勇士们挡住了他们的攻击道路。

“中校，德军企图突破我军防线，越过662高地，夺取我90师司令部！”又一个士兵赶上来报告。

“什么地方得到的消息？”

“从电台中偷听到的！”

“快电告师长，敌人要偷袭司令部了！”

“电讯中断，师部方位枪声大作！”上等兵回答。

莱耳曼中校大吃一惊，他急忙向师部方位眺望，子弹的轨迹在空中密如雨线。再看看眼前的德军，中校明白了，他们是想拼死突破这个阵地与进攻师部的德军汇合。

“上尉，”莱耳曼奔到依里奇身后，“四连到了，你把三排带着，从右边的交通壕绕到敌人背后杀进阵地！”

依里奇上尉明白自己成为敢死队队长的命运。战场上现在是敢死队打敢死队，勇者胜，畏者败！

太阳已经冉冉升起，从天上向下观看着人间的残酷战斗。德军的坦克展开了纵射攻击的推进架势，依里奇上尉率部逼近德军敢死队。首先看到的是德军一个少尉在高处不停摇动手臂叫喊着，一面德军军旗在硝烟中摇晃，这是德军为鼓舞士气而作。依里奇看见法西斯的旗子就心头冒火，哪里容得它还张牙舞爪，示威似的久久竖立那里。他端起步枪扣动扳机，“砰”的一下打断了本来就不粗的旗杆。不等他再开枪，德军几挺机枪同时扫射过来，幸亏他脚边有个半人深的单兵掩体，他跳进去蹲下，德军打来的子弹擦着头皮扫过……

“中士，干掉发疯的狼！”依里奇上尉命令特等射手，“只准一枪，目标敌机枪手！”

中士没有吭声，这个来自加利福尼亚州的美国小伙很内向，平时言语很少，如果人多了偶尔说上一句还脸红。此时他只是望了眼上尉，就将枪托贴住自己的右面颊，向目标瞄准，眨眼间，“砰”的一声子弹出膛，德军机枪手头一歪倒在机枪枪托上。

“轰”一发坦克炮打来了，德军企图除掉美军神枪手。中士则没事似的还在原处瞄准另一个机枪手。依里奇上尉急了，他大吼：“快，跳进那个弹坑，潜伏待命！”

“上尉，德军要包围我们，敌人从三个方面上来了！”中士报告着，向敌人投去两颗手雷后转移了位置。

“卧倒，卧倒，中士！”依里奇一看中士直冲敌群，惊呼着，“快卧倒！”

“哒哒哒……”中士抓住敌人乱窜的机会端着冲锋枪追扫，枪下倒了一片德军死尸。

“砰！”的一声枪响，中士倒下了。

看到中士英勇作战的气势，依里奇上尉浑身热血沸腾，中士的阵亡也令他悲痛万分，他跳起来：“把敌人堵住，把坦克炸毁！炸毁！”

两辆德军坦克都突然转过头，把正面战场让给了后面跟进的步兵。他们只要突破这道防线，就等于拿下了美军662高地，正撤退的美军炮兵将会遭到毁灭性打击！

“敌军官，打军官！”美军中有人大声叫着提醒特等射手。

依里奇上尉看到一个德军少尉在挥枪狂叫，他狠狠地扫去一梭子，可是目标依旧站立。依里奇恨自己怎么这样无能，关键时刻不能很好地发挥射击技术。正准备再打，不知什么地方“砰”的一枪，一挺德军机枪哑了，眼前纷飞的子弹

顿时少多了。这是三排长梦柏底中尉赶到打出的一枪，依里奇笑着看着中尉："多亏你，伙计，反坦克小组呢？"

"已经迂回上去！"梦柏底中尉回答。

"好！"依里奇挥了下手，又抱枪向德军攻击。四五个德军不知什么时候从左边窜出来，直扑梦柏底中尉。依里奇忙大叫："中尉，敌人扑上来了！"

"明白！"梦柏底中尉边回答边持枪扫射，打倒了前面两个跑得最快的德军后，其他三个家伙开枪了。几颗子弹击中中尉的左下腹，他不顾伤痛跪地打出一梭子，三个家伙再也不见起来。

"上尉，向左，向左退！"梦柏底中尉见有德军向依里奇逼近，急忙大声提醒，他想增援但力不从心，左下腹的鲜血已浸透了军衣。

依里奇上尉击毙了一个德军机枪手，跳进炮弹坑，有两个德军一边射击一边冲上来，依里奇还未开枪，左后枪响了，这是梦柏底中尉打出的最后的子弹，击毙了两个德军。但是上尉发现中尉静静地卧倒在地不再动了，依里奇上尉冲过去抱起中尉，发现中尉已经与世长辞。

"中尉，中尉，你醒醒，你再睁开眼睛看看！"依里奇上尉满含热泪呼叫着，他舍不得这位勇敢的美国军人！

梦柏底中尉，这位西点军校毕业的军官，为反抗法西斯战死在摩泽尔河畔，爱好和平的世界人民，将会永远怀念着他！

放下梦柏底中尉，依里奇上尉从炮弹坑中抓起一挺压满子弹的冲锋枪，这时德军坦克按照攻击梯队压过来了。其气势似乎要吞没全球。

"美利坚合众国的军人们！"依里奇上尉用富有激情的语言在战场上号召："拿起火箭筒，反坦克手雷，炸毁德军坦克！打击法西斯侵略者！"说完自己率先冲向德军坦克。

"前进！炸毁德军坦克！"军人们从不同的掩体中冲出来，呼叫着直逼德军坦克。

美军攻击部队与德军第 106 装甲旅的较量进入白热化状态，双方都努力争夺脚下这块具有战略意义的土地。

美军 358 团 1 营营长莱耳曼中校，率部冲到最前沿阵地时，跟进的部队已不多了。他心急火燎地对作战参谋森斯茂说："中尉，命令部队快速跟进！"

"中校，部队伤亡太大，战斗力大大减弱，跟进的不多了。"

莱耳曼中校沉重地点点头。环视战场，原来的部队所剩无几。森斯茂中尉随后报告："快撤，敌人已经突破我军防线！"

"依里奇上尉呢？"莱耳曼似乎没有听见中尉的劝告。

"依里奇上尉阵亡了！"

“嗯?”

“他与一辆德军坦克同归于尽了!”

莱耳曼中校向德军阵营望去，硝烟中德军第106装甲旅正向美军第90师师部攻击推进，其气势似直入无人之境。

“中尉先生，我师部处于敌炮火之中，我们不能撤。跟着我上，打击德军坦克!”莱耳曼中校说着，不顾生命危险直向攻进的德军坦克冲去。

见中校如此这般，其他官兵一个个都跃出掩体，拿起火箭筒，握着反坦克手雷直逼德军坦克。不知是哪位机枪手更来劲儿，机枪为冲击部队扫倒了一批又一批冲击美军的德军，战场爆发了潮水般的冲击与反冲击战……

第十章　德军攻入美军第 90 师师部

小引

“命令 90 师，全力阻止德军装甲部队的推进!”巴顿在电话中命令埃迪军长。

“报告司令阁下，第 90 师 358 团 1 营营长莱耳曼中校，在全营伤亡惨重的情况下，冲进敌群正与德军厮杀，359 团两个营也已增援上去!”埃迪军长语气中既充满激情又充满悲痛。

希特勒的东普鲁士大本营

“请告诉莱耳曼中校及其官兵，感谢他们的努力作战，人们不会忘记他们！”巴顿充满感情地说完，命令道：“下午3点钟之前，必须阻住敌人攻击！”

“是！”埃迪军长回答。

现在已经是下午2点钟了，美军营长莱耳曼中校带领部下打退了德军的四次反扑，巴顿的话已经传进他们耳朵里，官兵们更是精神抖擞，前仆后继，死而无憾。增援的两个步兵连也赶到了，莱耳曼重新调整了兵力快速赶到了连阵地，刚刚接任3连指挥权的1排长佩尔特中尉，将阵亡的老连长从炸毁的德军坦克旁抱出来，用袖口轻轻地擦去老连长脸上的血，低声有力地似乎对着老连长、又似乎是自言自语：“这个仇一定要报，一定要报！美国的军人不会作无谓的牺牲！”

莱耳曼中校默默地脱帽，向3连连长深深地望了最后一眼，戴上帽子说：“中尉先生，巴顿将军亲自给前线官兵发来电文！”

“他说了些什么？”

“电文在这里。”莱耳曼中校说，“军长命令我们传阅。”

佩尔特中尉急切地伸出手接住，很快他展开电文：

“第90师的官兵们：德军第106装甲旅，冲进了你们的师部指挥部，这是我军的一大耻辱……”

“中校，你下达命令吧！”读到这里，佩尔特中尉激动起来，他喘着粗气说：“我不能容忍这一耻辱，我要雪耻！”

莱耳曼中校需要这样的下级指挥官，特别是当战局暂时对美军不利的时刻，战场上所有官兵都需要刺激。而巴顿将军发来的电文，足以刺激这些战场上的军人们。

“佩尔特中尉，现在夺取被敌人占领的师指挥部，是我们的首要任务，你能承担吗？”中校问。

“能！”佩尔特坚定地回答，他的目光告诉中校，他将一往无前。

“敌人利用我们挖的地下阵地作掩体来打击我们，所以他们是在暗处，我们在明处，比较被动。要求你们速战速决，减少伤亡。”

“我明白，中校先生！”

佩尔特中尉是美军下级军官中的一员虎将，他二话没说率部队冲上去。

巴顿在等待第90师的作战情况报告。

莱耳曼给佩尔特中尉下达完命令，大步跑进另一个连的指挥部，他要激励官兵与德军第106装甲旅展开厮杀！

佩尔特中尉率部摸到德军正面，而先期到达的反坦克炮与几门野战炮，已经抢占了师部后面无名高地的制高点。制高点的炮火带着美军官兵的仇恨向德军咆哮，跟在坦克后面的德国步兵顿时大乱。佩尔特中尉命令部队：“进入交通壕，隐蔽盯住敌机枪手!”

“呼啦啦!”官兵们跳进交通壕，伏在交通壕上架起了枪，等待着下一个命令。

“第 1、3 反坦克小组跟着我，第 2 反坦克小组由海拉施少尉指挥，从左向敌人指挥坦克前进!”佩尔特命令，“动作快一点，抓紧时间!”

部队机敏地行动起来。

德军步兵在坦克的火力掩护下，不顾美军反击炮火的攻击，直向无名高地冲去!

“中尉，德国人冲过来了!”一个少尉报告并急切地说，“机枪应该开始扫射!”

“斯福艾少尉，冷静，冷静!”佩尔特安抚对方的情绪，待德军更近了，他跳上战壕，“机枪，准备掩护反坦克小组上!”

“是!”机枪手们同声回答，纷纷一跃进入战壕，各自利用掩体隐蔽。

这条交通壕无论对美军还是对德军而言都有着重要的战术意义。对德军来说，若夺取这一条战壕，就截断了美军的退路，将给美第 90 师毁灭性打击；而美军若守住了这条交通壕，就能阻止德军的前进，并且，如果大部队赶到或迂回成功，又可对德军 106 装甲旅形成包围并予以重创。

斯福艾少尉沿着密集炮弹爆炸形成的自然掩体向前冲去，他现在潜伏在两辆德军坦克的中间，左右各有一辆在进行炮击但没有开动的德军坦克。这些坦克专门攻击美军机枪阵地，跟随坦克前进的德国步兵们，不知是怕遭到美军机枪集中攻击，还是惧怕与美军的冷枪，一个个伏地观察美军阵地动态，不敢越过坦克一步。

“少尉，佩尔特中尉在无名高地跟敌人拼上了!”一个中士报告，“快下命令，我马上炸毁右边那辆德军坦克!”

斯福艾很满意中士的勇敢，他嘱咐了一句：“左边的我来解决，你一定要小心，炸毁敌坦克才算英雄!”

中士默默地点了点头，向德军坦克爬去。

斯福艾高兴地看到中士接敌速度很快，而且非常隐蔽，他又命令左右士兵：“掩护我，我马上去炸毁左边这辆坦克!”

部队跟着他如同一阵旋风冲上去了。

德军第 106 装甲旅旅长恩谢胡准将现在正春风得意，他心情好极了。上午 11 点 15 分，恩谢胡在给德第 1 集团军司令诺拜尔斯道夫特的电文中称：

“冯·诺拜尔斯道夫特将军阁下：我已经从巴顿部据守的奥梅兹发起攻击，并突破美军第 90 师的防线，攻占其师司令部，夺取了大批美军军事机密文件。

我军正乘胜进击……”

此时的阵地恩谢胡准将似乎已看到自己晋升为少将后的形象。他心情愉快地乘坦克来到前沿，担任一线总指挥的博利多上校在电台中大声报告：“将军，美国人准备大反击！”

“什么？你作详细报告！”恩谢胡非常吃惊。

“我们刚刚截获巴顿给90师的电报，巴顿命令90师顶住我们的进攻，其增援部队下午1点40分赶到，陆航的轰炸机马上也到我们战区上空！”

“啊，是这样，”这对恩谢胡而言似乎是当头一棒，顿时，他从飘飘然的状态返回到现实，但仍然以很强硬的语气说：“告诉各战车车长，我装甲第106旅没有撤退的历史。打！前进！就是我106装甲旅的作战精神！”

“将军，”博利多上校有些焦急了，“美军大批增援部队马上赶到，我们还是先撤到304高地固守待援吧？”

“上校先生，我刚刚向司令阁下通报，我军106装甲旅进展神速，战果显赫，如果现在又退回304高地待援，这如何向司令部交代？”

“将军，战场变化以分钟为单位……”

“别说了，上校先生，向前推进，打到哪儿算哪儿！”

“是，执行将军的命令！”上校知道再说下去也是徒劳的。

“报告，我团攻进美军358团团部！”

“报告，我营突破美军步兵阵地，正向纵深推进！”

……

来自各营、团的报告使恩谢胡信心逐渐恢复。在他的命令下，战车都向前推进，但未进到500米，就见到四五个美军攻击队员，分三个方向围住了博利多上校的指挥车。恩谢胡对机枪手与炮手说：“增援上校，火力封锁美军攻击手的攻击路线，歼灭他们！”

德军博利多上校从观察孔中惊异地发现美军反坦克小组在接近他的坦克，他紧张起来，绷紧每一根神经狂叫道：“机枪扫射，快扫射！”

“长官，机枪管已打红，无法再打了！”机枪手回答，“请炮兵打凌空弹，打凌空弹！”

凌空弹，就是装有特殊引信的炮弹，能在空中爆炸，可以产生大量的碎片，用于杀伤伏在地面或正进攻的步兵。这种炮弹对人体伤害很大，往往会给对方步兵造成巨大伤亡。冲击、潜伏和后退的步兵都害怕这种炮弹。

“凌空弹，打凌空弹！”博利多上校转而命令。

“上校，美军是分散攻击，凌空弹效果不会很好！”炮手解释，“让机枪手在坦克炮塔上攻击效果最佳！”

让坦克内的机枪手探身出坦克，机枪手无疑会成为活靶子，可是炮塔上视野广阔，随时可射击敌军，又的确很好，真是进退两难。恩谢胡通过无线电监听器，将博利多上校与士兵的对话都听到了。他命令坦克向博利多的坦克靠近，火力支援。

攻击博利多上校坦克的反坦克小组是美军斯福艾少尉指挥的敢死队，美军中士准备对正在向左回避的坦克投去一颗反坦克手雷，但德军坦克仅仅抖动一下，又开足马力直向前冲去，企图冲出投弹手有限的投弹距离。而斯福艾少尉认定德军这辆坦克再向前冲，准会冲进前面不远的交通壕，于是他向德军坦克后部追去一弹，炸弹的爆炸促使德军坦克跑得更快。

中士知道少尉是想把德军坦克赶进陷阱般的交通壕，也如法炮制，向前冲了一段距离后再投一弹。德军坦克上当了，它猛加油门一冲，待发现交通壕时，已刹车不及，“咚”地栽进又深又宽的交通壕，屁股朝天了。

“打，用火箭筒打！”斯福艾少尉命令，“打它的油箱！”

“嗖”的一声急袭，一枚火箭弹击中坦克尾部，油箱着火了，德军坦克后面“呼”地窜起一股黑烟，大火也急速地窜上了长空……

“我们击中了敌人的坦克！”美军中士兴奋地呐喊。

“注意，有辆敌人坦克从右攻上来了！”斯福艾少尉呼叫，“中士，炸掉它，炸掉它！”

美军中士向德军坦克前进，但只跑出几十米便不幸中弹倒下了。

莱耳曼中校、佩尔特中尉、斯福艾少尉都率部杀向德军坦克队伍，激烈的拼杀使得战场遍地都是死尸、伤兵……

第十一章　德军将校的死期

小引

同一天，德军准将龙·肖伯泰率领一支装甲部队向美军第 80 师据守的马尔巴什阵地展开进攻！现在，德第 1 集团军司令冯·诺拜尔斯道夫特在电话中大声询问："肖伯泰，肖伯泰，你在哪里，部队攻击进度如何？请立即报告。"

希特勒到火车站迎接墨索里尼

德军肖伯泰准将用兴奋的语气回答："将军，我们已经攻到美军马尔巴什阵地的第三道防线，现遭到美军部队的反击……"

"你要不惜一切代价夺回马尔巴什！"

"将军，我们有百分之百的信心！将军若有兴趣，可以前来主持我军入城仪式！"

"准将先生，请不要高兴过早，我等着你的好消息！"

放下授话器，肖伯泰准将走出指挥部，看见一副担架由两人抬着从硝烟中走了出来，后面一个军医手中拿着急救药包跑得大汗淋漓。按战时德军的实际情况，对伤员，只作就地包扎，一般情况下，军医是不会到弹如雨下的战场的，现在军医为什么冲进战区跟在伤员后面，这个受伤者会是谁呢？

"报告将军，索亚特上校被击中了！"一个叫瓦迪斯的中尉作战参谋赶过来报告。

"担架上就是上校先生！"一个士兵补充说。

"抬过来！"肖伯泰准将愣了一下说。

索亚特上校是肖伯泰的副参谋长。在今天德军反攻之前的作战会议上，索亚特上校与众将校的兴奋状态不同，他显得闷闷不乐，坐在作战地图前沉思。散会后，所有的军官离开时已经是午夜时分，索亚特上校并未急于离去，他走到肖伯泰跟前小声说："将军阁下，我们对马尔巴什美军兵力部署并不完全了解，明天的反击万一攻不下来怎么办？增援兵力又在哪里？"

肖伯泰准将大为不快："上校先生，作为我的副参谋长，你却如此不相信我的战略战术，简直是个悲剧！"

"不，将军阁下，我是说攻击……"

"好啦，好啦，上校阁下，"肖伯泰没有给上校解释的机会，他自己继续说，"我们在奥梅兹、马尔巴什、梅斯、多尔诺各个战区，同一时间向美军进行突袭，只要诺拜尔斯道夫特将军下了决心，没有攻不破的阵地！"

"肖伯泰将军，我知道诺拜尔斯道夫特将军是一员虎将。可是我们也要看到：我们的对手是巴顿，对付巴顿所部千万要谨慎！"索亚特一字一顿地说，语气中充满对巴顿的畏惧和担忧。

肖伯泰将军沉默一会后，突然开口了："我第一攻击队是杀开通往马尔巴什敌阵道路的特遣部队，我希望由你亲自指挥作战，巴奥托中校是你的助手，我要让巴顿看看，在法兰西战场我才是他真正的克星！"

命令一下，索亚特还能说什么呢？他只好乖乖地接受作战任务，迅速赶到第一攻击队的队伍中调整队伍准备血战。

今天凌晨，德军第二、第三特遣队协同作战，突破美军两道防线进抵美军第

三道防线后，肖伯泰的参谋长米顿兹马上通过电台向肖伯泰报告：“准将先生，我第二、第三特遣队伤亡惨重，请求兵力增援！”

“好，副参谋长索亚特上校率第一特遣队马上赶到，你立即组织部队攻击！”肖伯泰命令。

米顿兹准将只好死守已夺取的阵地，等待索亚特副参谋长的快速增援！

索亚特上校率部赶到，正值美军的反击开始。无数的炮弹与密集的子弹交织着，阵地是一片火的海洋，索亚特好不容易在战火的硝烟中找到刚被美军反坦克炮炮弹打瘫的米顿兹准将的指挥车，米顿兹在爬出指挥车后被一颗步枪子弹击中倒下，他双手捂住伤口吃力地说：“快……快把索亚特上校找来！”

身为第一特遣队指挥的索亚特上校正好来到米顿兹身旁。米顿兹两眼直瞪着副参谋长，努力地想说什么，最终还是一字未说就死去了。见此情景索亚特心里打了个寒战，他说：“快把我的副官巴奥托中校找来！”

巴奥托中校是肖伯泰的作战处长，是肖伯泰作战计划的具体实施者，平日里肖伯泰格外看重他。此次肖伯泰准将安排他作索亚特的助手，一是此役非同小可，更深层的还有监视上校是否坚决执行命令。听说索亚特命令他立即赶去，巴奥托中校没说二话，从机枪阵地赶了过去，可指定的地方已不见索亚特的踪迹。有人告诉他，索亚特上校已向突击队阵地方向去了。待巴奥托中校再赶到突击队阵地时，却在突击队后方的交通壕中发现由担架抬下来的索亚特上校。此时的索亚特没有多说话，只是嘱咐巴奥托代他行使指挥者的权力。巴奥托立即命令部队据守阵地，寻找机会突破美军第三道防线，攻占马尔巴什！

现在，肖伯泰准将仔细查看了索亚特的伤情，又向医生询问索亚特的血压、心跳与呼吸等生命体征情况，医生认真地说：“他伤在右胳膊，血止住了，其他情况正常，但昏迷不醒难以解释。”

“嗯，”奸狡的肖伯泰说：“医生，请拿手术刀来！”

“手术刀？”军医满脸疑云地问，“要手术刀干什么？”

“你知道吗，参军前我是医学院的学生，拿过好几次优秀呢。”

“将军阁下，上校先生仅仅伤了左胳膊，子弹也不在伤口内，要手术刀干什么？”军医仍不解地问。

“军医先生，我现在不是医学生，而是战场指挥官，请执行命令！”肖伯泰准将生气了，“快执行命令，我要亲自给索亚特上校动手术。”

“你……你要截断他的左胳膊？将军，没有感染不必……”军医如坠五里云雾，愈发摸不着头脑，只是凭着自己的医学常识来说话。

“手术刀，开胸的手术器械！”肖伯泰准将以更加不耐烦的语气说，神情也激动起来。

军医终于愣住了，他无话可说，呆呆地盯着肖伯泰。

“手术刀，快！”肖伯泰干脆自己动手，从军医的急救箱中取出了手术刀，对一个抬担架的士兵说，“放下上校，把上校的军衣解开！”

服从命令的士兵拉开了索亚特上校的军衣，毛乎乎的胸部上堆着的丰满结实的肌肉显露出来。肖伯泰弯下腰，用手轻轻地在上校厚实的胸口上拍了拍，似笑非笑地说：“上校先生，你好像睡得并不安稳吧？”

索亚特上校双眼仍然紧闭，没有反应。

“我现在数1，2，3，如果数到‘3’你还没有睁开眼睛，我就要掏出你的心看看有没有血！”

“准将先生，”索亚特上校一下坐起来，“你……你不能开我的胸！”

四周的人惊呆了。

肖伯泰准将站了起来，对上校求生的目光避而不见：“上校先生，米顿兹战死后，你为了达到逃出战场的目的，自伤左臂，趁机把战场指挥交给了巴奥托中校！”

“准将，我……我真是……”

“上校先生，你行骗，骗到你上司头上来了，真不简单，有胆量，真正的好汉！”肖伯泰用枪口敲敲上校的头，“上校，我们的合作该结束了！”

“将军！”索亚特一下跪地，“给我留一条生路吧！”

“谁给我留命？”肖伯泰冷冷地说，“司令告诉我，马尔巴什如若不能攻占，叫我好自为之，你该明白吧！”

“准将，让我再去战场一拼，我不会给你丢脸的！”上校此时唯求有条生路。

“你还知道丢脸、羞耻?!”肖伯泰仰头大笑：“哈哈哈……逃出战场的指挥官还知道丢脸一词，天下奇闻！”那笑声、说话声阴冷刺骨，四周的人都明白上校必死无疑。

“将军，就这么一次，求你高抬贵手。”也许当局者迷，索亚特似乎还没有明白自己的必然结局，仍在苦苦哀求。

“我也很想留你，”肖伯泰用吃人的眼光直盯上校，“可军法不容。元首有令，各级军官、士兵都有权处死逃兵。”

“你……你不能打死你的副参谋……”

“砰，砰！”两发子弹射进了索亚特上校的胸口，他一头栽倒在担架上，污黑的血直冲而出。

“把这条狗尸甩到一边，马上到前沿抢抬伤员！”肖伯泰命令。

担架兵们此时执行命令犹恐不及，哪里还敢故意耽搁，他们抬起担架就跑。

美军的反击弹雨异常猛烈，战场上显示着美军强大的军事实力。

肖伯泰冒着美军炮火赶达一线。指挥官巴奥托中校从炮兵阵地跑下隐蔽壕，见到肖伯泰就问：“将军，索亚特上校……”

“我毙了他，一个伪装负伤昏迷的逃兵！”肖伯泰说完话题一转问，“怎么样，美军防线开始动摇了吗？”

巴奥托苦恼地说：“将军，攻击力量总是达不到要求，部队进展不大。”

“哦，”肖伯泰又问，“你的战术呢？”

“把预备队拉上来，争取在下午4点钟之前夺取马尔巴什，请将军审定！”巴奥托说。

肖伯泰准将听了，沉思了片刻问：“万一预备队用上后，伤亡也很大，马尔巴什又没有攻下来，你还准备怎么办？”

“将军，桑利顿少校作战很有头脑，他在驾驶坦克方面又是身经百战的老手，预备队出击，只会胜利，不可能失败！”巴奥托中校说。

“报告中校，三营的两个连全部伤亡！”一个士兵赶过来报告，“三营阵地开始动摇，请求炮火支援！”

“报告，美军坦克向我反击！”又有士兵奔跑过来惊慌地报告。

巴奥托转向肖伯泰说：“将军，情况就是如此。”

肖伯泰没有出声地向前沿望去，美军坦克在硝烟中直逼德军阵地，双方都把自己最好的装备拿出来，准备拼到底！

“美军攻上来了！”又有人在步兵阵地呼叫，“坦克，我们的坦克呢？”

“混蛋，你怕什么，快回你的阵地！”有人在大吼。

肖伯泰感到压力极大，忙说：“命令桑利顿少校，把预备队全部拉上来，立即拉上来！”

“将军，已经全部拉上去了！”

“我去一线督战！”肖伯泰拔出手枪，“上！”

第十二章　美军痛失马尔巴什

小引

美军据守马尔巴什前沿阵地的第 80 师第 318 团营长卡门迪少校深感责任非同一般，压力很大，他两次与团、师部联络，询问有关事项，上司们都重复强调：无条件守住阵地，没有命令不准撤！

盟军的谢尔曼坦克

现在已经是下午5点30分了。夕阳西下，加上战火的硝烟将四周的天与地隔开，战场上更是阴沉沉的。淡红色的大小不等的火苗仍在空中穿梭来往，那都是由炮弹、子弹所构成。死尸、伤员都在剧增，双方厮杀的呐喊声一浪高过一浪。卡门迪少校走出营指挥所，放眼向战场望去，二连连长陈纳康上尉迎面快步跑来，卡门迪少校看他的神情，立即意识到情况有异，不等陈纳康开口，他就问："上尉先生，你的阵地怎么样?"

"报告营长，德军四辆坦克冲进我的阵地，请求立即支援，请反坦克小组立即支援!"

"你们连伤亡情况如何?"卡门迪少校追问。

"伤亡一部分，剩下的人已经把德军四辆坦克包围了，但伤亡太大……"陈纳康上尉焦急地回答。

四辆坦克突进了二连阵地，这可是非同小可，二连阵地失守，不但可能动摇全营阵地，还可能使全团、全师阵地都处于被动的局面。然而，营里的预备队只有两个排了，万一别的阵地也出现危险却完全没有预备队怎么办?

"少校，再不支援，我的阵地就要失守了!"陈纳康上尉似乎急得要跺脚，"快，让反坦克小组快上!"

"你就盯住营里仅有的反坦克小组?全营也就只有两个排的预备兵力，你都用上，不为别的人考虑?!"卡门迪少校一点不比上尉轻松，"你马上回阵地组织攻击，快去!"

"增援，增援，没有增援我不能保证守住阵地!"陈纳康上尉坚决地请求增援。

"你先回阵地，反坦克小组马上赶到!"卡门迪少校终于松口了，"快回阵地组织兵力把敌人阻击住!"

"是!"陈纳康显出几分兴奋，转身就跑向阵地。

在美军二连阵地，德军坦克炮已发挥不了作用，因为美军都在几十米内与德军坦克周旋，都处于坦克炮的死角。而跟随坦克跟进的步兵被美军炮火阻击冲不过来，孤军深入美军阵地的几辆德军坦克，只有依靠坦克里的机枪作旋转攻击，这也令美军一时无力接近目标。

陈纳康气喘吁吁回到阵地，他发现戴其兹中尉正指挥三名战士滚着向前接近一辆德军坦克尾部，大有一拼到底的气势。

"中尉，"陈纳康快速运动到戴其兹中尉身边，"快从右侧掩护，一个家伙从坦克后跳出来了，正向攻击队接近!"

"是吗?"戴其兹大吃一惊，果不其然，一个德军正利用炮弹坑作掩护，向三个负责攻击的战士运动。

“干掉他，掩护攻击队!”陈纳康上尉命令中尉。

戴其兹中尉默默地点了点头，抓着枪就地滚入一个较大的炮弹坑，然后借着被德军坦克炮摧毁后地面的凸凹不平，直向偷袭的德军冲过去。

德军塔维博少尉指挥四辆坦克为前锋，一举冲进美军阵地，却发现步兵没有跟上来，这令他紧张不安，少尉急忙命令四辆坦克屁股对屁股形成一个圈自我保护，等待步兵冲进美军阵地。然而久等仍不见步兵突破美军炮火封锁线。塔维博生气地在电台中呼叫：“巴奥托中校，我是塔维博少尉，坦克已经突破盟军防线，请求支援!”

“我是巴奥托中校，”耳机中快速传来回答，“塔维博少尉，你们务必坚守攻破的阵地，步兵正在突击火力封锁线!”

“中校，中校，”塔维博少尉竭力呼叫，“美军正计划包围我们的坦克，如果步兵与炮兵不能很快增援，我们就会遭到毁灭性打击!”

“坚持，一定要坚持下去，肖伯泰准将正调集增援部队，马上就能赶到！我们的步兵暂时不能突破封锁线。”巴奥托中校也无计可施。

塔维博少尉接到命令，只好坚守。科里尔上等兵却建议：“少尉，躲在坦克里是坚持不住的，出击，应该主动出击，打死那些企图炸毁坦克的美军，否则我们会与坦克一起飞上天。”

“你马上出击，打死那些向我坦克靠近的美国人!”塔维博少尉接受了科里尔的建议。

“少尉，”科里尔回答，“我一个人去吗?”

“一个人先去，出发!”

科里尔探身出坦克，很快就发现三个向坦克运动的美国士兵。这个法西斯的小走卒悄悄拿起炮塔上的机枪，他的想法是，只要这三个美军进入射击的最佳方位，就扫射过去!

美军与德军都在选择攻击对方的最佳时机，战场上枪炮声更猛烈了。

运动中的美军戴其兹中尉从炮弹坑中跃起，跳进另一个炮弹坑的刹那，一串机枪子弹直射过来，中尉意识到自己成了德军的目标，便举枪还击，也打去一梭子。

“中尉……”有人惊呼。

“轰……”一枚手榴弹在中尉左前爆炸，硝烟未散，戴其兹中尉又冒出来，向德军猛烈攻击。

科里尔见投出的手榴弹没有炸中美军戴其兹中尉，干脆又端起冲锋枪猛扫。这一回伏在炮坑里的美军戴其兹中尉抓住了这个大好时机，稳稳地打去一个单发，科里尔头部中弹了……

“冲上去，冲上去炸毁坦克！”戴其兹命令，他自己爬起来就冲。

这时，正好一个美军炸翻一辆德军坦克，在巨大的爆炸声中，德军坦克燃烧的火焰直冲上空，喷射出一片烟云。

“中士阵亡！”有士兵向中尉报告。

战场上有伤亡是极其自然的，没有时间让人去悲伤。戴其兹中尉只是想去看看中士。他一个快速冲刺来到中士跟前，发现中士的左胳膊被炸飞了，一条腿负伤，血淋淋的军衣被撕成碎片，而嘴还在微微地颤抖。中尉忙伏下身把手放在中士的鼻孔前，啊，中士还有呼吸，再用手摸摸中士的左前胸，中士的心跳没有停止。戴其兹中尉喜出望外，他神速地用急救包为中士包扎好伤口，将其放好后，向野战救护队方向打了两发信号弹，又将一件破军衣挑在枪上靠住小树。然后对两个围过来的士兵说：“还有三辆敌人坦克，德国人在待援，我们要抓紧时间炸毁它们！”

马特福下士听完向中尉点了点头：“中尉，请求炮火增援吸引敌火力！”

“不可能了，下士先生，你的反坦克手雷应该发挥最佳效果！”戴其兹中尉给士兵鼓劲，“我们有限的兵力不能分散，集中力量各个击破！”

另一个上等兵海尔斯立即说：“中尉先生，你掩护，我们去打左前方那一辆，它好像是辆指挥车！”

“你怎么知道？”

“几辆坦克都在跟着它运动！”

“好，你们俩先去干掉它！”戴其兹中尉命令。

海尔斯出发了！

马特福紧跟上去！

戴其兹中尉抓住冲锋枪、手雷迂回跟进！

海尔斯上士离德军右后角仅 100 米之距了，马特福下士从正后方道路爬上去。此时德军坦克内的人似乎还没有发现美军向他们发起的攻击，只是忙于对正面及其两侧进行纵射。戴其兹中尉认定这是最好的时机，对前面叫：“上士，在 20 米内投弹！”

“什么？”由于坦克的隆隆声和炮击声、枪声的交织，海尔斯听不清，他伏在炮弹坑中扭头叫，“我听不清，你再说一次。”

“20 米，在 20 米内投弹炸坦克的油箱！”戴其兹重复命令，“两弹炸中，不能暴露目标！”

“是，立即执行命令！”海尔斯回答着，奋力跃到前面不大的坑中。

“哒哒哒！”一串子弹几乎是擦着海尔斯的头皮而过。海尔斯缩回脖子，枪声停后，他不慌不忙地借助两个炮弹壳之间的缝隙朝德军观察，刚才的一串机枪

子弹，是从德军坦克屁股后面打出来的。海尔斯很明白，自己的行踪不再是隐蔽的了。看来要想再进一步靠近德军坦克是相当困难的了。

“轰！”马特福下士不知从什么地方向德军坦克投去一弹，在德军坦克屁股后面炸起一股黑色的烟云。有机可乘，海尔斯上士脑海里闪过这个念头，并马上付诸行动，他跃出潜伏着直扑德军坦克。

“卧倒！”马特福下士呼叫着。

“下士，快掩护！”海尔斯上士请求道。

这时，德军的坦克炮塔“呼”地掀开了，一个德军从中爬出来，端起炮塔上的机枪向马特福横扫。

又一个德军从中爬出来，对海尔斯纵射，一挺机枪对付一个美军攻击手，美军的两个士兵一下无法行动。

戴其兹中尉在向德军迂回的途中听到枪响，循声望去，看见两个攻击手遭到德军坦克内士兵的跃出攻击，很危险。中尉扑倒在一块炸飞过来的坦克装甲板后面举枪瞄准，当枪机的准星正对住坦克炮塔上的德军机枪手头部时，他狠狠地扣动扳机，“哒哒哒”的一个点射，德军机枪手栽倒在炮塔上。另一个德军见同伙被击毙，忙跃上甲板。一颗破片手雷正好飞过来落在坦克板上“咚”的一响，直冒白烟，有人飞起一脚踢飞手雷，手雷在空中爆炸，弹片落在坦克钢板上“砰砰”作响。

“打！”戴其兹中尉瞄准这个德军开枪，但子弹只击在钢板上。前一个德军死尸成了后一个德军机枪手的掩护物，他伏在坦克炮塔上，在同伙的死尸后面与美军进行对抗。

“海尔斯，海尔斯，快投弹！”戴其兹中尉命令，“我掩护，你们快投弹，接近敌投弹！”

“中尉，知道了！”海尔斯上士冲上去了，当他冲到距坦克只十几米时，手中的两颗手雷送进了坦克履带。

履带被炸断，德军坦克立刻成了废物。战场上另外两辆坦克见势不妙，扭头就逃跑。无巧不成书，马特福下士刚好伏在编号为 90366 的坦克行进路线的右侧，当德军坦克离他七八米时，马特福悄悄地在潜伏坑抬起右手，一颗手雷悄无声息地飞向德军坦克。但很遗憾，手雷不知为什么没有响，冒了几下白烟再没有任何动静。马特福生气地拍了一下脑袋，去摸第二颗手雷，可口袋里空空的。他不甘心让德军坦克从眼前跑掉，干脆猫着腰，直接冲向坦克，然后抓住坦克上的栏杆爬上了坦克装甲板。德军炮塔上的机枪手正好背对着马特福下士。马特福对着德军后脑开了一枪，又匆忙从这个死去的德军身上摸出两颗手榴弹，拉开导火索塞进坦克，这时几颗子弹击中了他……

这时，海尔斯上士也已炸中另外一辆德军坦克，不幸的是他随后也阵亡了。戴其兹中尉顾不得为炸毁德军四辆坦克而高兴，一心惦念部下们，他以冲刺的速度奔过来抱起重伤的马特福下士。又打出信号弹，可是，不久战场的上空升起全线撤退的信号，戴其兹不解地背着下士赶回营指挥部，只见指挥部门口担架上，躺着重伤的营长卡门迪少校。卡门迪的腹部被弹片撕开，大小肠都涌了出来，军医在为他包扎。上尉副营长正组织部队撤离阵地，戴其兹还不明所以，一个作战参谋对他说："中尉先生，德军攻占了马尔巴什，我们暂时只能撤，走吧！"

戴其兹大吃一惊，他用望远镜向马尔巴什看去，德军大批部队在马尔巴什原美军阵地上忙活着，美军的一门门野战炮、迫击炮、榴弹炮都摆在阵地上，成了德军的战利品，真是令人痛心的一幕。

"上尉，我们应该马上反击，夺回马尔巴什，否则我们在整个洛林战区就处于被动局面！"戴其兹中尉心急如焚地说，"快组织反击吧！"

上尉沉重地说："中尉先生……"

"第 11 步兵师应该立即增援我们，我们 80 师丢了马尔巴什，他们 11 步兵师据守的战线也会动摇的！"

上尉说："中尉先生，第 11 步兵师正在梅斯与德国人激战，他们的压力也很大啊！"

"德国人也在攻打梅斯？"

"你看，这是梅斯第 11 步兵师的求援电文！"上尉说着从口袋里抓出一张纸递给戴其兹中尉。

戴其兹默默地读着电文中的一段：

"德军装甲部队向我梅斯防区全线攻击，我全线动摇，请求第 80 师火速增援……"

第十三章　梅斯战区美军告急

小引

美军第 11 步兵师在梅斯确实遭到德军超过数倍火力的攻击，特别是 323 团第 3 营的阵地打得异常激烈。副团长史林泽中校听说营阵地告危，亲自率领团里仅有的一个连的预备队赶过来了。此时的营指挥所内一片狼藉，电台、作战指挥地图等东西被炸翻在地，还有几个阵亡的作战参谋尚未被抬下去，一望就知这里刚刚被德军重炮炮弹击中。

德军单兵武器

“少校，少校，你在哪里，你在哪里！”史林泽在硝烟中用最大的嗓门喊着，“络罗克少校……”

“报告中校先生，络罗克少校正在一连阵地组织兵力反击！”一个少尉从后面跑过来，向史林泽报告。

“走，增援一连！”史林泽一听说反击，知道一连阵地失守，他命令部队直冲一连阵地。

3营长络罗克少校此时正伏在一连仅存的三分之一阵地督战。几个正职排长全部阵亡，全是几个副职排长在接替指挥。一连长勒思顿上尉显得异常焦急，他向络罗克请求：“少校，我上去！”

“敌人十几门迫击炮在集中攻击，目的是压制我方反击部队，掩护他们的步兵巩固刚刚抢得的我军阵地。我们的战术应该是拖住眼前的德国步兵，阻止其扩大阵地，然后再组织攻击队，迂回到敌步兵后面，也就是炮兵与步兵之间，卡断他们之间的火力支援，打掉炮兵，消灭步兵！”络罗克少校思路清晰地说，“执行这个战术才是唯一正确的！”

勒思顿上尉看着敌人集中了十几门炮在拼命轰击自己仅剩的三分之一阵地，怒从心起，他狠狠地一咬牙：“三排，三排跟上，打掉敌人迫击炮阵地！”

三排是阵地上仅有的满编排，士气高涨，火力协调，且全是征战两年以上的老兵，极富实战经验，他们跟着连长勒思顿上尉沿着交通壕快速向德军炮兵阵地迂回。

德军迫击炮阵地指挥官戈威尼少校这时处于极度的兴奋之中，他举着无线电授话器正跟库伊鲁少将通话：“将军阁下，据守梅斯的是美军第11步兵师！”

“是哪个部队你清楚了吗？”少将没有听清楚。

“美第11步兵师！”

“这个部队是巴顿指挥的第3集团军，很有战斗力，”德国少将对美军部队颇有研究，“你的迫击炮集中攻击其一点，为步兵首先炸开一条攻击的路！”

“将军阁下，”戈威尼少校回答，“我们的炮火效果非常好，简直是前所未有。”

“戈威尼少校，”库伊鲁少将说，“这一点我很清楚，你应立即与指挥装甲兵的布隆堡中校联系，他的装甲步兵群要在你们炮火掩护下，抢占梅斯美军阵地，你们要互相协调，动作要快，不要怕伤亡，增援部队可随时补充上来！”

“将军阁下，我马上与布隆堡中校联系，还望阁下再一次向他下达命令。”

“少校，你放心，我知道我的命令该如何传达下去！”少将不高兴下级居然指导自己的工作。

“明白，立即执行将军的命令！”戈威尼少校跟库伊鲁少将通完话，就命令

通讯兵接通布隆堡中校的电台呼号。

“别呼叫了，别呼叫了！”一个粗嗓门从硝烟中传过来。

戈威尼少校扭头一看，布隆堡中校已经来到眼前了，只见他满脸怒气，右手握住鲁格尔手枪，身后跟着的四五个警卫和两个副官也都圆瞪着双眼。戈威尼少校顿感情况有异，忙迎上前问：“中校先生，战场情况有变吗？”

“炮兵，炮兵都是睁眼瞎吗？”布隆堡中校开口就骂。

戈威尼少校虽然比对方低一级军衔，但仗着受到库伊鲁少将的宠爱，根本不把中校放在眼里。他思量了一下，保持冷静的神态问：“中校先生，我想了一下，仍不知何处有错。现在是打仗，非常时期，有事请直接相告，我们都是效忠元首的军官。”

“按照战前命令，炮火必须压住美军火力，掩护装甲步兵突破敌人防线。可是你有几发炮弹是打在美军阵地的？”布隆堡中校吼叫般质问。

“中校先生，将军命令你……”

“我知道了，要求我在你的掩护下攻占梅斯前沿美军一线阵地。可是你是怎么执行掩护任务的？炮弹在美军屁股后面爆炸，这不是留着美国人打我的装甲兵吗？”布隆堡中校的火气依然很大。

“中校先生，请你息怒，我立即组织炮火急袭美军阵地，压制他们的火力，掩护你部占领梅斯美军前沿阵地！”

“如果你说的与实战有差距呢？”

“请中校处理！”少校似乎成竹在胸。

“大家都听到了，”布隆堡中校环扫一眼众人，最后将目光停在少校脸上，“就按你说的办！”

德军的炮兵与装甲兵开始协同攻击美军，美军火力被校正后的德军火力压制住了，战场局势一下子对美军很不利。

美军勒思顿上尉率领三排迂回到德军炮兵与装甲步兵之间，突然，前面埃列比上等兵“唰”地卧倒，并压低嗓门：“敌人！”

美军攻击部队忙齐刷刷地伏地。勒思顿上尉卧倒后，快速爬到埃列比上士右侧。在这里他发现三个德军在举旗向炮兵挥舞，上尉知道了，这是德国炮兵在引导瞭望哨。向四周仔细扫视一遍后，上尉对上士说：“埃列比，上去，抓一个活的！”

“抓一个活的。”埃列比自言自语，然后皱着眉心说：“上尉先生，死的好办，活的有困难！”

“情报，我们要了解德国人攻击部队的实力，必须要抓一个活口回来。这是命令！”

埃列比上士作为美国远征军的老兵，深知在这样的战场环境下，抓战俘相当困难。同时他也深知，了解对方情况是何等重要，只知己不知彼，要取胜谈何容易。也不愧是战场老兵，埃列比一下就计上心来，只见他抓住前面一具德军死尸的大腿，用力拖到自己身边。一边飞快地把军衣从死尸上脱下，一边对勒思顿上尉说：“送上来的伪装，我得利用一下。”

“对……”

“哒哒哒”一阵急袭的弹雨倾泻过来，打断勒思顿上尉的话，紧接着一群德军吼着包围过来。

“撤！”勒思顿上尉一看大事不好，忙命令，“撤，快！”

“顶住，不准撤！”后面传来声音，“我是络罗克少校！”

“少校，敌人数……”

“增援部队到了，史林泽中校赶来了！”络罗克少校很有信心地说，“打，把敌炮兵干掉，对面敌步兵由增援部队打！”

勒思顿上尉明白了络罗克少校的战术，转而命令部队：“冲进敌人炮兵阵地，敌人步兵由增援部队迎战！”

络罗克少校镇定的语气以及团长亲自带援兵赶到了的消息使士兵们信心大涨。部队潮水般冲进德军阵地，又直扑炮位扫射德军炮手，眨眼间德军炮兵阵地大乱，炮手们放下手中的炮弹，抓起步枪、手枪伏地进行对抗。但美军因冲进德军炮兵阵地的兵力有限，一时也只能处于守势，等待史林泽中校的增援兵力。

“上尉，看我的！”埃列比说着已经从地上跃起，一个快速跃进，已离一门炮不远，他猛地向炮位投去一枚手榴弹。手榴弹爆炸了，几个利用火炮作掩护的德军在硝烟中再也不见动静。

“埃列比上士，注意后面，后面有敌人！”美军勒思顿上尉一边与德军搏斗，一边呼叫。

四个德军同时向埃列比上士包围过去。这一回不是埃列比奉命抓一个德军活口，而是德军想抓住他这个活口。埃列比利索地伏地一滚滚进了交通壕，没有站起来，就甩手向四个德军投去一弹。手榴弹爆炸后，埃列比探出头察看炸中目标没有时，一个幸存的德兵在硝烟中端枪瞄准，但是晚了一秒，埃列比上士眼疾手快，抢先开了一枪，击中了罪恶的偷袭者。

埃列比向周围扫视，发现勒思顿上尉正处在被德军前后夹击的困境之中。上士几步冲过去要为上尉解围，他首先盯住勒思顿上尉背后正准备开枪的大个子德军开了一枪，大个子德军倒下了。此时德军火炮阵地喊叫声四起，炮兵们全部投入与美国步兵的对抗之中，十几门炮全部停止了射击。

“上士，把前面冲上来的德国鬼子扫死！”勒思顿上尉命令着，开枪打爆一

个冲过来的德军的头颅，“消灭法西斯！”

又有两个德军冲过来，勒思顿上尉的枪夹里没有子弹了，换弹夹已经来不及。勒思顿上尉拔出手枪冲上去，埃列比上士从后面扫过来一梭子，两个德军倒下了。然而德军在埃列比上等兵开枪的同时，也向勒思顿上尉开了枪，一颗子弹击中上尉的右大腿。负伤的勒思顿上尉摇晃了一下扑倒在地，不知何方射来一梭子弹，英勇的勒思顿不幸阵亡了。

史林泽中校强忍失去上尉的悲痛，命令部队：“冲进敌炮兵阵地！”

刚刚打退德国步兵的美国官兵，在史林泽中校的亲自指挥督战下，又与德国炮兵展开了肉搏战。

打退德军多次强攻的美军营长络罗克少校刚换上弹夹，作战参谋德赖皮少尉满脸汗水地跑过来报告：“少校，史林泽中校请你立即增援攻打敌炮兵阵地！”

“我知道，他们与德军拼上了刺刀！”络罗克少校说着命令，“杀进敌炮兵阵地，增援史林泽中校！”

美军两支部队杀进了德军阵地，德军伤亡惨重，炮兵指挥官戈威尼少校被史林泽亲手击毙，布隆堡中校也在混战中结束了罪恶的生命。但德军库伊鲁少将命令他的后续部队迅速占领阵地，又一轮攻势开始了。

兵力悬殊太大，美军史林泽中校只好命令部队进入阵地防守，不得零星出击。他给巴顿将军的电报是：

“德军主力装甲兵与炮兵协同作战，对我梅斯地区阵地实施突袭，虽然目前没有突破我军阵地，但敌火力将我军压制在阵地中，伤亡惨重，请求航空兵轰炸我正面之敌……”

第十四章　恶战在多尔诺

小引

在多尔诺地区的美国第 7 装甲师，也遭到德军炮火猛烈攻击，德军装甲部队对多尔诺 703 高地美军战略要地实施了大规模的袭击。

美军在巴斯托尼阻击德军

下午 5 点整，德军对 703 高地的进攻进入第三个高潮。刚刚接防阵地的美军巴塞波中校，对于刚被美军的航空兵扫荡过的德军阵地又冒出一门门炮直指 703 高地大吃一惊，在极短的时间内，德军的大炮就开始急袭，当即有一辆尚未进入隐蔽地的坦克被击中，响起巨大的爆炸声。

“敌人开始冲击了！”一个作战参谋报告，“敌人向 703 高地冲过来了！”

美军巴塞波中校表面上对于德军的攻势似乎没有多大反应，实际上他要亲眼看看战场。中校走到 703 高地指挥部后面的掩体里，举起望远镜，发现德军步兵足有一个团的兵力，在近 20 辆坦克的掩护下，呈 10 路纵队直逼过来，这些敌人背后的榴弹炮正轰击 703 高地，以掩护步兵冲击。

“第一特遣队准备！”巴塞波中校命令，“绕到敌人后面，捣毁敌军坦克！”

“是，第一特遣队出击！”特遣队长纽尔·佩里金少校激昂地回答，“快，进入坦克，进入战车！”

巴顿将军对于在 9 月 5 日、6 日两天血战中，第 80 师 317 团在摩泽尔河、318 团在马尔巴什的 338 高地、319 团在维雷勒塞克堡的进攻未取得预定的战果深感忧虑。特别是 9 月 6 日第 7 装甲师两支特遣队强渡摩泽尔河，不但没有成功，而且 9 月 5 日已经越过摩泽尔河的第 80 师 317 团的一个攻击营也被德军以数倍兵力赶回来了。巴顿铁青着脸来到一线，他拒绝听取军、师指挥官的汇报，而是直冲各部队前沿阵地。当他看到团长巴塞波中校时，脸上的阴云散开了，嘴角还浮现一丝不易察觉的笑容。巴塞波浑身散发着浓烈的硝烟味，显然他一直拼搏在最前沿阵地。巴顿非常喜欢这样的军官。只要有这样的军官，胜利是肯定会来到的！

“辛苦了，中校先生！”巴顿对巴塞波说。

“将军辛苦！”巴塞波中校及其参谋人员都立正异口同声地回答。

巴顿环扫众人，又看看地图然后说：“这是 703 高地，是多尔诺地区唯一的战略要冲，丢失这块土地，就意味着我们将在多尔诺地区大败！”

“明白，将军阁下。”

“只要你还活着，703 高地就不能丢失！”

“是！”

巴顿将军没有再多说一个字，他深沉地看了眼巴塞波中校及其作战参谋们，就快步向另外的团队阵地走去。他的前后左右都是炮弹的爆炸声、机枪的吼叫声与德国士兵冲击时的狂喊声，但巴顿将军似乎毫无觉察，仍然仔细观察战场，不时地用电台与军、师指挥部联络。

巴塞波中校执行命令非常坚决，从今天清晨到下午 5 点，德军多次的冲锋都被他击退了，但他的部队伤亡也很大。

现在，按照巴塞波中校的作战意图，佩里金少校率领第一特遣队赶到德军后面了，坦克炮刚一响，4 辆不知隐蔽在什么地方的德军坦克突然冒了出来，炮弹直坠而来，打得佩里金坦克的四周黑烟滚滚，一片火海。

“冲过去，冲过去！”佩里金命令驾驶员伦茨普上士。

伦茨普上士没有吭声，他狠狠地踩了下油门，向左打了一把方向盘，坦克“轰”地发出震动人心的吼叫声，如同一头发怒的狮子般抖动一下后向左冲去。

“打，快打敌人坦克侧边！”佩里金盯住了一辆德军坦克。

坦克炮向德军坦克急袭！

坦克瞭望孔不大，视野极为有限，佩里金少校的脸紧紧地贴在坦克瞭望孔上。当坦克快速冲出火海，炮火正好对着德国步兵群时，一架不知什么时候到来的德国俯冲轰炸机突然从硝烟中冒了出来，自高空尖叫着直扑美军坦克群，黑色的重型炸弹从机腹落下。美军佩里金少校见情况不好，举起手里的电台授话器：“各车长注意，我是佩里金少校，现德军轰炸机在我们头顶，很危险，我命令坦克全部冲进德军步兵、坦克群中，使敌轰炸机失去作用！”

“明白！”各战车车长响亮地回答。

美军坦克搭载跟进的步兵对空反击，坦克加大油门直扑德军群。

德军济西杰上校似豺狼一般凶残，早在阿拉曼战场，他就跟随隆美尔与英军蒙哥马利元帅血战。尽管德军最终战败，但他在战场上重创过英军，受到隆美尔的特别奖励，由上尉一跃晋升到中校；在诺曼底战区，他晋升到上校。这次夺取 703 高地，是他力争到的作战任务，打好了，他或许可晋升到准将或少将，打不好，他将受到集团军的处罚！

在战场，济西杰上校发现美军火力并不像上司介绍的那样没有多大打击力，特别是反坦克炮几乎全部进入步兵阵地掩体，打两炮就转移炮位，对他的坦克威胁很大。于是济西杰命令炮兵齐射压制美军火力，在美军火力明显减弱时，再命令坦克快速冲击。没有料到的是美军装甲部队绕到他的后面开火。前后夹击，招架困难。轰炸机虽然及时赶到，但美军又改变了方式，拼命冲进他的坦克、步兵群，由于双方胶着混战，轰炸机一时无法发挥作用，达不到轰炸美军坦克的目的。济西杰气得咬牙切齿。

美军冲进了德军阵地！

德军坦克、步兵与美军坦克、步兵陷入混战之中！

美军佩里金少校命令坦克上的机枪扫射德国步兵几分钟后，两发德军坦克炮弹射来，在佩里金的坦克左侧爆炸。佩里金不顾生命危险推开坦克炮塔盖，伸出头四处扫视，他看到三个德兵拿着“铁拳”直扑向他的坦克。

“打！”佩里金叫着抓起炮塔上的机枪扫过去，在喷吐的火舌之下三个德军

都伏在坑道里不再动了。

“鲍里斯，鲍里斯，”佩里金叫着机枪手，“快出来，出来打！”他发出命令时，自己首先跳出坦克向敌人射击。

机枪手鲍里斯也从炮塔里探出来，此时德军已经停止了炮击，由于相距太近，坦克炮无能为力，只有坦克里的机枪与步兵们手中的武器能给对方巨大的杀伤。

混战中，一辆在佩里金他们坦克前方 20 米左右的德军坦克突然爆炸，毫无疑问这是盟军步兵所为。鲍里斯中士得到鼓舞，他更加精神抖擞。但在扫射一个从坦克中跳出的德兵时，一发罪恶的子弹从背后击中了他。鲍里斯没有马上倒下，他咬牙扭过头来，佩里金少校扑上来抱住他：“中士，我已经击毙了那个打伤你的狗东西！”

“少校……”鲍里斯中士颤抖着嘴唇，随后目光便逐渐涣散了。

亲眼看到鲍里斯中士死去的佩里金少校，怀着一腔怒火，更加勇猛地打击敌人。但不久，又一声巨响，坦克左侧腾起一股黑烟，坦克吼叫着在原地不动了。佩里金知道这是德军炸坏了坦克履带，便命令：“乘员出击，不能死守坦克！”

很快，坦克手、炮手、射击手和机枪手都相继冲出坦克，利用坦克左后的一个大坑作掩护，与德军对抗。

这时的战场上，德军轰炸机已经远去，德军步兵也在坦克的掩护下开始撤退。美军坦克驾驶员伦茨普上士跃出土坑向一辆德军正撤退的坦克冲去，想要炸毁它，佩里金少校大声命令：“注意掩护伦茨普上士！”

坦克的履带是薄弱部位，战场上，炮火的直接命中或是火箭筒、反坦克地雷、手雷、炸药包攻击时，这个部位都会遭到不同程度的损伤。佩里金少校所乘坐的那辆坦克，就是因为左侧履带被炸断，备用履带板用完而丧失运动能力，才不得不弃车作战的。充分掌握坦克性能的美军坦克驾驶员伦茨普握着反坦克手雷冲过去了。他对着履带奋力投去第一颗反坦克手雷，由于德军坦克履带上半部有装甲裙板防护，反坦克手雷的爆炸没有炸断履带，坦克在继续奔跑。

“上士，炸坦克前面，快炸前面！”佩里金少校提醒伦茨普改变攻击位置。

“明白了！”伦茨普上士回答，并立即改变攻击方位，他按照少校提示的方位展开再攻，武器仍然是反坦克手雷。

这辆德军“豹”式坦克，是德国迫于战场形势制造的。它参照了苏军坦克的设计，在全方位结构上，优于美国、英国同类型坦克。佩里金少校在诺曼底战役中就认真研究过这种坦克，在战场也击毁过多辆，他的经验是首先攻击其车体两侧履带裸露部位。这个位置较低矮，炮火命中率低，只有直接将反坦克手雷甩进去才能炸断履带。在战场上，只要履带一断，坦克就宣告报废。

美军伦茨普上士冲上去了，他以极快的速度将两颗手雷先后扔进敌坦克履带后，手雷爆炸了，德军坦克在硝烟中原地抖动。

“炸中了，炸中了!”伦茨普上士兴奋地叫了起来，并闪电般跃上坦克，咬牙拉开坦克炮塔盖，将身上仅剩的一枚手雷扔进了坦克中……

太阳已经西下，美军佩里金少校胜利地打退德军又一次进攻，回到了阵地上。巴塞波中校完成了巴顿将军交给他的作战任务，但是美军第 7 装甲师在多尔诺地区的这一天内，整体防线都被德军火力压制得喘不过气来。战后，史学家们有这样一个简短的评价：“……1944 年 9 月 8 日，是巴顿在欧洲战场严重受挫的一天，也是他战史上最黑暗的一天……”

第三卷　血染摩泽尔河

血染摩泽尔河·卷首语

巴顿在欧洲战区最黑暗的一天，应该是1944年9月8日。12日，第7装甲师无视德军轰炸机与大炮的顽抗，一举在摩泽尔河强渡成功，将坦克开进抵达阿纳维尔桥头阵地。第80师更是雄狮咆哮，在炮火的掩护下，一支铁血敢死队在306高地与德军敢死队拼杀，终于撕开一条血路，使大部队在迪厄卢阿强行渡过摩泽尔河，并将攻占的桥头阵地牢牢地握在手里扩大战果；第4装甲师，是巴顿手中的一支利剑，攻占南锡以南的德军洛雷桥头阵地后，快速扩大防守阵地，并派出多路坦克集群捣毁敌人炮兵群、突击队。更使第3集团军振奋的是：第1集团军的勇士们，已经突破德军防线，坦克装甲部队正向德国境内防线攻击推进！

德军在前进

战局态势一下子由阴转晴，巴顿将埃迪、伍德等几位战将召集研究，决定18日向德军发起毁灭性打击，争取一举突破敌防线，攻占德军战略重地沃尔姆斯！

战场上的敌对双方，谁争取了时间，判断准确，谁就占有战场的主动权。当美第3集团军18日向德军突袭之时，德军于18日凌晨首先向美第3集团军防线实施全方位攻击，急袭的炮火将美军防线砸得粉碎，炮火刚一伸延，美军还没有喘过气来，德军轰炸机黑压压一片遮住了美军防线黎明的曙光。巴顿被敌人纵射的炮弹炸醒，立即命令伍德将军指挥第4装甲师不惜一切代价向德军快速进击，稳住吕内维尔等防线的阵地……

第十五章　强渡摩泽尔河的第7装甲师

小引

1944年9月12日是个阴雨绵绵的日子。这一天，美第7装甲师正在执行巴顿将军的命令：下午5点30分之前全师必须渡过摩泽尔河，进入阿纳维尔桥头阵地。先头突击部队蒙·福罗特少校带领部队在炮火掩护下，刚刚强渡过摩泽尔河，踏上对岸，一阵急袭的子弹就从河岸的地堡群中纵射过来，正在下船的突击队员顿时被扫倒一片，摩泽尔河奔腾的河水被鲜血染红了。一具具尸体以及一个个伤兵被河水卷走。

冬季作战，天寒地冻

“海尔泰上尉，炸毁正面敌人火力点，掩护部队登陆，快!”福罗特少校口里在发出命令，人却已经冲在队伍的前面，他抱起一个负伤的士兵，“我的好兄弟，你再坚持一会儿，医生马上就到!”

“长官，你放开，放开我，我只是轻伤，这里没有怕死鬼!”上士从少校怀里挣脱出来，抓起“巴祖卡”火箭筒，“美利坚合众国的军人们，上!”他呐喊着吃力地冲上去了。

“机枪掩护!”福罗特少校被上士的勇敢精神感动得更加激昂，“冲啊!”

五挺机枪几乎是同时喷吐着火舌。福罗特少校亲自抱住一挺机枪射击，同时向正面的德军地堡运动，火力竭尽全力压制向上等兵扫射的那挺德军机枪。

美军上士在顽强地前进，海尔泰上尉飞快地跃起，顺着德军修建的一条交通壕迅速接近敌人!

福罗特少校是美军中一员猛将。今天中午，第 7 装甲师在为强渡摩泽尔河准备渡河器材，打算一鼓作气冲过摩泽尔河。副团长基辛斯中校快步来到了前沿，他的目光落在少校身上，脚步随之而止：“福罗特少校，你过来看看这份情报。”

福罗特过去在军校读书时，基辛斯中校是他的战术教官，进入欧洲战区后原只对各部战术进行指导的基辛斯中校担任了副团长。随着战局的变化，坐在指挥部里发表意见是远远不够的，基辛斯开始了实际指挥作战。福罗特很敬佩他不怕死，敢于在战场上拼杀的勇敢精神。现在福罗特专心读着基辛斯中校递过来的情报，不久，他就被其中一段吸引：

“……在摩泽尔河对面的我军正面，有德军潜伏火力群，我们建议福罗特少校任敢死队队长，他极具这种指挥攻击的能力。如果少校充分发挥了作用，智勇兼施，那么，我们相信能在巴顿将军规定的时间内渡过摩泽尔河……”

“敢死队长又选中我了?”福罗特少校一笑，“我成了职业敢死队长。”

“少校先生，巴顿将军对你寄予了厚望……”

“中校先生，不用继续说下去，什么时候将部队交给我?”福罗特少校打断中校的话，直截了当地说，“我得准备一下!”

“下午 5 点开始行动，半小时渡过河!”基辛斯中校回答，“一个步兵营交给你指挥!”

“是，摩泽尔河对岸见!”福罗特少校毫无条件地接受了作战命令。下午 3 点 40 分，队伍全部进入阵地。海尔泰上尉是第一攻击梯队的战场指挥官。

海尔泰上尉抵达德军地堡左侧的一个单兵掩体旁，两具德军死尸已几乎将单兵掩体塞满，一挺机枪还架在掩体上面，两个子弹箱，一个是空的，另一个满满当当。海尔泰上尉将一具头部被击穿的德军死尸从掩体中拖了出来，再伸手去抓另一具死尸的胳膊时，背后被人狠狠推了一下，毫无准备的海尔泰“咚”地栽

进了掩体，扑在德军死尸之上。随即有一阵弹雨倾泻过来，海尔泰很快双手支住身子扭过头，只见刚才说自己是轻伤不愿离开战场的那个上士浑身是血地伏在掩体上，脸色苍白地说：“上尉，德国鬼子向你射击。”

原来，海尔泰上尉从掩体中拖出第一具死尸，伸手去拖第二具时，美军上士刚好来到，正试图帮助上尉，却突然觉得不对头，为掩护长官，他自己双腿再次负伤倒下了。

海尔泰上尉紧紧地抱住负伤的士兵，他被深深地感动了，随后，上尉轻轻地将负伤的士兵放入掩体中，又将掩体中另一具德军死尸拖起来，甩到掩体外面，负伤的上士吃力地说了一句：“长官，先别管我！”就昏迷过去。

海尔泰上尉听到枪声愈来愈激烈，但他又绝不可能弃伤兵于不顾，于是他以最快速度用止血带给伤兵包扎好，然后探出头往枪声激烈的地方望去，只见一个提着两根爆破杆冲锋的上士已经接近河滩边的一个中心火力点，德国鬼子十几道火舌从这个火力点纵横交错射出，来阻击美军突击部队，将美军突击部队压在河边无法行动。如果现在德军有炮火支援，美军福罗特的先头部队将会付出更加惨重的代价！

“勒力尔，好样的！”海尔泰上尉兴奋地对握爆破杆的上士大叫，“注意隐蔽，隐蔽前进！”

“上尉先生，”勒力尔上士拖着已经负伤的身体，“等着给美利坚勒力尔上士庆功吧！”他乐观地说着，伏地直向德军火力点爬去！

在德军中心地堡中督战的是艾佛迪上校，三天前他还是师部的作战参谋长，那天师长威特宗少将走到他跟前，从师长的面部表情，艾佛迪预感到有事发生。果然，师长以低沉的语调说：“先生，美军巴顿所部的第7装甲师有可能在486号地段强渡摩泽尔河，然后抢占阿纳维尔的桥头阵地，直接威胁我军腹部，鉴于此战之重要性，特派你直接进入486号地段督战，命令团长莱蒙雷中校固守阵地！”

艾佛迪上校听着没有立刻表态，他静静地听着。师长威特宗少将有权决定参谋长的命运，他继续说：“若是莱蒙雷团实在无法坚持下去，我会让机枪支援，炮兵连和师部其他特种连队都作为486号地段的预备队，随时听候你的调遣！”

“将军阁下，”艾佛迪上校半玩笑半认真地说，“这么说你要在摩泽尔河下一个大赌注了？”

“上校，你说得一点都不差，”威特宗少将很严厉，“执行命令！”说完快步离去。

艾佛迪上校未曾与巴顿所部正面交战。不过威特宗少将多次对他讲过，巴顿太硬，跟巴顿的部队作战就要作好打到底的准备。胜利只能是从厮杀中寻找！想到前面兄弟部队的多次惨败，艾佛迪上校感到底气不足，他来到莱蒙雷中校的指挥部，这个多次与美军交战的中校听了参谋长的命令后，眉头锁起来，思考半晌说："上校先生，中心地堡的左侧是202号暗火力点，它与中心火力点形成交叉火力可封锁河面及河边，我准备去督战202号暗火力点，团部由副团长贝利斯少校坐镇！"

艾佛迪深感关系重大，不宜轻易表态，他跟着莱蒙雷中校巡视了整个486号地段的防线后，才说："好吧，按照你的战术执行，作为团预备队的一个连的兵力由我控制！"

上过战场的指挥官们都清楚，谁手中有预备队，谁就有生存的空间。莱蒙雷中校哪里有抗拒师参谋长命令的权利，只好无奈地点点头说："上校先生，202号工事并不坚固，一暴露就可能成为美军炮火的主要攻击目标。我请求调出一个排的预备队由我掌握！"

"中校先生，这儿不是自由市场，不可以讨价还价。下级只有执行长官命令的义务，明白吗？"艾佛迪上校吼叫一般，他决不放弃指挥预备队的权力。

莱蒙雷中校只好服从，而内心却在诅咒：战场上，你这等狡猾的狼不会有好下场！

现在，艾佛迪上校蹲在中心工事的交通壕出口处，手举电台授话器，头戴耳机大声叫："中校，情况怎么样，立即报告。"

"上校，我202地堡交通壕通道口被炸塌！"

"立即打通，稳住士兵情绪，大批装甲部队马上就到！"

"是！"莱蒙雷中校回答得很干脆。

跟中校通完话，德军艾佛迪上校推开了地下通道，一股熏得他两眼直冒金花的硝烟直扑进来，他急忙拉住门，沉重的大铁门突然抖动了一下就"轰"的一声被炸倒。

"快，美军冲上来了！"艾佛迪上校惊呼，"堵住，用火力封锁通道！"

"报告长官，202号地堡处于火力包围之中！"一个士兵报告，"中校先生请求预备队支援！"

艾佛迪扭头白了他一眼："中士，请你告诉莱蒙雷中校，不到关键时刻我不会动用预备队，我命令他立即重新调整兵力，将美军攻击部队赶到摩泽尔河淹死，统统淹死！"

中士执行上校的命令。

"啊……"一声惨叫，艾佛迪上校忙循声一看，一个机枪手倒在了射孔跟前，弹药手立即抱住机枪手给他包扎伤口。

"他头部连中三弹，已经救不活了，快打，射孔不能停止射击！"艾佛迪上

校冲过来，对弹药手命令，“快，立即射击！”

弹药手两眼喷火地盯住上校：“参谋长先生，机枪手还没有完全死，他应该得到战场救护！”

“美国人冲上来了，你想我们覆灭在摩泽尔河？”艾佛迪上校生气地说，“我命令你立即攻击！”

中士狠狠地白了上校一眼，只得拿起枪。

在德军中心地堡外面，美军海尔泰上尉一看勒力尔上士不幸倒下了，心中顿时又窜起一股复仇火苗。他忙观察左右火力，突然见到福罗特少校已经捣毁德军 202 号地堡工事。德军中心地堡已经是孤立火力点了，不过要想从正面或左右接近目标是不大可能的。他忙跳出掩体，福罗特少校大声命令：“上尉，顺着交通壕向敌中心地堡冲上去！”

“是，我立即执行！”海尔泰上尉回答，又命令部队随他跟进，“目标，立即找到德军中心火力点的通道口！”

美军福罗特少校伏在德军死尸上，两枚揭开保险盖的手榴弹摆在德军面前，他伸手去抓住一枚手榴弹正要看，海尔泰上尉被一颗跳弹击中，但他仍然不顾死活地悄悄接近。

“所有火力掩护！”福罗特少校命令。

美军攻击部队冲上去了，海尔泰上尉拼命向前移动，手中一根爆破杆已经快伸进德军地堡射孔。

“上尉先生，停止前进！”冲上去的救护队员命令，“少校命令你立即下去！”

“下去？”海尔泰上尉瞪住救护员，“我这一枪之仇谁报？”说着朝德军火力点一指，“回去告诉福罗特先生，我海尔泰是攻击部队的英雄！”

“上尉，少校命令你下去！”救护队员恳求说，“我们的大部队马上赶来。”

“炸毁敌中心地堡是我的神圣使命！”海尔泰说完又继续向前爬，他的身后是一道血迹……

福罗特少校一看海尔泰上尉又爬上去了，明白是救护兵无力说服上尉，忙提着自动步枪跳进交通壕，几十个德军正挤在通道口惊恐地四下张望。歼敌的机会到了，他抱住枪命令：“打！”

倾泻的弹雨将准备溃逃的德军一口气扫死。

“快，冲进地堡！”福罗特命令，“快！”

“报告，海尔泰上尉再次中弹！”一个士兵说。

海尔泰上尉在一条胳膊被打断的情况下，拖着浑身是血的身子，坚持爬到德军中心地堡近前，靠在一个机枪射孔左侧，将一根爆破杆闪电般塞进去了，不一会儿一股浓烈的硝烟从射孔冒了出来……

“上尉，”福罗特少校冲上来了，他双手抱住海尔泰上尉，“你不能死，不能死！”

“少校，德军增援部队拼杀上来了！”有士兵报告，“德军坦克冲上来了！”

“炸毁它，炸毁它！”福罗特少校命令。

两门反坦克炮此刻正好登陆，在德军被炸毁的202号地堡跟前隐蔽开炮……

此刻，巴顿将军读着来自前线的电报：

“12日（今天），我第7装甲师终于渡过摩泽尔河，以福罗特少校为首的突击部队，已经占领阿纳维尔的桥头阵地……”

巴顿将军读着兴奋地一挥手：“第7装甲师进抵预定战区，立即向第80师发报，询问他们攻占迪厄卢阿是否成功！”

第十六章　美步兵第 80 师的攻坚战

小引

巴顿将军关心的美第 80 师官兵，正在协同第 7 装甲师渡过摩泽尔河，攻占阿纳维尔桥头阵地，第 80 师彼尔德中校提着一挺冲锋枪向迪厄卢阿渡口扫了眼，登上了船，强渡拼杀！

伤兵满满

“三连长，三连长，将迫击炮架在船头，快！”彼尔德大声命令，“快，迫击炮攻击！”

“明白！”三连长戈特尔上尉回答时，德军两发炮弹几乎是同时击中船头，巨大的爆炸声中美军官兵被炸得粉身碎骨。然而奇怪的是戈特尔上尉没有死，他在船的后面，当渡船被撕开的刹那他跳进了河中。一根又粗又长的木头救了他的命。

德军炮兵指挥官希·哈门帝少校这时正站在制高点上，两手举起望远镜向美军强渡部队观察，嘴角不停地吼叫着炮手们需要的数据，当他看到三发炮弹齐轰一艘美军登陆船，美军登陆船又从水浪与硝烟中冒出来时，他气愤地扭过头大吼：“少尉，你的眼睛长到后脑去了？猪，你是一头肥笨的猪！”

卡里斯少尉眨了眨眼睛不敢反抗，忙跑到大炮跟前，推开炮手：“滚开，快填弹去！快帮助填弹！”

炮兵有专门的弹药手，而弹药手已经被美军反击的炮弹片击毙，倒在两箱炮弹之间，两条腿架在一个炮弹箱上血糊糊的。炮手站在死尸跟前，两眼注视死尸发呆。

“海帕迪，海帕迪，炮弹！”卡里斯少尉呐喊，“快将炮弹搬过来！”

德军被打死的弹药手是炮手海帕迪的同学，他们同样来自汉堡，看到伙伴死在眼皮下，海帕迪悲哀地说：“长官，他死了，他死了……”

“打仗就是要死人，明白吗？”卡里斯少尉冲过来，抓住他的衣领，“啪啪”左右开弓两耳光：“搬炮弹，还愣着干什么？”

“一群群的士兵倒下了，长官，我们得跑吧！”海帕迪咆哮着，“再不走我们就没命啦！”

“跑？”卡里斯少尉怒视着海帕迪，“元首说过，德意志帝国的军人只有战死才是最伟大的，战场投降或逃跑的军人最可耻！”

海帕迪上士还是愣愣地盯住少尉。

“快，搬炮弹！”卡里斯少尉命令。

“是！”海帕迪迅速地抱起炮弹向炮位走去。

“开炮，准确地开炮！”卡里斯少尉呐喊着，硝烟中两发炮弹爆炸，几条黑影晃动着又消失了。

“海帕迪，为什么右边的炮不响了？”卡里斯少尉问，“你快过去看看。”

海帕迪放下手中的又一发炮弹，冲过浓烈的硝烟定睛一看，四下全是正逃跑的士兵，他忙大声呼叫：“少尉，步兵开始溃退了！”

“什么？”

“步兵在撤退！”

卡里斯少尉一听大吃一惊，忙冲上制高点，还没注意看，就见步兵指挥官托培威端着冲锋枪骂："都回来，再跑就扫死你们!"

霎时间大部分溃逃的官兵站住了。

"快回阵地，快回阵地!"托培威少校命令。

士兵们又乖乖地返回阵地。

托培威少校对他们说："诸位听着，宪兵队的机枪，对没有命令退出战壕的官兵，决不会手软!"

"少校先生，你的战士临阵脱逃!"炮兵指挥官哈门帝走来了。

步兵指挥官托培威本来浑身都是气，听到炮兵的头儿在戏弄嘲笑自己，阴沉着脸问："你们还有几门炮在咆哮?"

"无论你怎么说，可你没有看到炮兵离开炮位、争相逃命吧?"哈门帝少校问。

"没有炮火掩护，我不能眼看着步兵们被美军炮火击毙!"托培威少校顶上一句，"炮兵不是摆式，这里不是举行阅兵式，而是战场!"

"长官，美军突破左路防线，正向两翼扩大突破线，请求支援!"一个中尉跑过来喘着粗气报告，"快呀，请求炮火立即封锁美军攻击路线!"

托培威少校大吃一惊，急忙向左路防线望去，他注意到在他视野内，美军先头部队正在河边抢占有利地形，还有一些美军正与德军拼杀，从地堡中喷吐的火舌还在顽抗，不时有炮弹在美军攻击部队中间爆炸。

"哈门帝少校，立即组织炮火掩护，我亲自率部夺回左路防线!"托培威少校命令。

"好，就算我们今天拼死在左路防线，也决不后退!"

面对德军顽固的反击，美军冲上德军左路防线的戈特尔上尉，此时被一阵急袭的弹雨压制在一块开阔地，他手下的伤亡在无情地增加。机枪手劳伦斯中士滚进一个德军单兵掩体后，将两具德军死尸拖上掩体堵住纵射而来的子弹，将自动步枪架在两具死尸的中间，正要扣动扳机用火力封锁德军火力时，突然发现三个德军滚出阵地向他接近，显然他将德军死尸甩出掩体的行动被德军发现了，他们反击上来了。

"中士，敌人向你包抄上来了，快打死他们!"美军彼尔德中校在后面呼叫。

"中校先生，这里有我就不会有我们的敌人出现!"戈特尔上尉边回答边命令迫击炮手，"快射!"

由于种种原因戈特尔上尉前面的迫击炮手无法直取目标，反而遭到德军的纵射，美军炮手阵亡。戈特尔上尉气愤地从弹雨中爬到劳伦斯中士所在的坑道里时，劳伦斯沉着地说："长官，有手榴弹吗?"

“有!”戈特尔说着就伸手从坑道上面德军死尸上解下手榴弹。

“快给我!”劳伦斯中士迫不及待地从上尉手中接过重磅手榴弹。

原来，劳伦斯的自动步枪点射德军时，三个德军翻滚进入劳伦斯左前的又一个暗坑道，三支枪一齐向劳伦斯点射，劳伦斯投出手雷却没有命中，德军更加疯狂地不放过他，这使得劳伦斯险些被击中。

“长官,”劳伦斯将手榴弹装进腰带上的弹袋，“你注意掩护我!”说完跃出掩体。

戈特尔上尉用自动步枪死死地封锁住德军掩体，不给德军抬头观察的机会。劳伦斯中士急忙快速地接近目标。

越过十几具德军死尸，爬进一条通道，劳伦斯中士被眼前的惨象惊呆了，四具美军死尸四周是十几具德军死尸，其中一个德军上校好像没有死，左腿缓缓地动了两下又伸直了。劳伦斯忙走过去一把抓住他的衣领提起半截身子，德军上校顿时睁开眼睛举起右拳就打。

“嘿!”劳伦斯狠狠一拳击中他左太阳穴：“混蛋，我是专门来送你上西天的!”

“啊……”德军上校惨叫一声双手抱住头倒在死尸上，两眼瞪着劳伦斯。

劳伦斯用黑洞洞的枪逼近他，用德语说道：“怎么样，上校，想为我们做点贡献吗?”

右腿负伤的德军上校咬着牙支起半截身子，指着流血的伤口说：“血流干了，血流干了还能有什么贡献?”

“上校，我不想你现在死!”美军劳伦斯中士迅速地取出止血绷带，几下子就将伤口包好了。

“啊，中士先生，你好像是野战医院的大夫?”德军上校用感激的目光望着劳伦斯，“你诚意救我?”

“我不杀战俘，更不会伤害伤兵,”劳伦斯中士说，“不过我想跟你同行。”说着从一个德军死尸上脱下浸透血水的衣服。

“你要干什么?”德军上校惊异地问。

“上校先生，我有个主意。”他说着扣好德军军服，又抓起一顶德军军帽戴在头上，“上校，我像你的士兵吗?”

“你……你……”德军上校挣扎着企图站起来，“你要干什么?”

“我扶住你走进你的指挥部，告诉你的士兵停止攻击才是唯一出路!”美军劳伦斯中士将绷带缠在头上、脸上，又在死尸上抓了几把血朝绷带上涂了涂，“走，告诉他们我嘴负伤了，说不出话来!”

一支没有子弹的手枪送到了上校手中。德军上校扫了美军中士一眼，发现他将四枚手榴弹全部揭开了保险盖，不解地问：“喂，你要干什么?”

“放在这儿!”劳伦斯将四枚手榴弹分别插在敌上校的军衣里面的腰带上，又将四根导火索的线头套在自己的指头上，“上校先生，你若不听我的命令，这四枚手榴弹的爆炸力，你比我更明白!”

德军上校明白了，但右腿被打断，左腿也在流血，面对一线生的希望他选择与劳伦斯合作。

美军的攻击越来越猛，德军的反击也很顽强，双方的厮杀几乎到了天昏地暗的境地……

巴顿将军在关注着步兵第 80 师的战况，他拿着电话大声吼叫：“80 师，80 师……”

“报告将军，”电话筒中传来回答，“你的命令已经传达到各排阵地。”

“我再重复命令，今天下午 7 点钟前必须在迪厄卢阿对面建立坚固的滩头阵地!”巴顿命令。

“将军，我先头部队已经强渡成功，后续部队正在前进!”作战参谋回答。

“好，我等待步兵第 80 师的胜利报告!”巴顿说。

战场上，美军营长彼尔德中校以及戈特尔上尉正率部厮杀在一线。

劳伦斯中士此刻正搀扶着德军上校出现在德国步兵阵地的机枪阵地正面。劳伦斯对着德军上校耳朵说：“快，把步兵指挥官叫过来!”

德军上校愣愣地不吭声。

“还有炮兵指挥官，你把他们统统叫到这里来，快！左前有部电话!”劳伦斯中士说着一指。

德军一个营指挥部被美军炮火摧毁了，一具具死尸中那部电话没有被炸坏，德军上校在美军劳伦斯中士的搀扶下走过去了。

“上校，上校，”一个微弱的声音从死尸中传出来，“上校，请救救我……”

劳伦斯注意到了，这个声音是伏地不起的德军中校发出的，他的右手抓住一顶军帽在吃力地摇晃，求生的目光盯着上校。

“这个中校是步兵，还是炮兵指挥官?”劳伦斯问。

德军上校小声说：“他是军部作战参谋，同时到这个防线督战，摩泽尔河防线……”

“走，向指挥官……”

“中士先生，我不能执行你的命令!”德军上校说着突然扯起嗓门，“他是美国人……”

“你!”劳伦斯左手捂住他的嘴，右手“砰”的一枪击毙他，并拉开了四枚手榴弹的导火索，顿时“吱吱”燃烧的导火索冒出白色的烟云，仅仅几秒钟的时间，一声轰鸣将这个罪恶的躯体炸成碎块抛向四周。

德军从阵地上伸出头来观看。劳伦斯中士提着一挺冲锋枪故作吃力地向德军阵地行走。德军步兵托培威少校一看身着德军军服的伤员回来了，忙走过来大声问：“喂，怎么回事?”

劳伦斯的眼球转了一下，发现德军这条步兵掩体很好，若要攻取必会遭受重大损失。这时德军大部队官兵正与美攻击部队对抗，枪炮声大作，只有德军少校与十几个士兵在他四周。他不吭声地打了个手势请求坐下休息，又指指脸上的血绷带，除了两眼露在外面，嘴脸全部被血绷带包住说不出话来。

“喂，让他躺着，其余人快进入阵地，美国人有支先头部队进入我防区!”托培威命令。

德军全部进入攻击位置，托培威少校提着枪左右扫了眼，就伏在阵地上指挥反击。

美军劳伦斯中士一看时机成熟，忙悄悄地移了移身子，当他的右手抓住压满子弹的冲锋枪，左手拧开手榴弹的保险盖时，德军托培威少校不知为什么突然从阵地上爬起走过来，看到了劳伦斯的举动，脸上顿时露出笑意说：“你想作战?”

劳伦斯忙瞪着眼睛望着他点点头，并伸手抓起冲锋枪，显示他可以扫射。

“好吧，你就在这个位置!”托培威少校说着向阵地的掩体一指。

劳伦斯故作吃力地起身，走到单兵掩体般的机枪阵地跟前时，德军托培威少校扭头向后观察着什么，劳伦斯悄悄地转动枪口，对着托培威的背后“哒”地打出一个单发后，就对着德军纵扫。机枪声中正在射击的德军背后被击中……

“前进！劳伦斯中士成功了，成功了!”美军营长彼尔德中校率部杀上来了。

戈特尔上尉冲在最前面，他挥手向正企图抵抗的三个德军投去一枚手榴弹时，劳伦斯中士抱枪站起来：“机枪追扫!”

“中士，”戈特尔上尉兴奋地冲上来，“感谢你，劳伦斯先生!”

“砰!”两具死尸下隐蔽的德军打出一枪，劳伦斯中士不幸倒下了。

“嘿!”戈特尔愤怒地扑上去，一脚踢开一具死尸，一个肥胖的德军出现在他眼前，德军的枪没有子弹了，他拧开手榴弹的盖子拉开了导火索，自毙在德军死尸堆中……

巴顿将军收到了一份来自第80师前线指挥部使他兴奋的电报：

“将军阁下，我步兵与第80师按照你的作战命令，已经从迪厄卢阿强渡成功，进入阿纳维尔桥头阵地……”

第十七章　攻占129高地的美第4装甲师

小引

9月12日，美第7装甲师、步兵第80师在迪厄卢阿强渡成功，并在阿纳维尔建立桥头阵地之时，伍德将军指挥的第4装甲师在南锡以南的洛雷桥头阵地与德军敢死队血战，巴顿将军通过前线的电话、电台密切关注这一厮杀战的结果，一支训练有素的装甲团也在快速驰往这片战区。

胜利后短暂的欢娱

“斯达连，”美军米什利中尉推开坦克炮塔上的盖板伸出头来，对搭乘坦克前进的爆破队长说，“伙计，你把我正前方的两门反坦克炮炸毁！”

斯达连少尉右手夹着一个炸药包，左手抓住坦克上的铁栏杆，眨了眨眼睛说：“中尉，德国人的敢死队上来了！”

“啊，我怎么没有看到？”米什利中尉正说着，一发反坦克炮弹“轰”地在坦克后面仅几米的地方爆炸，掀起的沙石在硝烟中“哗哗”地又落下来。

坦克驾驶员极富经验，他断定德军试射一发炮弹后，很快会校正距离立即再攻。此刻，他转过方向盘，坦克一头驶入一条德军修建的交通壕右侧，顺着小山坡发疯般直逼德军阵地。

“斯达连少尉，上！”米什利中尉命令。

斯达连少尉飞身从坦克上跳下来，紧接着五个士兵也跟着跳下来。坦克停在一片小树林边，由茂盛的枝叶掩护着，坦克炮塔上的米什利中尉，命令三挺自动步枪随时策应斯达连少尉，炸毁德军反坦克炮兵阵地！

洛雷桥头以东的 129 高地，是德军索雷尔少将驻守的战略要地。团长蒲灵埃中校接到死守 129 高地的命令时，索雷尔少将不知从什么地方搞到情报，将蒲灵埃中校请进 129 高地以西的司令部山洞，在刺眼的灯光下他将一封情报递给中校，并很阴沉地说：“中校先生，现在是你与 129 高地共存亡的时刻了。”

蒲灵埃中校是德国老资格的中级军官，自从 1939 年进攻波兰以来，他一直在师、军一级指挥部任作战参谋，这次美军巴顿所部纵横地中海，进军法兰西腹地，他与其他所有作战参谋一样一律到一线作战部队带兵打仗。他的作战任务是在洛雷桥一线巩固阵地，特别是 129 高地，决不能让美军扩大占领区，待援兵赶到后向美军发起攻击！

而现在，索雷尔少将命令他与 129 高地共存亡，蒲灵埃中校有些烦躁地接过情报：

“美军巴顿所部第 7 装甲师，已经渡过摩泽尔河，在阿纳维尔桥头建立了能攻易守的工事群；美军步兵第 80 师所部，在迪厄卢阿强渡，突破我方防线后，于傍晚也建立了桥头阵地。据可靠情报，巴顿下令美第 4 装甲师必须夺取 129 高地，以便尽快扩大南锡以南的洛雷桥头阵地……”

“将军，”蒲灵埃中校读到这里，冷笑着抬起头，“巴顿命令伍德的第 4 装甲师跟我们拼命？”

“若是美国人占领 129 高地，我们就失去了洛雷桥头的所有战略阵地，即使增援部队赶到了，也很难收复失地！”索雷尔少将说，“这个战略要地太重要了，所以说是你与 129 高地共存亡的时刻到了。”

“我们为什么老是待在 129 高地让人打呢？”蒲灵埃中校恼怒地狂叫，“我要

亲自指挥一支敢死队杀进美军阵地，要他们知道德意志帝国军人的攻击力!”

索雷尔少将沉默了一会儿说：“你只要死守129高地，没有我的命令不准撤退，攻击部队中的敢死队由艾约勒上尉指挥!”

“将军，艾约勒上尉是炮兵作战参谋，对步兵作战没有实战经验，我建议……”

“中校先生，你立即命令艾约勒上尉出发，带两门反坦克炮!”索雷尔少将命令。

美第4装甲师米什利中尉指挥的四辆坦克为美军攻击129高地的突击队。当他的四辆坦克一冲出掩体，进入德军反坦克炮射程时，就有一辆坦克被击中爆炸。在车毁人亡之际，米什利中尉冷静地观察了一会儿，命令跟进的步兵：“搭乘前进，首先干掉那两门反坦克炮!”

奉令炸毁德军两门反坦克炮的美军斯达连少尉，在三挺机枪掩护下，抱着一根爆破杆进抵德军炮兵阵地左侧100余米时，不知是谁踩响了一颗地雷，顿时轰鸣声与硝烟交织着。斯达连少尉扭头一看，烟雾中一个士兵的身影晃了一下就消失了。紧接着一阵急袭的子弹扫过来。

“长官，德军炮兵阵地前有暗堡!”布泽梅中士伏在一块石头后面报告，“有几挺机枪向我扫射!”

在布泽梅中士的提醒下，伏在德军火力下的美军斯达连少尉循着枪声注意到，一股股似乎是从地下冒出来的火舌封锁了前进的道路，两门反坦克炮停止了射击。斯达连少尉明白了，忙对中士说：“布泽梅先生，德军的反坦克炮正在转移，立即冲上去干掉他们!”

布泽梅中士点了点头，提起一挺自动步枪跃出掩体，一眼扫见三个德军正朝这边张望，布泽梅迎头扫去一梭子，其中两个德军顿时栽倒，另一个德军不但举枪还击，而且还闪电般地冲到一个小土堆后面再次还击，一颗手榴弹也甩到布泽梅中士背后爆炸，一块弹片呼啸着从他耳旁飞过。布泽梅中士“唰”地卧倒，又闪电般顺着土堆的小坡冲上去。硝烟中他注意到有几十个德军在土堆背后窜动，不知在干些什么。他忙用枪管拨开挡住视线的两株草，脖子朝前伸了伸。这一回他看清楚了，从后面赶来的德军进入了土堆下的地道，里面的朝外爬，不用问，这个表面看起来是土堆，里面其实是空的，是德军地下堡垒，不能轻易放掉它!

一条毛巾从草丛中冒出来摇晃了几下，斯达连少尉看到了信号，一拍大腿：“坦克原地监视，步兵班跟上我!”

“是!”步兵班的战士异口同声地回答，并从地下跃起扑上去。

小土堆顶上，美军布泽梅中士咬着嘴唇揭开了身上六枚手榴弹的盖子，一顺

摆在地上，一看长官斯达连少尉喘着粗气赶到，掩不住内心喜悦地说：“长官，德国人要集体见上帝啦！”

脸上毫无表情的斯达连少尉扫了中士一眼，就定睛向德军观察，看了一会儿，他富有战场经验地说：“这小土堆后面是地下通道，可能与129高地相通。眼前这群杂种怎么打，我看夺取洞口，冲进洞、顺着洞袭上129高地是最佳方案，坦克在正面与两侧展开攻击，吸引其火力！”

众士兵们都默默地听着不吭声，两眼盯着少尉。

“冲上去！”少尉命令。

“打！”一串手雷飞向德军群，紧接着机枪也纵扫过去，德军阵营被扫荡得顿时大乱，机枪如同割草一般将德军割倒了。

德军机枪也响了，冲在斯达连少尉左前的几个美军士兵被扫倒了。斯达连少尉定睛一看，两挺机枪在喷吐火舌，几乎在同时转动追扫布泽梅中士。

“打！”斯达连少尉一挥手，咬牙甩去一枚手雷。

手雷爆炸了，但它只在德军前面爆炸，而没有炸中德军机枪手。不过腾起的一股硝烟掩护着斯达连少尉他们一溜烟扑上去。

“哎嘿！”斯达连少尉在硝烟中又投去两枚手雷，德军的机枪哑了，他带着士兵冲出硝烟阻隔带，却没有发现一具死尸，而是看到一群德军正向129高地溃败。

“追击，机枪火力掩护！”少尉命令。

几乎所有的火器都向溃败的德军倾泻弹雨，坦克炮与坦克上的机枪也在射击德军。

此刻，只有布泽梅中士与四名伙伴杀进了地下通道。对射的子弹打在地下通道里发出沉闷的声音，几乎所有的人耳朵都失去了听力，只是在黑暗中利用弹道的轨迹寻找对方作为打击目标。

“布泽梅中士！”海尔顿上士呼叫，“快支援！”

“来了！”布泽梅中士循声扑上去，什么也看不见，但地下有滚动声，“海尔顿上士！”

“我在这儿！”一个微弱沉闷的声音，原来，是德军骑在了海尔顿上士的身上，右胳膊被炮弹片杀伤的海尔顿左手死死抓住德军的手腕，终因力不从心而被德军卡住了脖子。

“上士，”布泽梅焦急地呼叫之时，德军投过来一枚燃烧弹，火光中布泽梅看到德军正骑在海尔顿上士身上挥舞手中的匕首。“打！”他打出一个点射。

德军倒下了，海尔顿从地下吃力地翻起身来，布泽梅扑上去抱住他：“快走，敌人要扔燃烧弹！”

拖着沉重的身子从地下通道赶出来时，布泽梅看到海尔顿上士的伤口没有包扎好，正想为他重新包扎时，五个德军不知从什么地方冒出来了，吼叫着扑上来，企图抓活的。

“上士，你快走，我把敌人引开！”布泽梅中士勇敢地抱枪边打边退，将德军引向一条交通壕。

海尔顿上士也不是怕死鬼，巴顿将军视察他的阵地时，将德军骂为杂种，他认为不叫他们敌人，骂他们杂种很对，所以他也学着巴顿将军骂德国法西斯为杂种。他现在伏在地上看到布泽梅中士将这些杂种引开，为的是掩护他时，对布泽梅中士所去的方向深情地望了一眼，向追赶布泽梅中士的德军后面投去两枚手榴弹。当即两个德军被炸倒了，另三个德军转过枪口就扫，海尔顿上士不慌不忙地伏在地上注视着这三个家伙，待他们进入最佳攻击位置时，他开枪了。三个德军的子弹也同时扫过来了，对射中海尔顿上士不幸再次负伤，两手无力举枪之时，一个没有死的德军冲上来，用枪对着上士的胸口用英语说：“美国佬，胆敢反抗！”

“你们……你们马上就会失败！”海尔顿怒视着德军，“快投降，我保证你的生命安全！”

“上士先生，你的双手、双腿都负伤了，仅仅只是会讲话，你还凶什么？我一枪就可以打死你！”德军凶狠地说，“你打死了我四个同伴，我非宰了你不可！”

海尔顿看到德军领口的党卫军标记，笑着说：“我们的巴顿将军不把你们看成敌人！”

“啊，看成朋友？”德军问。

“杂种，杂种你明白吗？”

“去你妈的！”德军气愤地举枪，对着海尔顿上士的胸口扫射。

海尔顿上士，这位来自密西西比河畔的美国军人倒下了，在法兰西的土地上流尽了最后一滴血！

“混蛋！”布泽梅中士赶来了，他不等德军反应过来，就一枪击毙了他！

晚霞映红了西边天空，米什利中尉首先攻上129高地，他在电台中兴奋地报告：“我们在南锡以南扩大了洛雷桥头阵地，占领了129高地！”

“伤亡情况呢？”电台耳机中传来作战参谋的声音。

“报告长官，斯达连少尉不幸阵亡，其他伤亡正在统计之中！”米什利中尉说完，又跳进坦克，激昂地命令，“前进！”

第十八章　凌晨，德军坦克大举反攻

小引

9 月 17 日下午 5 点钟，进驻吕内维尔的美军团长奇莱钦上校走出指挥部时，快速攻击营营长柯威诺少校已经先一步赶来了，他俩的目光在空中相遇的刹那，奇莱钦上校阴沉着脸问：“少校先生，你知道你明天的作战任务吗?”

德军向包围圈中的美军发出最后通牒

“上校先生，我从参谋长那儿了解到，我们将顺着 304 号公路前进，将德军坦克先遣团歼灭在 304 号公路中段！”柯威诺少校回答，“我找你的目的是想再增加 5 辆坦克！”

“5 辆坦克？”

“对，据说我们又补充来 15 辆坦克？”

“啊，柯威诺少校，”奇莱钦上校兴奋起来，“你应该做情报官，而现在任快速攻击营长极为不合适，怎么样，需要我力荐吗？”

“上校先生，你舍得让我走吗？”

“哈哈哈……”两人都大笑起来。

“报告，我们生俘一德军间谍，打死三人！”一个少尉匆匆赶来，挺立于门外。

德军以坎维塔中尉为首的一个侦察小分队，是昨天晚上进入美军驻地吕内维尔的。早在 15 日上午，坎维塔中尉被尤金顿上校请进了办公室。极有权威的尤金顿上校似笑非笑地问：“中尉先生，你一口流利的美国英语，又要派上用场啦！”

“啊，又要闯关啦？”坎维塔中尉问。

所谓闯关，就是潜入盟军占领区进行侦察。坎维塔中尉不把干间谍当回事，凭着他在美国生活 12 年的经历，一口流利的美国英语足以使他伪装成一个美国人，而让别人无法察觉。

“你到吕内维尔后，搞清楚美军巴顿的第 3 集团军下一步的作战目标！”尤金顿上校说，“你带去的人，要么活着回来，要么死尸横卧，决不能让美军生俘去，明白吗？”

“上校先生，每次执行你下达的闯关任务都要听你这样交代，你不认为该谱上曲子当歌唱吗？”坎维塔中尉诙谐地说，“怎么样，我能活着回来吗？”

“如果想到你回不来，我就不派你去了。”

“愿上帝保佑我走好运！”

从尤金顿上校的办公室出来，坎维塔中尉拿着一份精心策划的侦察计划出发了。当他率领的 5 人分队进入吕内维尔美军集散地时，他首先感兴趣的是一间法国人开的小饭馆。小饭馆的老板娘是一个法国女人，德军撤离时她接受了提供情报及掩护德国谍报员的任务，当她看到餐桌上放着一顶帽子，帽子下面压着一纸菜单时，忙走过去小声问：“先生，吃点菜，还要点什么酒呢？”

“夫人，战争期间我们就戒酒啦！”坎维塔忙对暗号，“请你注意我们的安全！”

“先生，我非常明白！”法国女人说着右手拿起菜单扬了一下说，“美军 18 日凌晨 4 点全线攻击！”

“情报可靠?”

“完全可靠!”法国女人说完后就离开了。

“美国人要对我方全面进攻!”坎维塔自言自语地站了起来，扫了眼同伙，“快离开!”

“不准动!”小餐馆的内室伸出一支黑洞洞的枪管，紧接着是法国女人在呼叫，“快跑!”

“砰……”顿时枪声大作。

原来，小餐馆的老板布鲁塞是法兰西抵抗组织地下情报员，在德军占领吕内维尔的时期，他奉命赶到吕内维尔组建地下联络站，同行的妻子在途中不幸落入德军手中，两天后被杀害。布鲁塞继续执行地下联络员的任务。餐馆开张不久，一个年轻女人执意要到他的餐馆当服务员，不到一个月就成为布鲁塞的情妇。布鲁塞一开始对这个年轻女人并未存戒心，但自从德军撤出吕内维尔后，她时时深夜不归。前几天他悄悄跟踪，发现她在美军驻地偷偷拍照。一个女人对军队发生兴趣，而且在晚上偷拍部队装备、兵力部署以及火炮所在的方位，显然她是个间谍。布鲁塞先生向美军情报官报告了这事，美军情报官们认为，既然这个女人是德军间谍，肯定会有德军间谍来交接情报，于是命令布鲁塞暗中监视她。今天，当几个陌生汉子走进来佯装就餐时，隐蔽在内室注视和探听他们一言一行的布鲁塞终于发现他们的异样，忙用暗号通告门外的情报官。谁知在混乱中乱枪打死三人，重伤一人，只有坎维塔中尉两腿及右下腹中弹被生俘。

现在，美军奇莱钦上校走上前，看到浑身衣服被血水浸透了的德军间谍，用右手托住他的下巴问：“先生，你应该看看我是谁?”

坎维塔中尉转动着眼球，嘴唇翕动了两下，但没有发出声来。

“德国间谍敢于深入吕内维尔，这本身就是胆量。先生，我佩服你!”

“上校先生，我是中尉，请你不要用先生来称呼我。”坎维塔如同到了自己所在的部队那样毫无惧色。

美军奇莱钦上校听着笑了：“中尉，你不害怕在这里结束生命?”

“上校先生，我相信你们不想我死!”

“为什么?”

“其一，你们想知道的我还没讲。其二，我这是第六次被你们生俘，前五次证明你们不杀战俘，不过五次我都寻找机会逃出来了。第六次只有请求你们开恩了，因为我的双腿短期内不会好的。”坎维塔坦率地说，“上校先生，你总该相信了吧?”

“你要我相信的是，你们德军的战略目标、战术还有部队……”

“上校，在我的伤情没有得到很好的治疗的情况下，我不会再跟你讲多余的

话，条件是……”

“拖下去！”上校气愤地命令，但很快又转过头，“送到野战医院治疗！”

德军前沿指挥部，尤金顿上校在黑夜中寻思，手中拿着一封刚刚译出的密文：

“坎维塔中尉一行不幸暴露，三亡一伤，联络员自杀，坎维塔中尉在美军野战医院，因流血过多死亡。美军行动不详。”

“报告，突击团团长温伯特中校求见！”一个作战参谋在门外报告。

“他来干什么？”尤金顿上校问。

“不清楚，但他要求立即见到上校！”

“请！”尤金顿上校只好说。

不一会儿，德军坦克突击团团长温伯特中校气势汹汹地跨进了指挥部。尤金顿也用很不客气的神情对着他。温伯特两手叉着腰问：“上校，为什么向导还不到位，再过三个小时我们就出发了！”

“中校先生，我正式通告你，按原计划给你们提供六名向导已经不可能了。”

“为什么？”

“我们潜伏在吕内维尔的情报官们被美军杀害，你们只能自己寻找向导了。”

“我要到将军那儿……”

“中校先生，你干脆到元首那里去控告我吧！”尤金顿打断他的话，“送客！”

温伯特中校无奈地乘车赶到自己的团队时，所有的坦克全部装好油料、弹药，官兵们几乎都已进入车内，搭乘坦克跟进的步兵们，有的已经上了车，有的正在上车，还有的在车下忙活着。温伯特的目光左扫右扫，就是没有见到第一攻击梯队的头儿肖纳安上尉。这个多次与美军战斗、四次负伤的军人是温伯特最喜欢的指挥官。现在不见他的影子，温伯特小声地问一个士兵：“喂，上士，你们头儿呢？”

“报告长官，肖纳安上尉在那儿！”上士回答。

上士指的方位是野战医院的军帐，温伯特愣了一下问：“怎么回事？”

“长官先生，肖纳安上尉在五分钟前，耍弄手枪走火击中腹部，正在军帐中抢救。”上士回答。

“废物！马上就要打仗了，他在这儿故意用手枪击中非要害部位，逃避上战场！”温伯特骂着扭过头，“告诉肖纳安上尉，我命令他带伤进入坦克……”

这时，一个巨大的爆炸声将温伯特中校的话打断，紧接着火光冲天，浓烟如同一股黑云在天上浮动。

“什么，什么原因？”温伯特一听二营的坦克中发出爆炸声，“电话，接二营！”

电话很快接通了，温伯特的耳朵中传来他意想不到的报告：“中校先生，二营一坦克手在坦克中引爆炸药包，车毁人亡！”

“别的反战分子呢？”

“潜逃了，但我已在三路追寻之中！”

“一群废物！”温伯特怒骂之时，一辆越野吉普车飞驰而来。

“中校先生，尤金顿上校赶到！”一个副官跳下车就向温伯特报告。

温伯特愣了下：他来干什么？

“中校先生，”尤金顿上校从车上跳下来迎住发愣的温伯特，“没想到吧，团长阁下？”

“是否有新的情况，上校先生？”温伯特忙反应过来问。

“据我们刚刚搞到的情报，美第3集团军巴顿所部将于9月18日4点向我们发起全面攻击！”

“我们也是9月18日反攻嘛！”

“前线指挥部命令，在9月18日4点美军大举进攻之前，我们于凌晨1点准时发起攻击！”

“部队能进达……”

“没有问题，”尤金顿上校没有等温伯特把话说完，“前线指挥部任命我为你的坦克团团长，你为副团长。这是命令！”

读完命令，温伯特默默地点点头问：“上校先生，我带第一攻击队首先出发？”

“出发，立即出发！”尤金顿上校命令。

温伯特爬上坦克，坐在坦克炮塔上，坦克铁甲上搭载跟进的步兵。顿时“隆隆”的坦克声淹没了一切：“前进，杀进吕内维尔，夺回失去的阵地！”

第十九章　德军 9 月 18 日的反击战

小引

“德军反攻上来了，快打!”驻守吕内维尔以西防线的美军快速攻击营营长柯威诺少校命令。

美军士兵合影

接到命令，史彦勒中尉立即跃上坦克，向硝烟滚滚的方向注视，只见炮火在黎明前的黑暗中一闪一闪，“隆隆”的坦克发动机声与火炮的轰鸣声交织着，炮弹拖着长长的亮光在空中纷飞……

“中尉，德国杂种大规模进攻啦！”库迪卡上士从战壕里爬上来说，“我搭乘你的坦克上去！”

“你……你是哪个营的？”

“工兵营的，”库迪卡上士回答，“一个月前才任工兵班长。长官，让我跟着你上吧，我打坦克有独特的技术！”

“你什么时候打给我看看？”

“现在，就是现在！”库迪卡兴奋地回答，“怎么，你不相信我的技术？”

“不，我在想你的工兵班由谁指挥。”

“伙计们，上！”库迪卡一听急忙挥手大呼。

顿时，十几个士兵从战壕中跃了出来，奔跑到坦克跟前，他们的手中除了正常配备的武器外，几乎每人都装备了反坦克手雷和“巴祖卡”火箭筒。

“你要把他们全部带进我们坦克攻击部队？”史彦勒中尉问。

“长官，”库迪卡上士忙说，“我们虽然是工兵营的士兵，现在德国杂种突袭上来了，他们又是坦克开道，又是炮火掩护，所以大家决心将德军攻击坦克炸毁在我军前沿，为我军反击部队创造时间！”

在战场上吸收其他作战部队，史彦勒中尉不敢做主，他正在犹豫之时，营长柯威诺从后面赶来了。他根本就不想，也没有时间与围住坦克的士兵们说话，而是对中尉说：“史彦勒先生，上级命令我们掩护大部队撤退，堵住吕内维尔以西101 高地，将德军阻止住！”

“营长先生，德军先头部队有多少坦克？”史彦勒中尉问。

“估计有一个加强团，重型远程大炮在封锁我军进退通道！”柯威诺营长不悦地说，“你要做好血战的准备，告诉搭乘坦克前进的步兵，没有命令不准撤退！”

“营长，”史彦勒中尉忙朝上士一指，“库迪卡上士他们的工兵班，希望搭乘坦克进入 101 高地打德军坦克！”

“是工兵营增援上来的？”营长柯威诺问。

“不，他们是自发找来的！”

“战场脱离指挥是违反军纪的！”柯威诺生气地说，“快归队，我们不能收留你们！”

“少校先生，”库迪卡上士立正说，“请批准我们搭乘坦克反击德军的进攻！”

“少校先生，他们都装备了反坦克手雷和火箭筒，是一支不怕死的真正军

队!”史彦勒替库迪卡说情。

“你们从哪搞来这些东西的？要严守纪律!”柯威诺少校命令。

库迪卡上士只好退回战壕!

史彦勒中尉也只能目送着他们……

“电报，电报!”一个通信兵将电文递到柯威诺少校手中，“上校的作战命令!”

柯威诺少校正要读电文，一发炮弹射过来在不远处爆炸，将一部刚刚从地洞中搬出的电台炸得粉身碎骨，几个从前沿阵地退下来的步兵伤员也被炸飞。柯威诺少校急忙读电文，电文是一道命令，使用了战场特别设计的密码。在电文的前面有三个黑色的标点，这是告诉收电人执行死命令。少校心里打了个寒战，继续阅读电文：

“德军装甲部队已经突破我军步兵三道防线，直逼我吕内维尔城防线，你们立即杀上去，将德军装甲部队堵住，没有命令不准撤退。原在101高地阻击敌人的命令取消。”

读完命令，柯威诺少校冷静地观察了一下战场形势后问：“中尉，德国人攻上来了，你能将敌人反击下去，我就再给你两个连的兵力!”

“少校先生，刚刚请求搭乘坦克……”

“工兵们不是走了吗?”

“没有，他们奉我的命令潜伏在交通壕中。”

“好，命令他们搭乘你的坦克前进!”

“是!”史彦勒中尉异常兴奋，扭头大声命令，“库迪卡上士，跟随坦克前进!”

一行人冲上战壕，库迪卡上士带头大呼：“少校万岁，万岁……”

“上车，前进!”柯威诺少校兴奋地命令，“巴顿将军在等待我们胜利的电文!”

“前进……”队伍杀上去了。

随着炮火的伸延、收缩的变化，天已经大亮了。东方的太阳正要露脸时，又被黑色的云层盖住了。吕内维尔地区被晨雾与硝烟罩住，炮火早就把人们赶下床，咆哮的炮弹掀起一层又一层的沙石抛向长空，抛向僵硬的尸体……

经过几个小时的血战，美军史彦勒中尉指挥的几辆坦克战绩显著，以库迪卡上士为首的敢死队炸毁德军坦克5辆，炸毁载兵装甲车2辆和自行火炮1辆，车内的德军几乎全部被炸死。

现在，已经负伤的库迪卡上士抱起又一战死的同伴，轻轻地放在担架上，从他身上解下两枚反坦克手榴弹，对两个抬担架的自由法国士兵说：“先生们，我

的同伴是被德国杂种打死的，他是为法国而战死的。我要为他复仇！”说完转身冲向逼近的德军坦克。

德军坦克呈十五路攻击纵队，在炮兵的掩护下，搭载大批步兵以快速推进的态势，将美军步兵防线全部扫荡了一次。美军只有凭借装甲部队掩护步兵，才能减少伤亡！

两辆德军坦克冲在最前面，他们已经注意到了时而跃起、时而卧倒的库迪卡。库迪卡看史彦勒中尉的坦克炮在抵近平射，但都因德军坦克手左右转动没有击中目标。库迪卡命令跟进的下士：“叶吉利，把杂种吸引住！”

“是！”叶吉利下士回答时，突然跃起，向一辆编号为 4077 的德军投去一枚破片手榴弹。果然，这辆坦克转过头向叶吉利下士冲去。

横在德军坦克前的几十具美军尸体，被坦克碾成肉泥般卷在车底下。叶吉利下士气愤地大吼：“上士，你掩护，我干掉杂种！”

“下士，你掩护，我上！”库迪卡回答的声音还没完，叶吉利下士已经顺着一条掩体扑上去了。他也忙从左侧迂回上去。

刚才叶吉利下士炸毁德军第一辆坦克，一个德军从坦克爆炸的烈焰中冲出来，叶吉利下士大呼：“杂种！”

“哒哒哒！”库迪卡上士一个点射，击毙了这个敌人，而就在库迪卡上士扫射时，伏在地下的德国伤兵向他开了枪，库迪卡上士左腿不幸负伤。叶吉利下士扑上去结果了这个装死的德军。两人协同作战颇为成功，越打越有劲！

一枚反坦克手榴弹又投上去了，但叶吉利下士也不幸中弹，他栽倒在距离德军坦克仅有 30 米的地方，德军坦克手转过坦克头直扑上来，企图碾死叶吉利。叶吉利下士没有回避，而是伏在地上昂起头盯着坦克。

“下士，快滚进单兵掩体！”库迪卡命令，并向德军坦克追上来。

德军眼看就要轧死伏地的叶吉利了。叶吉利继续昂着头，右手从腰间取出四枚反坦克手榴弹全部揭开盖子，四根反坦克手榴弹的导火索已经缠在了指头上。

“下士，快闪开，闪开！”库迪卡呐喊着冲上来，“滚进单兵掩体！”

叶吉利下士默默地用目光感谢上士，他没有滚进单兵掩体，只要他滚进去了，就能顺着掩体藏进防炮洞，坦克对付这些分散躲入掩体的步兵是没有办法的，只会被掩体中的士兵攻击！

“20 米，10 米，5 米……”叶吉利下士默默地数着，他已能看清炮塔上德军的脸，一梭机枪子弹在他头顶飞过。看来德军不想用机枪扫死他，而是要轧死他。

叶吉利下士将手榴弹全部准备好了，当德军炮塔上的机枪进入死角，坦克向他轧来的刹那，他拉开了四根导火索……

“叶吉利下士！”库迪卡上士呼叫着冲上去，两个德军从炸毁的坦克中爬出来，看到库迪卡举枪要扫射时，忙举起双手表示投降。

“混蛋，把身上的武器甩出来！”库迪卡命令。

其中一个德军两眼盯着库迪卡，右手伸向内衣，口里不住地说：“上帝，请别开枪！”

就在他说话的时候，另一德军也同样伸出右手去取枪。在库迪卡上士眨眼的刹那，他突然朝地下一卧操枪反击。德军打来的手枪子弹在库迪卡上士的耳畔飞过之时，但那个叫着“上帝”的家伙也开枪了。库迪卡上士倒下了……

“上士！”史彦勒中尉开足马力冲上来，坦克炮抵近急袭捣毁一辆德军坦克，他跳下战车抱起库迪卡：“我来晚了，库迪卡！”

“现在不是悲伤的时候，快将冲过来的杂种阻击住！”柯威诺少校赶上来了。

史彦勒中尉沉重地点点头，将库迪卡上士轻轻地放在战车左后的掩体中，跳上战车：“开足马力，上！”

“上！”柯威诺少校也上去了。

奇莱钦上校也乘坦克进抵一线督促血战！然而大批德军装甲部队蜂拥般扑上来，史彦勒中尉、柯威诺少校、奇莱钦上校及其所部都被德军包围了，突围与反突围的厮杀战，打得吕内维尔城内城外一片火海……

第二十章　吕内维尔战区的硝烟

小引

美军伍德将军率第4装甲师增援吕内维尔战区时，已经是9月18日下午2点钟了。培尔纳上校进抵吕内维尔时，米什利中尉极为不快地赶过来："报告上校，吕内维尔守军全部溃退，担任后卫的快速反攻营营长柯威诺少校不幸重伤，团长奇莱钦上校阵亡……"

一幅摄影名作——阿登战役中的德军

“少废话，”培尔纳上校打断米什利中尉的报告，“我命令你，冲进德军阵营打乱杂种的兵力部署，然后快速占领609高地，控制两条公路，把杂种赶出吕内维尔！”

“立即执行上校的命令！”米什利中尉回答，扭头就跃上坦克，“跟上，攻占609高地！”

“慢着，”培尔纳上校大声道，“先回来！”

米什利中尉又转身跃下坦克。

“少尉，波克穆少尉，”培尔纳上校对另一辆坦克上的军官挥手呼叫，“快下来，快点！”

波克穆少尉是团部的警卫队长，按照战场作战任务，他只为上校的安全而行动。

“大敌当前，团部的安全交给侦察连负责，你随米什利中尉行动，要像斯达连少尉那样勇敢作战！”培尔纳上校说着转向米什利，“中尉先生，作战任务非常艰巨，敌人是几倍于我方的兵力，我没有足够的兵力补充让你杀进重围，只好请波克穆少尉同行了，祝你成功！”

“军人们，出发！”培尔纳上校无限深情地命令。

“隆隆”的坦克声震耳欲聋，坦克炮塔上的机枪在旋转。

波克穆少尉指挥三辆坦克并排推进，直逼德军由五辆坦克组成的火力封锁区。炮手弗尼昂中士一连打出五发炮弹，将一辆凶猛地冲过来的德军坦克击毁，火焰冲天之际，弗尼昂对驾驶员说：“洛卡特，向右冲过火焰，快！”

洛卡特是位坦克老兵，无数次驾驶坦克纵横于硝烟滚滚的战场。在9月12日扩大南锡以南的洛雷桥头阵地时，炮手弗尼昂在炮弹打完，仅有机枪可攻击之时，两辆德军坦克搭乘19个反坦克手从左右两边包围过来。弗尼昂圆睁着布满血丝的眼睛大吼：“洛卡特，对着左边的坦克撞上去，撞上去！”

“明白！”洛卡特回答时加大油门，坦克一抖从正面扭过头，直朝左侧的德军坦克冲去。

双方相距仅有百米之遥了。洛卡特一见德军坦克炮正处于射击死角，便狠狠向右猛打方向，然后对着德军坦克撞去！

“轰！”德军坦克被撞停下来，弗尼昂的机枪早就将搭乘坦克的德军扫下了坦克装甲板，当两坦克相撞的刹那，弗尼昂推开坦克炮塔盖冲出来，飞身跃上德军坦克，拉开炮塔盖，将两枚早就备好的手雷甩进坦克，只听到德军坦克中一阵惊叫，紧接着一声闷轰，这辆坦克就不动了。

“退，快退！”弗尼昂飞身又跳回自己的坦克装甲板上，大声命令洛卡特。

洛卡特早就挂好倒挡，当弗尼昂脚一踏上坦克甲板，他就开始倒车。车距仅仅拉开四五米距离，德军坦克中发生第二次爆炸，不用问就知道这是坦克中的炮弹被引燃了，这些炮弹将坦克炸得粉碎抛向四周，碎片有的还在燃烧。

“追!”弗尼昂一边在炮塔上用机枪纵射溃逃的德军，一边对洛卡特命令。

洛卡特服从车长兼炮手的弗尼昂指挥，他盯住右侧的一辆德军坦克，它不但不退，反而有企图为左侧被击毁的坦克报仇的架势，一边开炮抵近射击，一边高速冲过来。“洛卡特，正面，正面!”弗尼昂击毙两名企图冲上来炸毁坦克的德军敢死队队员时，突然看到坦克正面百米之处，有四具德军死尸一律面朝地卧着，他断定这又是四个德军敢死队队员，采用装死的战术，只要坦克一开近，他们一跃而起跳上坦克，用反坦克手雷炸毁坦克。

“打!”弗尼昂的机枪“突突”地扫去。

地上装死的德军两人中弹，其余两人大叫着扑上来，将一枚反坦克手雷甩到了坦克前面仅一米远的地方，洛卡特狠打方向，但坦克由于惯性依旧“呼”地冲到了手雷上面，不知是什么原因手雷没有爆炸。坦克冲过手雷后再次冲撞另一辆德军坦克，在搭乘进攻的反坦克敢死队的合力拼杀中，弗尼昂跳出坦克，抱起一枚没有爆炸的迫击炮炮弹，抛进德军坦克底下……

9月12日对洛卡特与弗尼昂来说都是辉煌的一天，他俩在兴奋中还缴获了大批战利品。18日晨，米什利中尉再次告诉弗尼昂，德军将在吕内维尔发起突袭，第4装甲师必须立即赶到吕内维尔，将大举进攻的德军部队阻止。

今天部队一赶到吕内维尔，弗尼昂就看到被德军打垮的部队溃不成军。他为失利而沉痛，发誓把德军打下去，重现战场上美军的雄风!

现在，洛卡特驾驶着坦克冲过火焰，杀进了德军群。坦克炮一边发射一边开路，机枪手不顾个人安危用坦克炮塔上的机枪猛扫……

德军团长温伯特中校的位置被尤金顿上校抢走后，他只好到一线带兵打仗。现在他满腹气愤地看到美军第4装甲师反击上来，惊异地利用坦克电台对尤金顿呼叫：“上校，美军增援部队赶到，请求立即撤退，避免遭到围歼!”

“中校先生，你怕死啦?”尤金顿上校问。

“不，我最怕的是全军覆灭!”

“你是怕你自己战死!”尤金顿上校咆哮道，“告诉你，中校，击破美军吕内维尔防线是要付出惨重代价的，要是我们不能巩固阵地，反被美军夺取阵地的话，你与我都别想活着。立即组织力量反击!”

“是，立即反击!”温伯特中校咬着牙回答，“上校先生，我们的对手是巴顿的第4装甲师。”

“我明白，这个部队是拼杀型的，我们要在坦克上面装刺刀!”

“是，死拼必有胜利!”温伯特中校回答。

跟上校通话被训了一顿，温伯特心里更是难受，他狠狠地放下授话器，推开坦克炮塔盖伸出头，一只死尸的手正好在炮塔边上，左罗费少尉忙迎住他的目光说：“长官，搭乘坦克活着的只有我与另外一位士兵了！”

“什么意思，少尉先生？”

“撤，快撤，不然美军要全部吃掉我们！”

“可是没有命令，我有权力命令部队撤吗？”

“长……”

“哒哒哒”的机枪声打得坦克甲板上火星四溅，温伯特忙将头缩进坦克，对外面士兵的生死不再过问。

美军米什利中尉率部占领目标，老远他就注意到弗尼昂他们的战车陷入敌群，其中一辆德军坦克突然从掩体中开火，幸亏炮弹打偏了，只见弗尼昂的战车抖动一下，速发炮弹还击，德军坦克被击毁了。所有德军坦克乘员都不见逃出来。米什利中尉兴奋地命令：“增援弗尼昂，快！”

“中尉，德军跳上了我们的战车甲板！”炮手报告。

“凯斯格，从炮塔出去，干掉杂种！”米什利毫不犹豫地命令。

“是！”凯斯格上士回头狠狠地推开炮塔盖。

双方的争夺战处于厮杀的关键时刻。美军在德军的队伍中间杀开了一条血路，将德军攻击部队分割成两半，同时占据了有利地形，无论是坦克炮火，还是机枪火力都可以左右纵射德军，使德军只能分左右撤退，而不能前进一步，如此相持下去德军今天夺取的阵地就要全部失去。

美军凯斯格上士悄悄地从坦克炮塔盖爬出来一看，一个德军右手握着反坦克手雷，左手在坦克炮塔上扳着向上爬，脑袋正好对着他。凯斯格举枪“砰”的一声击中德军脑袋，德军应声栽倒。凯斯格心中正默默庆祝胜利，意外的情况发生了，当他扭过头向炮塔钻的瞬间，另一个爬到坦克甲板上的德军使出浑身力气，扑上来抱住凯斯格上士的右腿，用牙咬开了手榴弹的导火索要与凯斯格同归于尽。

“哎……”凯斯格扭头伸出右手，一把抓住了德军长长的头发，猛地朝前一拖，左手对着他脑门挥了一拳，德军受到狠狠一击嘶叫一声，右手正冒烟的手雷掉在坦克甲板上，滚到地下“轰”地爆炸了……

不知为什么，这个德军在手榴弹爆炸的刹那，脑壳被炸飞了。凯斯格的左手也被炸断了，他急忙捂住伤口，原来是手榴弹爆炸的弹片击毙了这个罪恶的法西斯，也打断了凯斯格的手。

米什利中尉探出坦克，把站立不稳的凯斯格扶进驾驶舱。炮手赶过来了，机枪手也赶过来了，看到伙伴们都在为自己负伤难过，凯斯格感动地从米什利怀中挣脱出来：“包扎好伤口，我再战！”

在与德军血战中的弗尼昂他们，坦克被德军反坦克手击中，虽然没有车毁人亡，但是战车不能动了，在原地打转就是不走。驾驶员洛卡特爬出战车，突见两条狼狗从左前直冲过来，不由得惊呼：“打，狼狗背炸药包上来了，狼狗背炸药包上来了！”

德军在美军装甲部队一次又一次打击下，他们在战场上的失败一次比一次惨重。最近一段时间，德军为了对付巴顿的装甲部队，组织了敢死队，除了用火箭筒近距离发射、把手榴弹扔进坦克外，还仿效俄国人，在这些经过特殊训练的狼狗腹部或背部绑上炸药，冲进奔驰的坦克下面炸毁坦克，给美军坦克造成了一定损失。

现在，德军又将这些活炸药包带上了战场，弗尼昂伏地打出一个单发，冲在前面的狗没有中弹，洛卡特打出一梭子扫中了两条狗，也引燃了它们身上的炸药包，炸得血肉横飞的狗后面立即响起了机枪声，紧跟着四五辆德军坦克从掩体中冒了出来。弗尼昂咬着牙对洛卡特说：“我的好兄弟，我们就这样等死吗？”

洛卡特盯住“隆隆”开过来的德军坦克，坦克炮在喷吐着火舌，坦克上的机枪在左右扫射，显然不怕死的德国机枪手是在防止美军反坦克手炸毁坦克，想让他们车毁人亡。

“洛卡特，你怕死啦？”弗尼昂抓住反坦克手雷说，“你掩护，我上！”

“慌什么！”洛卡特白了他一眼，“把炮弹装进炮膛，我们要消灭他们！”

德军温伯特中校在亲自督战率部冲击，刚才他带进战场的两只狼狗没有炸中一辆美军坦克，他异常生气，决心杀进美军阵地，夺回上午失去的阵地，为晋升上校而在将军面前再立一功！

“中校先生，美国人投降了！”炮手雷埃泽惊喜地报告，“快看！”

温伯特抬眼一看，果然一辆停住的坦克上面，有一人手中不停地挥舞着白色的东西，他一时认不清楚到底是白布条呢，还是白毛巾或白色的衣服。按照常规，只要有白色物在战场摇晃，一般是要求停止射击，对方表示投降。

“雷埃泽，你过去看看！”温伯特命令。

雷埃泽愣了一下说：“长官，去两人吧？”

“怕死鬼，快去！”

“是！”雷埃泽从坦克上跳下来，直奔美军坦克。

弗尼昂作为美军优秀士兵，已经悄悄地将炮口瞄准了德军温伯特的那辆冲在最前面的坦克，而洛卡特站在炮塔上不住地摇晃两件白色内衣。当德军坦克正若无其事，以胜利者自居开过来时，弗尼昂命令：“放！”炮口喷吐着愤怒的火舌，抵近攻击的首发炮弹击中了德军温伯特的坦克侧面，炮弹将德军坦克炮塔掀起，

抛向长空……

德军的机枪开火了，洛卡特身中三弹倒下了……

吕内维尔两侧的山头上，晚霞洒满了金色的光环。此刻，巴顿将军收到了伍德将军从吕内维尔发来的电报：

“巴顿将军：今天上午奉命率领第 4 装甲师增援吕内维尔。我们赶到战区时，我方吕内维尔地区防线已被德军突破。大部队正在溃退之中。我第 4 装甲师组成敢死队，杀进德军阵地，太阳下山时已经打退德军进攻，稳住了前沿阵地。明天是否执行突击作战任务，请电复。”

第二十一章　9 月 19 日的攻坚血战

小引

9 月 19 日凌晨，美军第 4 装甲师，左翼步兵第 20 军、第 12 军等兄弟部队向德军展开了强大攻势。美军第 4 装甲师培尔纳上校乘坐一辆重型坦克，与米什利中尉等 19 辆坦克在并列推进之中，将德军两个炮兵阵地捣毁，打得异常顺手！

惊魂甫定的美军向德国本土推进

上午 10 点 30 分，部队攻达 9 号目标以西的 304 高地下面时，培尔纳上校一看前面的战车一律原地炮击，没有向前移动一步。培尔纳上校吃惊地跳下战车向前走了几步，左前出现十几个步兵。跟随的卫兵跑步上前大声问："你们为什么回来?"

"报告长官，我们是第 6 侦察分队的!"一个军官回答，"我是仲马隆少尉!"

培尔纳上校站住了，他正在等待仲马隆少尉的到来。

仲马隆少尉是第 6 侦察分队的头儿。昨夜，师长伍德将军向各部传达巴顿将军的命令，明天（19 日）向德军发起攻击前，各部队必须派出侦察分队作为前锋，即要侦察清楚攻击部队前方德军兵力部署情况，又要成为攻击部队的向导。仲马隆少尉的第 6 侦察分队在白天苦战后仅休息了三个小时，就按照作战命令出发了，在凌晨大部队发起攻击之前 30 分钟，就对培尔纳上校这一路攻击部队前面的敌情做了报告，并派出三人向导小组，为部队快速攻击前进立下战功。然而，天有不测风云，由于地形复杂，德军隐蔽火力突然从四个方向反击，将美军攻击部队的攻击道路截断。

现在，仲马隆少尉立于培尔纳上校面前："报告长官，德军在 304 高地有大批火力点，这是窃听的德军电台通话记录!"

"记录，什么时候的?"培尔纳上校急切地问。

"刚收到译出来的!"

培尔纳上校在硝烟中注视截获的德军作战命令：

"304 高地指挥官门托希中校，高地若丢失，9 号目标就成了美军的下一个目标，无论是美军的步兵第 20 军要渡过摩泽尔河，还是 12 军要占领南锡，并向河的东岸推进，9 号目标都是他们的有力屏障。所以 304 号高地一定要死守，11 点 30 分将有 43 架轰炸机赶来协同你打击美军攻击部队……"

"少尉先生，"培尔纳上校一拍大腿，"你破译的报告对我们来说太重要了。我们必须抢在 11 点 30 分之前夺取 304 高地，否则部队就要遭到德军轰炸机毫不留情的轰炸!"

"上校先生，我愿意搭乘最前面的坦克攻击推进，最先杀上 304 高地!"仲马隆少尉报告。

培尔纳上校非常相信仲马隆少尉的勇敢，但其战术与实际作战经验又使得他怀疑。恰在这时，坎米多尔中尉的坦克从左后"轰隆隆"地开过来了。这是一个极具冒险精神而又有头脑的下级军官，在某种情况下他敢于用生命作赌注。

"中尉，"培尔纳上校大声呼叫，其实对方是听不到的，但他看到培尔纳上校右手挥舞着军帽，"快下车，我给你下达作战命令!"

培尔纳上校的手势终于使坎米多尔中尉跳下了战车，他奔过来时上校飞快地

问："中尉先生，你看到没有，我们被德军在304号高地的火力压在这里不能前进？"

"上校先生，需要我教训德国鬼子吗？"坎米多尔问。

"中尉先生，赶在德国鬼子大批轰炸机抵达之前，夺取304高地。由你首先杀开一条血路！"培尔纳上校命令。

坎米多尔中尉扭头向德军阵地望了望，回过身时一个作战参谋展开地图说："中尉，这是304高地的德军兵力、火力配备图，我们也只是刚刚搞到！"

"谢谢长官！"坎米多尔兴奋地双手接过地图。

作战参谋简洁地对着地图讲解了一下304高地的德军兵力、火力配备后，坎米多尔中尉一下子拧紧眉头举起望远镜，观察了一会儿就立即扭头命令："通知各车长，立即开会，快！"

战场上，德军反击的炮弹成串地坠下来爆炸，机枪子弹打在坦克甲板上"当当"直响。美军坎米多尔中尉向赶来的几个车长讲明了德军火力点、兵力情况后，对向德军阵地观察的8017号坦克车长问："埃克伦先生，你的作战任务明白吗？"

"报告长官，"埃克伦上士忙说，"我的战车攻击线上，有四门反坦克炮并排攻击。能不能改变攻击路线，向右直取敌山炮阵地？"

"敌人山炮阵地前，肯定潜伏着大批步兵。步兵炮、坦克全是单兵行动，不好防守。"坎米多尔说，"坦克炮阵地前有一片小树林，可作突击隐蔽部，请炮火支援你！"

埃克伦听了连连点头："长官，请立即准备炮火，我的战车现在就进入攻击位置！"

"好！"坎米多尔回答，"通告炮兵营，炮火掩护！"

很快，跟进的炮兵营利用各种天然屏障做好了攻击准备，当炮击的旗语一打出，十几门炮就咆哮开了，刹那间坎米多尔中尉所部的攻击线上，德军阵前一片火海，硝烟在空域中狂舞……

"埃克伦，埃克伦，加速向左30度，快，强攻上去！"坎米多尔中尉的坦克紧跟在埃克伦上士的后面，只要8017号突破德军炮火封锁区，进入炮火死角，坦克炮就突袭直射，准能撕开一条血路。

"8017明白！"埃克伦上士回答，并又报告坎米多尔中尉，"长官，有六个鬼子向我迂回冲上来，请求机枪射击，掩护我杀上炮兵阵地！"

"中尉明白！"坎米多尔回答。

"8017明白！"埃克伦上士回答时，打了下方向盘，坦克高速直扑德军炮兵阵地。

304 号高地上，德军炮兵指挥官比波罗中校突然从掩体中冲出来，跑进塔诺西少校的指挥部：“少校，美国人冲上来了，冲上来了！”

“快组织攻击队反击，冲出掩体反击！”一个作战参谋跟着比波罗中校嚎叫，“快，我们完蛋了！”

“是谁在这儿放屁！”塔诺西头也不回地举着望远镜骂，“上尉先生，把扰乱军心的家伙赶出去！”

作战参谋洛德莫上尉忙上前：“长官，比波罗中校到！”

“他来干什么？”塔诺西少校继续举着望远镜不回头，“仗打得天摇地动，我没有精力与中校先生再研究什么。”

“少校，你的语言充满火药味！”比波罗中校站在他背后听到了塔诺西的话，“我看你需要清醒！”

“中校先生，”塔诺西少校回过头盯着比波罗，“如果你按照我的作战计划，将一个步兵连放在炮兵阵地后面专门打击突破我火力封锁区的美军，我们决不会像现在这样被动挨打！”

“你！”比波罗中校愤怒起来，“你别忘了，我是这里……”

“轰……”一发炮弹炸中掩体，也炸断了比波罗中校的话。

“长官！”一个士兵呼叫着扑上来，塔诺西少校从地上挣扎起来，来不及抖掉身上的沙石，就从废墟中拖出一条血淋淋的大腿，一看是比波罗中校。比波罗的头部也被炮弹片削掉一半。塔诺西少校无限悲伤地长叹一声：“中校先生，我们的争吵永远结束了。”说完把头抬起，“反击！”

面对德军发疯般的反击，美军攻击部队开路先锋埃克伦上士驾驶的坦克，浴血冲杀抵近了德军反坦克炮兵阵地，304 高地也近在眼前了。埃克伦上士命令炮手：“速射，五发炮弹，打正面敌人！”

“炮手明白！”炮手回答时，炮弹已经飞向德军。

“8017，8017！”坎米多尔中尉在电台中呼叫，“我的战车被炸坏，不能跟进掩护，你必须注意两侧敌敢死队的炸药包，又有德军向你后部冲来。命令机枪手出炮塔反击！”

“8017 明白！”埃克伦回答后命令机枪手，“史巴托，史巴托，杂种攻击我的战车后部！”

“史巴托明白！”下士回答着推开坦克后窗，果然两个德军借助硝烟作掩护，各自手中握着反坦克手雷，咬着牙气势汹汹地向坦克扑来，大有不炸毁 8017 号坦克决不罢休的架势。

史巴托下士瞄准奔跑在前面的德军时，这家伙突然改变奔跑路线，用曲线奔跑来对付向他瞄准的史巴托，史巴托只好移动枪口瞄准后面的家伙。后面的那些

德军也学着前面的人同样用曲线奔跑来对付坦克中的枪手。

“下士，发现目标了吗?”埃克伦上士问。

“已经发现目标，但瞄准困难!”

“没有进入射程?”

“敌人用曲线奔跑接近我战车!”

“机枪横向扫射，不要怕浪费子弹!”

“明白!”史巴托下士扣动扳机，第一个德军栽倒了，第二个德军眼看正要卧倒，又一发子弹击中了他……

突然，坦克被德军炮弹击中右前，一股巨大的热浪在坦克中腾起。埃克伦感到坦克抖动一下，战车发动机停止了运转。

“跳车，快跳车!”实战经验丰富的埃克伦命令。

乘员们刚刚从坦克中爬出来，又有四发炮弹几乎是同时劲射过来，在巨大的轰鸣声中熊熊大火冲天而起。坦克爆炸了，跟在后面的坦克就不能动弹，坎米多尔中尉看到了异常气愤，命令赶上来的 8006 号战车：“伙计，搭乘我们冲上敌人阵地!”

8006 号坦克开足马力，躲闪着德军炮火冲击!

8017 号战车被德军捣毁了，德军炮兵阵地一片欢呼，塔诺西少校更是兴奋，但他没有表现在脸上，而是对作战参谋说：“你在这里代我指挥，我到各阵地督战，没有我的命令不准撤!”

“长官，现在外面美军炮火太猛烈，很不安全了!”参谋讨好地说。

“你认为这儿安全?”塔诺西少校说，“他是怎么死的?”他指着地上比波罗中校的尸体，“战场上没有安全岛!”说完走出掩体。

美军埃克伦上士在坦克被击毁的情况下，利用从德军死尸中搜到的轻武器悄悄地摸上了德军反坦克炮兵阵地。这时史巴托下士一眼就扫见前面小山般的土堆后走出一人：“上士，鬼子从这里冒出来了!”

“上士，那准是德军指挥部!”史巴托说，“送一根爆破杆进去，会有收获的!”

刚刚从被击毙的德军死尸上拾到的爆破杆用上了。这根威力很大的家伙只要塞进坦克底下，准能将坦克炸毁。现在，史巴托下士一跃奔上去定睛一看，一个黑乎乎的洞口卧着一具死尸，两支压满子弹的枪在洞外甩着，炸塌的一个洞口上有几块残肢和一条被炸断的胳膊，不用问这是美军炮兵的战功。史巴托拉燃导火索等了几秒再将爆破杆塞进去，霎时间里面一片惊呼，紧接着在爆炸声中叫喊声消失了，一股硝烟从洞口向外弥漫……

塔诺西少校换上士兵的军服逃跑了。德国炮兵阵地的德军各自为战，他们还不知道美军已经杀上了德军炮兵阵地！短兵相接的苦战即刻拉开了。

美军坎米多尔中尉看到德军炮位响起手雷声与机枪声，明白是战友们弃车杀上了敌阵，304 高地就在脚下了，他命令部队：“扩大攻击区，直取 304 高地的暗火力点，封锁敌向 9 号目标溃逃的路线!”

部队服从命令。培尔纳上校亲自杀上来了!

1944 年 9 月 19 日，巴顿将军的第 3 集团军第 4 装甲师，对德军发起的强大攻势初战告捷，而左翼的第 20 军经过几天几夜浴血激战，付出沉重的代价后，依旧没有攻过摩泽尔河，巴顿将军有些焦急不安。

第二十二章　胜利中的懊恼

小引

巴顿将军最担心的左翼第20军，9月25日上午突然在战场上显示出超凡的战斗生机。

突出部战役的失败，宣告德军在西线将走向崩溃

上午 11 时 40 分，第 20 军突击团团长奥姆维中校终于苦战渡过摩泽尔河，步兵营副营长马兹烈少校奔跑过来：“报告长官，我营营长战死，两个连伤亡惨重，四连已经攻上 801 高地，通向梅斯的道路被德军封锁！”

“拿不下梅斯，也要夺取距离梅斯仅 5 公里的 527 高地。这是军长的命令！”奥姆维中校命令，扭头问跟进的少校，“斯达卢，你给马兹烈少校补充三个连的兵力！”

“是！”斯达卢回答。

奥姆维中校看见正面山头上有几挺机枪在喷吐火舌，忙问：“马兹烈少校，这是怎么回事？”

“长官，”马兹烈少校回答，“德军在这一线有很多潜伏火力点，你指定的这个火力点我马上打掉！”

“你的任务是攻打梅斯，如果实在不行也必须占领距梅斯 5 公里的 527 高地！由斯达卢少校扫清这里的残敌。”

“明白！”

执行奥姆维中校的作战命令是相当艰巨的。马兹烈少校赶回部队，越过 801 高地，直逼 527 高地时，四连长科尔曼突然从前面返回来焦急地报告说：“少校先生，德军四个大火力点将我方攻击路线阻止住！我们已经付出沉重代价，仍然没有突破德军防线。”

马兹烈少校扫了四连长科尔曼一眼，就跃上一辆装甲车甲板，并问：“中尉，杂种有多少兵力？”

“德国鬼子是隐蔽火力，挖有反坦克战壕，又埋有大批地雷，兵力情况暂时无法摸清！”科尔曼中尉回答。

“你命令二排上，告诉切撒安少尉，我在一线等待他的报告！”

“是！”科尔曼回答完，直奔二排所在的潜伏地。

美军切撒安少尉率领他的全排官兵，潜伏在德军所挖的反坦克战壕中，他的二排已有一个班的兵力被地雷炸伤、炸死。几乎所有的人都明白四周全是德军埋设的地雷，稍有不慎就会遭到地雷的杀伤。班长斯露腊上士看到两个被炸断双腿的同伴痛苦的神情，恨不得一跃上前将眼前这两个大暗堡捣毁。但是排长切撒安少尉告诉他，拼杀的时机要等待连长科尔曼中尉的命令。

现在，科尔曼中尉将作战命令向切撒安少尉下达了。切撒安少尉一鼓作气地向德军地堡挺进时，不知为什么，三班长斯露腊与五个战士突然掉队了。战场上，枪炮声几乎在扫荡每一个角落，万一他们六个人被德军偷袭，伤亡就会极惨！

“吹号，命令三班长向号音靠近！”切撒安少尉命令。号音在硝烟弥漫的战

区上空回荡。正在一条暗道中的三班长斯露腊一枪结果了一个企图反抗的德军后，听见前面又有沉重的脚步声，他忙一挥手压低嗓门：“卧倒！”

六个人几乎是同时卧倒在这条德军不知通向何方的暗道。

刚才，三班跟着切撒安少尉冲击，刚刚冲到距离德军3号火力点仅有300米时，柏登厄中士在后面扯了下斯露腊的衣角：“有敌人，卧倒！”

三班长斯露腊赶忙卧倒，顺着柏登厄的手势一看，发现两块草皮不自然地摇动，果然不一会儿一个德军的头从杂草里面冒了出来，显然这里是德军的一个地下通道，至少是个大掩体，否则是不会如此精心隐蔽的。

“上，要活的！”斯露腊上士命令。

乘德军伏地观察时，美军柏登厄扑上去从后面卡住德军的脖子，又左后一拳击中他的脑门，德军顿时奋力挣扎，被赶上来的斯露腊又击中一拳。这一下他老实了，愣愣地望着斯露腊，他被打蒙了。

“这里是地下通道？”斯露腊问。

德军点了点头。

“带路！”斯露腊命令，用刺刀对着敌人胸口。

德军为了活命完全服从了，他顺从地指向洞口：“下去就是通道！”

“通到什么地方？”

“我是今天凌晨调防的增援部队，对地形不熟悉。”

“兵种，你是什么兵种？”

“步兵第106突击团中士侦察分队队长！”

“你们团部在什么地方？”

“前面火力点全是我们团！”

“团长叫什么？”

“法林扎上校，是军直属炮兵团调来的！”

“他的指挥部在哪儿？”

“3号，3号地堡内！”

“你到这个通道里来是干什么？”

“出于好奇。”

“混蛋！”斯露腊上士气愤了，“我们需要你坦率的交代，欺骗我们就意味着你放弃生命！”

德军惊恐地点点头。

没有审讯到什么，但凭借这个德军流利的语言表达水平，斯露腊上士断定他是个极富反侦察经验的家伙，他不想多费口舌，决定脱离大部队带着这个德军从暗道杀进德军的某个指挥中心！谁知没走多远，这家伙突然挣脱斯露腊粗壮的胳

膊，夺过前面美国士兵手中的枪就要开火，在这千钧一发之际，斯露腊冲上去一刺刀捅进他的胸口。

干掉这个家伙，斯露腊他们一行卧倒，不一会儿前面的脚步声消失了。斯露腊命令："起来，继续前进!"

走在前面的柏登厄看到了亮光，一个偌大的地堡出现在眼前，几十个德军在忙着射击，两门火炮的炮口是隐蔽对外的，炮手们正在忙乎，几个军官正聚在一块儿商量什么，两个负伤的家伙由人搀扶着爬到射孔旁，继续射击……

"班长，头儿!"柏登厄低声呼叫，"快过来!"

"上!"斯露腊低声命令其他四个同伴，"手雷揭开盖子!"

"是!"四个人异口同声地执行命令，跟着他们的头儿直逼德军暗堡。

原来，这是一条德军地下通道，通过这条通道可以直达另外四个地下暗堡，炸毁眼前这个地堡是关键!

"头儿，"柏登厄说，"怎么打，你下命令!"

斯露腊指了下手雷："投，每人投四颗!"

六个人相继赶到地道的隐蔽处，每人揭开四颗手雷的保险盖放在手边，只等班长下达攻击命令。斯露腊望着正忙活的德军，当他认定正是时机时，挥手甩去一雷："打!"

德军 3 号地堡中顿时一片火海……

柏登厄投完四颗手雷扭头一看，班长斯露腊与其他同伴都不见了，他朝正弥漫硝烟的地堡看，活着的德军正向一个洞口涌去。

"机枪，机枪堵住洞口，把敌人困死在里面!"斯露腊上士命令，"柏登厄，快到通道口来，快!"

通道口上，斯露腊他们已经占据了有利地形，火力封锁了三个出口，而第四个出口他们还没有发现，德军正是通过第四个出口逃命。柏登厄不顾被闷死在地下通道的危险冲进去，用自动步枪纵射德军，将第四个出口处挤得满满的德军扫倒了，德军死尸互相压着堆起堵住了洞口。柏登厄正要乘机冲出去时，右前仅一米的地方火光一闪，一颗手榴弹爆炸了，他还没有反应过来，一块弹片击中他左胸，他感到一阵沉闷，向左一歪倒下了……

地面，美军切撒安少尉指挥部队生俘了一个德军准将，这个家伙无限悲哀地说："伙计，你的部队炸毁了我的地下指挥部，真正的勇敢!"

"报告，三班长斯露腊他们捣毁了敌 3 号地堡!"一个战士无比兴奋地奔过来。

"快，向德军的所有火力点攻击!"切撒安少尉命令，"抢速度!"

这时，科尔曼中尉也率部攻上来了，马兹烈少校亲率炮兵分队也走上来了，奥姆维中校指挥第二梯队快速冲过来……

晚霞映红了天际，美第20军终于攻占了距离梅斯仅5公里的527高地。奥姆维中校在此高地含着眼泪沉重地向司令部发出报告：

“巴顿将军：我们欣喜地向你报告，第20军已经占领527高地。同时沉痛地向将军报告，马兹烈少校、科尔曼中尉、切撒安少尉、斯露腊上士等一批美利坚合众国勇敢的军人们，在反法西斯战场浴血摩泽尔河，永远长眠在527高地……”

德军西线统帅部同样收到从梅斯发来的电报：

“元帅阁下：18日我军在吕内维尔突袭成功，将美军多次反扑击退并稳步前进。但美军第4装甲师赶到，我军在后援无力的情况下只好退守已经攻占的阵地，部队处于防守状态。而19日美第3集团军全线反攻，25日美第20军在我军左侧越过摩泽尔河，攻占距梅斯仅5公里的527高地；美第12军也占领了南锡，并在向河东推进，请求增援部队日夜兼程，空军增加轰炸架次……”

巴顿将军看到部队推进、德军全线溃败之时，最高司令部给他发来的命令：

“巴顿将军：由于后勤补给完全崩溃，你需要的弹药给养全部没有。仅有的物资供给蒙哥马利指挥的第21集团军与第1集团军，你的第3集团军停止前进转入防御……”

“上帝，”巴顿将军读到这里愤怒地吼叫起来，“削减我的物资，确保蒙哥马利，这简直是混蛋决定……”

此时此刻，巴顿将军懊恼地捶胸顿足，就像困在笼中的雄狮一般，焦躁不安。他对作战参谋命令：“备飞机，我要去找布拉德利将军！也许直奔艾森豪威尔的司令部更好！”

第四卷　希耶河以东的决战

希耶河以东的决战·卷首语

1944年9月19日，美第3集团军对德军展开强大的攻势，截至25日，左翼第20军全部攻抵摩泽尔河，距离德军又一重要防线梅斯仅5、6英里；第12军付出巨大代价后，总算攻占南锡，装甲部队披星戴月地向东岸进击。在战场的形势喜人之时，艾森豪威尔命令第3集团军又一次停止前进，声称作战物资首先要满足蒙哥马利的第21集团军与第1集团军。巴顿的第3集团军只有等待作战物资送达安特卫普港后才能恢复对敌攻势。

盟军轰炸后的德国

懊恼、焦躁充满了整个第3集团军。9月30日，对第3集团军来说，又是一个惊心动魄的凌晨，驻守于希耶河东部的美第35师还在睡梦中，就被德军远程大炮与抵近纵射的坦克攻击，死伤惨重，防区岌岌可危。第12军军长埃迪将军一边向巴顿将军通报军情，一边在军司令部召开紧急军事会议，但军司令部遭到德军重炮及坦克炮的暴风雨般的袭击，埃迪将军自己都差点阵亡。无奈他只好再次通报巴顿将军35师据守阵区伤亡太大，请求撤达希耶河西侧。

巴顿得到35师准备撤回的消息，不顾满天炮弹横飞，乘一架轻型飞机冒死赶达第12军司令部，对埃迪将军命令："我们美利坚合众国的35师，决不在敌人面前后退半步，因为他们是世界上一流的军人!"

在巴顿的严令下，埃迪将军与35师官兵表示与阵地共存亡。

巴顿直飞第6装甲师，亲自率领第6装甲师直袭德军阵地!

第二十三章　德军向希耶河美第 35 师攻击

小引

1944 年 9 月 30 日上午，德军一个军的兵力在大批轰炸机的支援下，直扑美军巴顿部驻守希耶河以东的第 35 师，霎时间美军第 35 师的战防区一片火海，浓黑的烟云直冲云霄。

阿登战役中，德军这支特遣队约 800 人，一经抓获便以间谍罪处死

“少校，报告少校，我是格普森上尉，我们被美军阻止在809高地，请求炮火急袭!”德军格普森上尉呼叫时，两手捂住耳机。

“上尉，”德军麦力克少校用沙哑而又兴奋的声音回答，“我们正在摇动美军防线，巴顿不可战胜的神话正在打破。我命令你，哪怕全连战死也要用尸体填平809高地!”

这是一条死命令，麦力克少校放下耳机与授话器，一个快速奔跑赶到前面的一辆坦克跟前，坦克上的加来勒中尉似笑非笑地问：“少校先生，需要坦克炮火支援吗?”

“中尉，突过809高地，在美军第35师阵地中间杀开一条血路，坦克炮火掩护!”麦力克少校命令。

加来勒中尉点点头后举起手中的电台授话器：“各战车注意，我是加来勒中尉，目标809高地，搭载步兵攻击前进!”

四辆德军坦克搭载着步兵，快速地向美军第35步兵师防守的阵地攻击前进!

9月25日，巴顿将军的部队停止前进后，德军第103装甲旅达特纳准将赶到师指挥部，他见师长金德凯少将与副军长阿哈拉中将正站在地图前沉思，显然他们是在研究某个问题，却找不到恰当的答案。

“报告，103装甲旅达特纳准将奉命赶到!”

“到作战部等待，现在没有时间接见!”金德凯少将回答，并生气地挥了挥手。

“报告师长，我有重要情况报告!”

金德凯少将朝门口挺立的达特纳准将看了一会儿，才点头表示要他进来。达特纳准将敬完礼后问：“师长阁下，你们接到了美军巴顿部为什么停止推进的情报吗?”

“我与阿哈拉中将正弄不懂这个问题呢。”金德凯少将忙问，“你们搞到情报了?”

“据可靠情报，是后勤补给困难。”

“不会呀，”阿哈拉中将持怀疑态度，“据空军侦察报告，安特卫普港堆有足够第3集团军使用的物资呀!”

“中将阁下，”达特纳说，“据破译的我的情报官窃听的电台密码，盟军总部已经决定，将安特卫普港的所有军用物资，一律补充给北路蒙哥马利元帅的第21集团军与第1集团军。巴顿所指挥的第3集团军原地进行防御，直到补给送达后才能展开新的攻势!”

“艾森豪威尔是个头脑冷静的家伙，怎么会做出这样的决定?”阿哈拉中将不解地说，“巴顿所部在大步推进，正处于殊死搏击之中，迫使他停止战斗……”

“中将阁下，巴顿在焦躁中正式给部队下达了命令。”达特纳准将说，“这是我们破译的命令！”

阿哈拉中将没有接达特纳手中的情报，金德凯少将扫了眼副军长，伸手接过来：

“各位将军，由于面临着严重的供应问题，我第3集团军奉命在战场上采取守势。为成功地完成这一任务，你们必须特别注意的是：第一，我军作战态势的改变必须对敌人严格保密，以牵制住更多的敌人；第二，控制一条合适的出击地带，以便恢复攻势时可以迅速行动。请告诉全体军官，我们只不过是在等信号，很快就能恢复对敌人的进攻……”

“太重要了！”金德凯少将异常兴奋地摇动手中的情报，“中将先生，你应该好好地研究，”说着又转头望着准将，“达特纳将军，应该立即为你的情报官晋升！”

“师长先生，他在20分钟之前死啦！”达特纳说。

“死啦，怎么回事？”金德凯少将惊异地问。

“哨兵的枪走火，流弹击中他的头。”

“嘿，该死的不死，不该死的偏偏死了！”

“师长阁下，我们失去了最好的破译官。”达特纳说着直摇头，“我们又要重新选择这样优秀的情报人员。”

金德凯师长点点头，站在地图前沉思片刻后说：“副军长，希耶河以东的美军第35师作战能力一般，防线拉得太长，从这里突击把握较大。”

“一个军绝对能攻破35师防线，”阿哈拉中将扭过头，“达特纳准将，率103装甲旅为前锋！”

德军的作战报告当天就送达统帅部，9月30日大举进攻希耶河以东美军35师的作战命令很快下达了。103装甲旅按时出发了，在全军的最前面发挥着敢死队的作用。

现在，德军在809高地遭到美军有组织的反冲锋，阵地被炮火打成一片火海，十几辆德军坦克被美军敢死队炸毁，五辆虎式坦克和一辆装甲车正在燃烧，美军阵地前伤亡的德军纵横交织……

“中尉，加来勒中尉，”德军搭乘坦克冲击的马诺斯上等兵拍打着坦克炮，“停车，快停车！”

“咔嚓！”坦克抖动一下停在一座美军放弃的掩体下面，加来勒中尉推开炮塔伸出头：“谁在嚎叫？”

“报告长官，”马诺斯回答，“正面发现美军反坦克攻击部队，正向我迂回袭来！”

“正面?”加来勒中尉惊讶地反问，顺着上等兵的手势望去，发现草丛中有人在晃动。

“机枪扫射!”加来勒命令，“扫射，步兵下车攻击!”

四辆坦克上的德军全部跳下来，直扑美军攻击部队，德军坦克上的机枪也咆哮起来，组成一道道火力网掩护步兵冲击，不时地有坦克炮打出点射。

美军在向前运动!

德军也在向美军接近!

“哒!”一个点射，子弹从马诺斯耳畔掠过，紧接着一发子弹又“哒”地点射过来。

美军菲扎卡上尉率部反击上来了。他是一条硬汉，口袋里与腰带上全部是反坦克手雷，一挺压满子弹的自动步枪多次点射成功，他兴奋地对伙伴们说：“铁家伙长了眼睛，长了眼睛!”

“上尉，德国步兵上来了!”一个少尉报告。

“威廉斯少尉，”菲扎卡说，“放掉他们，只打坦克!”

“是!”威廉斯少尉回答着扭过头，“大家听着，沿四号交通壕迂回到敌坦克后面，炸毁坦克!”

部队出发了!一支决心再次炸毁德军坦克的敢死队直扑德军坦克，将正面德国步兵甩掉了!

今天，美第12军军长埃迪将军按照巴顿将军必须到一线前沿督战、下达作战命令的指示，刚刚在35师的师指挥部召开战术研究会。当所有的军官到会，会议正在进行时，一发炮弹“轰”地炸中指挥部外面的一辆汽车，顿时冲天大火向四周扩散。35师师长奔过来汇报：“将军阁下，德军已经突过我809高地!”

“你是干什么的?”埃迪将军问，“把德国鬼子赶走，立即赶走!”

35师师长愣住了。

“军长阁下，德军是以一个军的兵力攻击我们!我们一个师抵挡不住!”上校参谋焦急了，“伤亡太大了!”

“给巴顿将军发报!”埃迪将军命令。

电台打开了，埃迪将军亲自给巴顿将军发去紧急电报：

“巴顿将军，我35师遭到德军一个军的兵力攻击，阵地岌岌可危，师指挥部被炮弹击中，我准备将部队撤到希耶河西侧……”

第二十四章　空中，德军围击巴顿的座机

小引

巴顿将军走进他的办公室时，时针指向下午 3 点整，他看到作战参谋冯·伏雷沃中校匆忙从电台室赶出来，脸色异常难看，便拧紧眉头问：“中校，有什么不愉快的事？”

盟军与“自由法国”部队配合攻占巴黎的情景

“将军阁下，埃迪将军急电！”伏雷沃中校回答，并将电文送到他手中。

巴顿将军拿起一看大吃一惊：“35 师阵地开始动摇？快，我要与埃迪通话！”

电台通讯被雷电干扰了，呼叫的讯号被淹没在静电干扰之中。巴顿狠狠地从头上摘下耳机，又将授话器放到伏雷沃中校的手中，朝外看了一会儿问：“耶雷尔呢？”

“将军，耶雷尔上尉正在机舱作检修。”

“通知耶雷尔上尉立即来见我！”巴顿命令。

外面的坦克与装甲车在风雨中轰鸣，步兵正在集中，雷电不时地划破黑沉沉的天际，滚动的闷雷沉重地敲打着巴顿将军的心房。他两眼盯着地图，看着位于希耶河以东第 35 步兵师的阵地防线那有力的箭头，而现在第 12 军军长埃迪将军请求将这一阵地拱手让给德军先头部队，将部队撤回希耶河西侧，巴顿将军就是面对枪口也决不能同意这一提议！

“报告，飞行员耶雷尔上尉奉命赶到！”

巴顿将军从地图上收回目光，扭过头迎住耶雷尔上尉的逼视，沉默了一会问：“上尉先生，天气情况怎么样，能飞行吗？”

耶雷尔上尉答道：“将军阁下，天正下着蒙蒙细雨，雾极浓，现在不能上天！”

“我现在必须赶到埃迪将军的司令部！”

“将军，这片空域有六处德军防空阵地，作为飞机驾驶员，我必须对长官生命负责！”耶雷尔上尉回答。

“炮兵作战参谋布什根少校！”巴顿命令，“快过来！”

具有良好炮兵战术，又懂防空战术的副官布什根少校快速从内室跨出来挺立于巴顿面前。巴顿指着地图问：“我们从这里直飞希耶河畔埃迪将军的指挥部，沿途要经过德军几道炮火封锁区？”

“将军阁下，要经过由高射机枪、高炮组成的六道火力网，其中最重要的是 1016 战区上空，这是德军专门部署的防空阵地，其目的就是阻止……”

“少废话了，少校先生，”巴顿截断他的话，“有什么办法避开这一敌人防空火力阵地？”

“有，从 1016 战区与 2033 战区之间的山区冲过火力封锁区！”布什根少校说，“我认为有把握！”

“为什么？”

“根据情报，德军一支装甲部队隐蔽在这里，企图向我第 6 装甲师偷袭。阴谋被我侦破后他们因为转移而没有完全离开，防空部队赶往这一地区换防尚未完全到位！”布什根少校顿了下又道，“我们利用敌人换防的间隙是有机可乘的！”

巴顿的目光立即扫向 1016 战区与 2033 战区之间的山区。

"将军阁下，为了你的安全，我不能冒险飞越这一地区！"

"不，"巴顿盯住飞行员耶雷尔上尉，"打仗本来就是冒险，不敢冒险的家伙，永远成不了大气候！"

耶雷尔上尉挺立在旁不敢再作声。

"报告将军，埃迪将军的电台通讯接通了！"伏雷沃中校报告。

"发报是不行的，用增强电波，我要直接与埃迪将军通话！"巴顿命令。

电讯兵们的抢修解决了一些技术问题，与埃迪将军的电台很快接通了。巴顿将军一听到第 12 军军长埃迪将军的声音，有些激动地问："怎么样，德国人突进了 35 师所有阵地？"

"司令阁下，我们在希耶河以东阵地岌岌可危！"埃迪将军在电台中哀叹道，"请求撤往希耶河以西！"

"必须守住阵地！"巴顿命令，"我马上赶到！"

"司令阁下，你不能来，太危险！德军火力封锁空域！"埃迪将军劝道，"明天气象条件好点再来！"

"不，我马上出发。敌人在 1016 与 2033 之间有火力间隙！"巴顿说，"请你稳住 35 师阵地！"

埃迪将军听着悬心吊胆，放下授话器后命令副官："杜罗特中校，命令一支快速部队突袭敌 1016 与 2033 之间的防空部队，快！"

在德军阵地的无线电台监听防空洞中，德宁·冯西泰上校听到背后有急促的脚步声，扭过头定睛一看，密码翻译官满头是汗地出现在他面前，说："上校先生，我们干掉巴顿的机会到了！"

"中尉，你犯神经病啦？"

"长官，可能是巴顿犯了神经病！"

冯西泰上校是德军驻守 1016 与 2033 战区的防空司令，他的战区有大批潜伏高炮与高射机枪，是专门对付盟军低空轰炸机与战斗机的。现在听到中尉的话，忙接过一串破译的密码，惊喜地抓住电话："各炮位指挥官注意，美第 3 集团军总司令巴顿，将乘飞机从我火力封锁区内空域经过。元首曾传出命令，谁打下巴顿，将晋升他为少将！"说完放下电话，命令副官，"首夫安少校，跟我走！"

听说巴顿将军将乘一架飞机从这一战区上空通过，德军炮兵阵地各炮位顿时沸腾起来，"啪"地伪装被扯掉了，又粗又长的炮管从不同方位伸向长空，两个营的高射机枪进入炮兵后面的几个高地，只要巴顿将军乘坐的轻型飞机闯进炮火封锁区，就协同炮兵将巴顿的飞机打下！

"上尉，"德军冯西泰上校跳进高炮连长普古仁的指挥位置，"全部进入炮

位，备足炮弹！”

“长官，”普古仁上尉忙说，“气象条件太差，炮击效果难以达到你的要求！”

“信心，什么是信心明白吗？”冯西泰上校吼叫，“只要巴顿将军的座机从你的炮口飞跑了，我要你的脑袋！”

普古仁恐惧地瞪着冯西泰上校。

“愣着干什么，快进入阵地，我在这里督战！”冯西泰上校命令。

1 小时 30 分钟过后，观察哨报告，5 000 米高空的云层中出现巴顿将军所乘坐的飞机，时速在 400 公里左右。德军所有对空射击火器都朝着长空……

巴顿将军的座机，正朝着德军普古仁上尉的炮兵阵地上空飞过来。驾驶员耶雷尔上尉一看如同流星般的炮弹在云层中横飞，忙将飞机的速度加大，然后向左 30 度。

地面，冯西泰上校举着望远镜观战。当巴顿的座机终于从黑色的云层中冒出来，正处于两块黑云之间的刹那，上校激动地大声命令：“开火，快开火！”

“打！”普古仁上尉命令。

几十发速射炮弹几乎是同时扫荡长空，在云层中闪耀着一片刺眼的火花……

美第 3 集团军司令巴顿稳稳地坐在飞机的机舱中部，他的腰部早就系好了安全带，几发炮弹就在飞机左侧仅百米的空域爆炸，弹片在空中散花般纵射。驾驶员耶雷尔上尉神情异常紧张，脸上的冷汗往下滚……

“062，062，你在哪里，你在哪里？”耳机中传来地面的询问声。

“062 正在通过火力封锁区，062 正在通过火力封锁区！”耶雷尔上尉回答。

巴顿将军不动声色地观察地图，几位副官异常紧张，其中伏雷沃中校紧靠着巴顿，万一飞机被炮火击中，他会在瞬间抱住巴顿，寻求十万分之一的生存机会！

“上尉，上尉！”伏雷沃中校对驾驶员耶雷尔说，“正面空中炮火太密集，请增加高度避弹！”

“长官先生，”耶雷尔上尉回答，“飞机高度已经进入极限，飞机左右炮火攻击更密，只有借助正面浓云作掩护冲过去！”

“上尉，要绝对注意安全！”伏雷沃中校命令。

“062，062，7 架德军战斗机正在接近你，7 架德军战斗机，正在接近你！”地面指挥部的声音异常焦急。

“062 明白！”耶雷尔上尉回答时，突然机舱的灯光灭了，各种仪器顿时都看不见了，机械师急速地拧亮电筒，将正冒烟的一根电线拉出来，重新接上，灯光总算又亮了。

飞机在向埃迪将军的司令部冲去，高空气流敲打着机身，也敲打着巴顿将军

急切的心……

地面，德军冯西泰上校气愤地盯着普古仁上尉，而普古仁上尉气鼓鼓地迎住他的目光，两人相持着，不知是谁推弹上膛的声音，打破了这可怕的沉默。冯西泰上校咬着牙：“我亲眼看到巴顿从你的炮口逃走!”

“长官，普古仁上尉是忠于元首的军人，飞机飞得太高了，你应该理解……”

“理解什么？谁能理解我?”冯西泰说，“巴顿乘飞机从我炮兵阵地上空飞过的电波，已经飞到了元首耳朵里，我放过你，元首能放过我吗?”

“长官，7 架战斗机已经进入拦截空域……”

“那是另一回事，跟我们有什么关系?”冯西泰上校说，“统帅部将以失职罪处死我!”

“上校先生，”普古仁上尉明白了，“请你转告统帅部的将军们，普古仁上尉由于失职，没有打下闯入战区的美第 3 集团军司令巴顿将军座机，已经自杀了!”说着举起手枪。

“慢!”冯西泰上校冲上去，夺过他右手的手枪，“死前请尽点义务!”

“义务?”

“对，”冯西泰上校说着回头对副官说，“拿纸来!”

副官拿来了纸和笔，塞到了普古仁上尉手中，冯西泰上校一字一顿地说：“请你写好，就说是你失职没有打下巴顿的座机!”

普古仁听着点了点头，将纸放在桌子上，右手握着笔。

“上尉先生，”冯西泰说，“我会记住你的!”

“有我的笔迹你就会生存下来?”

“是这样，上尉先生!”冯西泰说，“写吧，生命总是有终结的，只是时间问题罢了。”

“上校先生，我明白！请你们统统离开我，让我认真地写好!”普古仁要求。

冯西泰上校满足了他的这个要求。当他们统统离普古仁有十几米远时，普古仁上尉大吼：“混蛋!”骂着一头撞到了背后的炮弹上，顿时脑浆四溅……

“啊……”人们异口同声地惊叫起来。冯西泰惊呆了，他拔出手枪，一个副官一把按住他的手枪：“上校先生，7 架战斗机已经进入战区，其中有 3 架已经追上巴顿的座机，请你回指挥部，等待巴顿机毁人亡的消息吧!”

第二十五章　第6装甲师的激战

小引

10月1日，也就是巴顿将军赶到第12军军长埃迪将军指挥部的第二天，美军第6装甲师对德军展开重点攻击，打得德军一败再败。到了下午3点，德军一支实力雄厚的装甲部队赶到，稳住了步兵阵地，双方的血战再一次展开了……

盟军队列通过巴黎凯旋门

美军第6装甲师师部直属坦克营营长克拉威少校奉师长的命令，将第6装甲师最后一支预备队推上战场时，战场的形势异常紧张，克拉威亲眼看到德军追击正溃散的美军步兵，他毫不犹豫地命令部队：“呈攻击队列迎战，上！”

盟军坦克部队立即与德军坦克部队交火了。一辆编号为707的美军坦克本来在克拉威的坦克右后，不知什么时候突然赶上来了，沙罗格少尉在电台中大声报告：“长官，请你将右侧的路让给我，看我收拾这狗日的！”

“沙罗格，”克拉威问，“你正面的两辆敌坦克，有信心干掉吗？”

“报告长官，请同意我搭载步兵冲击！”

“上！打掉你正面的两辆，步兵一个班跟进！”

“立即执行命令！”

707战车沿着一条战时公路，搭载一个班的步兵直向德军坦克冲上去，沙罗格已经爬出坦克，在炮塔上亲自掌握机枪，只要一发现攻击目标就开火！

今天这场血战巴顿将军在指挥部亲自督战、指挥，他在等待第6装甲师与35师的全线胜利！

昨天，巴顿将军冒着密集的炮火，闯过一道又一道德军炮火的封锁赶到埃迪将军的司令部时，目睹了司令部被德军炮火击中。他没有生气，而是问埃迪：“怎么样，守不住了？”

“报告将军，德国人是一个军的兵力！”

巴顿扫了埃迪将军一眼，又看了看战场，临时作战指挥部的几位官员担心他的安全。但他用强硬的语气说：“军人们，希耶河以东35师的阵地决不能丢失，埃迪将军同35师的官兵与阵地共存亡，不能后退半步！”

“将军，增援部队什么时候赶到？”一个作战参谋问，“明天下午能……”

“请各位立即到一线告诉战场上的官兵，就说我巴顿已经冒着德军的炮火，乘飞机赶往第6装甲师司令部，明天凌晨向德军全线发起攻击，第6装甲师有足够的力量为35师解围！”

巴顿将军给第12军军长埃迪和35师官兵下达完命令，又乘飞机赶到第6装甲师司令部。第6装甲师向德军迂回攻击的作战计划当天就开始实施了。

德军负责左侧防守的103装甲旅旅长达特纳准将，奉命进驻全军左侧的宽阔地带。达特纳准将今天上午8点刚出军帐，参谋长纳多马上校就跳下装甲车：“将军，美国人赶上来了！”

从上校手中接过电文，达特纳准将十分恼怒的情绪不知为什么突然平静了一点，其中有一段为：

“美第6装甲师，绕过我正面防线，向左迂回，企图攻破103装甲旅防线，将我军拦腰截断，分割打击……”

“上校先生，”达特纳准将冷笑着将电文甩到桌子上对天长叹，“我们的师长金德凯少将，一直担心我取得战场胜利后晋升少将，会取代他的位置。现在我又有大显身手、立功晋升的机会了，他心里难受！”

原来，德军103装甲旅，在向希耶河以东美军第35师进攻时，眼看就要突破美军防线了，师长金德凯少将正得意之时，副军长阿哈拉中将快速赶进来神秘地对他说：“少将先生，你准备担任旅长的职务吧！”

金德凯少将大吃一惊问：“副军长先生，谁要给我降职？”

“军长刚刚电令，并报司令官同意，只要103装甲旅能突破美第35师防线，就晋升达特纳为少将，并任命他代替你的位置，请你担任103装甲旅旅长！”

“他……他们为什么……”

“很简单，少将先生，集群军作战部长与达特纳准将有着家族关系，战场立功就晋升这是正常的，找个机会把你搞下来也合情合理，谁叫你没有通天的人际关系呢！”副军长阿哈拉分析着说。

“我不给他立功的机会，命令他将部队从正面战场撤下来，到我军左侧承担警戒任务！”金德凯阴险地一笑说。

“这个命令立即下达，由你指挥307装甲旅接替正面战区！”阿哈拉中将赞同并命令。

103装甲旅被通告从正面战场撤下来时，到手的战功被别人夺走了，达特纳几乎要哭出声来，但是又有什么办法呢，只有在愤怒的吼骂声中撤离战场。不过值得欣慰的是，接替他的307装甲旅，在师长金德凯少将督战下，不但没有突破美军第35师阵地，而且自己伤亡惨重，只有原地等待空军掩护才得以一步步地推进！

终于，103装甲旅又有了与美军决战的机会，达特纳准将决心在全军的左侧开阔地，利用坦克在开阔地作战的绝对优势，再创晋升的机会！他要让金德凯少将和阿哈拉中将看看，他达特纳才是真正的帅才！

德军103装甲旅在旅长达特纳准将的亲自率领下，与美军第6装甲师展开了激烈的厮杀战！

美军克拉威少校看到沙罗格少尉他们一下子捣毁两辆德军坦克，正高兴，突然不知从什么地方冒出一群群德军步兵，在增援上来的坦克与机枪火力掩护下，分数路向沙罗格少尉他们包围过来。克拉威少校命令：“向707战车增援！”

沙罗格少尉在焦急中左右扫了眼，忙大声对跟进的809战车命令：“809，向右迂回，攻击敌战车后面的步兵！”

萨热拉上士忙抓住方向盘，向左猛地一打，坦克冲上了一个小山坡，不知为什么坦克抖动一下停住了。萨热拉上士惊异地从炮塔伸出头来一看，大声道：

“快出来，敌人上来了，敌人上来了！”

坦克中的乘员跟着萨热拉上士冲出坦克。萨热拉从机枪手马特格怀里拿过机枪：“快下车，用手雷把冲上来的德军干掉，动作快点！”

马特格握着手雷跳下坦克时，一辆德军坦克从左“轰隆隆”地开过来了。不知是坦克炮被打坏了，还是没有炮弹了，这辆坦克沉默着直扑而来，坦克后面 100 余米处跟着有一个排的步兵。

“萨热拉上士，”马特格立即返回到自己的坦克后面隐蔽起来呼叫，“炮击这辆坦克，快！”

“炮火死角！”萨热拉回答，“你从左迂回，我从右迂回，动作迅速点！”

萨热拉上士越过一道残破战壕抬头一看，刚刚跟进的一个排的德军不见了，而开过来的德军坦克又不知为什么停了下来，一个德军从坦克炮塔上伸出一支步枪，步枪的刺刀上挑着白色的衣服在摇晃。

“喂，德国鬼子投降啦，投降啦！”萨热拉欢叫着，“马特格，敌人投降啦！”

“上士，我在这儿！”马特格跳上德军坦克，手中握着地雷挥舞，“敌人投降了！”

“快，把敌人叫出来，交出坦克里的所有武器！”萨热拉命令马特格，自己抱住枪卧倒在一个隐蔽的地方，枪口对着坦克。

看到富有战场经验的萨热拉在外围保护自己，马特格用感激的目光向他扫了眼，一跃赶到德军坦克炮塔跟前，左手抓住德军挑白衣服的枪大声命令：“出来，统统都出来！”

坦克中有一阵响动，但没有人出来，也没有人回答。

“出来，统统出来！”马特格再次命令。

不一会儿，一个负伤的德军，从炮塔中伸出一颗缠着血绷带的头，睁着布满血丝的双眼瞪着马特格。美军马特格下士怒视着他问：“叫他们统统出来，你一个人出来能代表谁？”

“下士先生，”德军将两手放在炮塔上，“我是博迪罗少尉，我们团长要见你们长官！”

“把坦克开过去，”马特格向自己的阵地一指，“快开过去，我们的头儿在那边！”

“下士先生，我们的坦克坏了开不动，明白吗？”

“把坦克中的轻武器交出来，我才能满足你的要求！”马特格命令。

“下士，你们在隐蔽地用武器监视我们了，我们是德国反战……”

“少废话，快交出武器！”

“下士，你能保证我们头儿的生命安全？”德军少尉盯住马特格，“我们有重

要情报换取生命安全，不见你们头儿，我们就与坦克同归于尽！”

马特格下士冲上去，挥拳就向德军少尉左腮击去，德军少尉眼疾手快地一把抓住他的手腕：“下士，我们团长带有德军在摩泽尔河地区的军事部署图，错过这一次，你会失去立功的机会，晋升的机会！”

“你……你给我滚出来！”马特格命令。

“不见你们头儿，我们决不出来！”德军少尉吼叫，“快去把他们叫出来，否则，我们头儿手中的情报就会变成纸片！”

马特格愣住了。

“下士，怎么回事？”萨热拉焦急地问。

“坦克里有个德军军官，掌握了大批情报，要见我们头儿才肯出来！”马特格回答。

“把那个少尉请下坦克！”萨热拉命令，“快！”

“他不肯出坦克，只冒一颗头在外面！”

萨热拉感到奇怪，但为了快速得到德军情报他只好从隐蔽地跃出来，走到德军坦克跟前跳上坦克甲板，一眼看到德军少尉正盯着他。

“喂，只要你投降，我可以保证你的生命安全，还要什么花招？”萨热拉用枪点了下德军的脑门，“命令你们头儿出来，出来，这是命令！”

“上士先生，我们团长、团参谋和军作战参谋、师情报参谋全部在坦克里。他们对你们来说都是巨大的军事财富，如果车毁人亡，你们的损失就太大了，明白吗？”

“你滚出来，我进车说服他们！”萨热拉气愤地命令。

“如果你不放手，我就炸毁坦克！”德军少尉也气愤地举起一条引爆火线，“滚下坦克，叫你们头儿来，我们需要他代表巴顿……”

“少校先生，这个家伙投降，请求保证他的生命安全。”马特格一看克拉威少校出现，就呼叫。

克拉威少校乘坐一辆坦克驶过来了，德军少尉看着美军克拉威少校内心一阵激动，忙用左脚在下面绊动着一包炸药。

德军少尉在坦克转运装置被地雷炸坏后，命令乘员将几个炸药包全部集束好，配好引爆线一律下车，他自己在车内用白衣服伪装投降，目的是炸死美军战场指挥官，所以他一直谎称车内有团长等高级官员，请求美军军官召见。

克拉威少校没有走出坦克，他乘坐的坦克在与德军坦克并列相距几米时停住，迎住德军投来的目光大声命令：“你先出来，命令所有乘员统统都出来投降，否则，我立即炸毁坦克！”

“少校，坦克中有几位具有战略价值的军官！”萨热拉上士报告，“他们必须

得到你保证他们生命安全的承诺，才肯出来！”

“这群混蛋，我不会上坦克请他们吃牛排，命令他们出来。”克拉威少校说着垂眼扫了下手表，“五分钟后不出来，我就把他们当作阴谋分子击毁坦克，要他们粉身碎骨！”

德军少尉一看无法引诱炸死美军少校，只好对萨热拉与马特格说：“伙计们，来帮我推推炮塔盖吧！”说完故作向外爬的姿势。

萨热拉向马特格使了个眼色，自己握着枪仍然对着他。马特格走过去从背后两手抓住德军的后衣领：“爬出来！”

“混蛋！”德军少尉怒骂着，“你们两个来架住我朝外拖，我的腿也伤啦！”

“出来，讲什么条件！”萨热拉走过去从背后两手抓住德军的后衣领：“爬出来！”

德军少尉两手抓住炮塔盖不放，两眼怒视着萨热拉：“上士，就算我求你一次还不行吗?”

萨热拉上士狠狠地白了眼德军少尉走了过去。德军少尉心里在暗暗盘算：拼一个够本，拼两个……

“起来，爬也要自己爬出来！”萨热拉突然站住命令，“马特格，别拉他，让他自己爬出来！”

德军少尉一看萨热拉距自己仅半米不到，忙奋力伸出右手一下子抓住他的右腿嘶叫着；“你得拉我出来，快拉我出来！”

呼叫中，坦克中冒出一股白烟，紧接着“轰”的一声火光冲天，黑色的烟云罩住了正在毁灭中的坦克。萨热拉上士、马特格下士与德军同归于尽了。克拉威少校一看上了德军的当，愤怒地命令部队：“包围敌人，全歼他们！”

由于有巴顿将军在前线督战，美第6装甲师浴血战场，打开了局面。从希耶河前线发往盟军总部的电文很快送达艾森豪威尔总司令手中：

“巴顿将军在希耶河督战一线，第6装甲师击退敌人，使第35师不但守住阵地，还向前推进5英里……”

第二十六章　克拉威少校的坦克决死队

小引

10月4日，巴顿挥师向德军的坚固工事防区梅斯展开又一场艰巨的血战，第6装甲师克拉威少校的坦克攻击营，再一次充当攻击梅斯的突击队！

盟军已进逼莱茵河西岸的齐格菲防线

上午 7 点总攻开始，攻到 11 点 40 分时，克拉威少校的攻击部队进抵梅斯外围的 801 号堡垒群边，遭到德军来自四个方位的炮火突袭，打得攻击营的坦克四周一片火海。团长桑利塔上校在电台中大声呼叫：“克拉威，克拉威，你去攻击德军 801 号堡垒！”

“克拉威明白！”少校营长回答时，沙罗格少尉赶过来，他忙命令，“707，抵近攻击！”

“707 明白！”沙罗格少尉回答并命令，“向 801 号堡垒攻击！”

坦克与坦克炮在咆哮。美军沙罗格少尉的 707 号坦克，如同一把钢刀直逼德军梅斯阵地的 801 号堡垒！一发又一发的坦克炮弹向德军射击！而德军堡垒中的三门反坦克炮也推了出来，从三个不同方位向 707 号战车反击！

“营长先生，沙罗格少尉遭到炮火的集中攻击！”卡奇伟中尉呼叫，“我立即增援，请求下达命令。”

克拉威少校的坦克正面也出现大批反击的德军，几门隐蔽在 906 号堡垒后面的反坦克炮，不知什么时候悄悄地伸出脖子，在喷吐火舌。卡奇伟中尉听到少校的命令：“攻占 906 号堡垒！”

向梅斯进击，巴顿将军早先并没有这一计划，至少是没有想在 10 月初就打响。9 月 30 日希耶河以东的第 35 师告急，第 12 军军长埃迪将军请求将部队撤到希耶河以西，巴顿在冒着炮火乘飞机赶到埃迪的司令部，命令 35 师与阵地共存亡后，又火速赶到第 6 装甲师司令部，亲自命令第 6 装甲师向德军快速反击。

10 月 1 日，35 师在与第 6 装甲师的协同作战中，不但保住了原有阵地，同时向德军又推进 5 英里！此时的巴顿举目远眺辽阔的战场，望着硝烟中溃逃的德军，看到一辆又一辆被击毁的德军坦克，兴奋地走上前迎住驱车赶来的沃克将军。两人握手毕，巴顿将军指着德军战俘说：“沃克将军，我们又胜利地推进 5 英里，第 6 装甲师战功显赫！”

“司令阁下，”沃克忙接住话，“我建议立即向梅斯展开进攻！”

巴顿没有吭声，而是将目光停在刚刚由沃克将军的作战参谋展开的地图上。面对交错复杂的地图，沃克将军用早有准备的语气问：“司令阁下，你研究过梅斯德军的兵力部署吗？”

“有所研究，”巴顿说，“敌人在这一地区又有什么新的动向？”

“司令部的情报已经取回，”沃克将军说，“这是刚刚标明的德军梅斯战区兵力分布图。”

巴顿两眼注视地图。

“在这整个外围，”沃克将军说，“有层次复杂的坚固堡垒群！”说完他用手划了下梅斯四周。

“梅斯内部的兵力、工事构筑情况呢?”巴顿问。

“据德军叛逃出来的作战参谋报告，梅斯内部壕沟纵横，铁丝网密布，有混凝土建造的机枪掩体，装甲火炮瞭望哨楼星罗棋布!”沃克将军说着在地图上点了点。

“炮兵阵地搞清楚了吗?”

“清楚了，”沃克指着几个坐标，“这就是五个炮兵阵地的确切位置。”

“地下坑道的分布呢?”巴顿将军问。

“具体数字不详，据说有长达几十英里的地下交通线，将各个步兵、炮兵、装甲兵阵地连成了一片，关键阵地有突击队潜伏。预备队由六个位置集结，随时可增援各告急阵地。”

“德军火力配备极严，兵力分散又可随时集中打击我方。”巴顿将军一字一顿地说，“我们应该尽快研究好整体战术，便于制定实战战术!”

“请求陆航轰炸机大队，从空中对梅斯外围的坚固堡垒群实施集中轰炸!”沃克建议。

“梅斯内的各主要阵地呢?远程大炮效果好，还是空军实施攻击效果好?”巴顿将军问。

沃克将军说：“集中轰炸梅斯内的中心阵地，然后命令步兵，在坦克的掩护下从正面与两侧协同攻击，成功的可能性很大!”

巴顿将军听完沃克将军的战略战术报告，沉思了片刻说：“从整体上讲，我能接受你的设想，请你马上制定战术。”

沃克将军也是像巴顿一样的猛将，他连夜就协同作战参谋们制订作战计划。巴顿将军审定后就立即进入实施阶段。

德军梅斯外围工事由沃克将军的战术参谋统统编了号，火力侦察后确定801号堡垒与906号堡垒为重点突破防线，只要撕破这两条防线，梅斯外围德军就会失去这一战线的所有阵地!

现在，向德军906号堡垒冲击的美军卡奇伟中尉，被906号堡垒外面的一条反坦克战壕阻止住了，坦克在战壕外面“隆隆”地吼叫，就是无法冲过去。卡奇伟中尉从炮塔上探出头一看，三个德军正与随坦克跟进的步兵交火，只见步兵中一个上等兵倒下了，三个德军挥舞着手中的刺刀与冲上来的美军搏击之时，美军中不知是谁开枪了，三个德军几乎是同时栽倒了。卡奇伟正要高兴，从906号堡垒西侧的丛林中冲出一群德军，他忙大声命令：“机枪扫射!”

“报告中尉，敌人顺着反坦克战壕冲过来了!”伏尼基少尉冲上坦克报告，“曼切瓦上尉请求坦克火力支援!”

“告诉曼切瓦上尉，集中火力干掉反坦克战壕冲上来的德军!”卡奇伟中尉

对伏尼基少尉说。

伏尼基少尉返回步兵阵地时，曼切瓦上尉已经攻到德军阵前仅几十米的地方了，德军两射孔中喷吐的火舌打在上尉他们前面，压得上尉抬不起头来。伏尼基少尉向机枪手使了个眼色命令：“手雷！”

机枪手点了点头，一看距离太远，左手抓住机枪的前支架，右手握着手雷向敌火力运动。伏尼基少尉看到机枪手在德军火力点下运动，也急忙向前跃进！

“砰砰！”两声枪响，机枪手不幸中弹，但他坚强地抬起右手，吃力地将手雷甩出去，手雷在距敌阵地还有十几米的地方爆炸了。借助硝烟的掩护，伏尼基少尉闪电般跃进，扑进敌军火力点……

美军营长克拉威少校的坦克用火力掩护步兵冲击，这刻他注意到了伏尼基少尉，伏尼基少尉将一处敌火力点炸毁，又扑向另一个敌火力点时，他倒下了。卡奇伟中尉跳下坦克，命令一副担架：“上去，把美利坚合众国的勇士抢救下来！”

美军步兵指挥官曼切瓦上尉，正在战壕里命令战士阻击一群德军，双方打得难解难分，由于双方都失去坦克火力支援，且又处于坦克的火力死角，只有死拼才是唯一出路！美军曼切瓦上尉在坦克支援无望的情况下，亲自血战在最前面！

向德军 801 号堡垒攻击的 707 号坦克，由美军沙罗格少尉亲自指挥操纵火炮直逼德军，此刻正处于最危险的阶段。沙罗格少尉攻下一个德军火力点，但跟进的步兵不知什么时候全部淹没在炮火的硝烟之中，一场苦战打得天昏地暗。

“少尉，敌人冲上来了！”在炮声中有伤员伏在地上呼叫。

沙罗格少尉一看，四个德军扑上来，其中一个家伙已经拿“铁拳”对准了坦克，明白眨眼间坦克就会被炸飞，他闪电般从坦克上跳下来，右腿尖刚一探地，“轰”地坦克爆炸了，一块装甲碎片飞起，将左前正要向他扑来的德军砸死。另外三个家伙有一个伏地没动，两个从左右向沙罗格少尉扑上来。沙罗格少尉就地一滚躲进了一个炮弹坑，头顶“呼”地飞来一枚手榴弹，眼看就要坠进他所在的炮弹坑。沙罗格瞬间从炮弹坑中跃起身，挥动手中的枪柄将手榴弹击到炮坑左前几米的上空，手榴弹爆炸了。从左前冲上来的德军来不及隐蔽，头部就被几块弹片击中倒下了。从右侧扑来的德军一看自己甩出的手榴弹不但没有击中美军，反而炸死了自己的同伴，怒从心起，吼叫着举枪劲扫射，打得沙罗格少尉在炮弹坑中抬不起头。沙罗格少尉明白自己的处境异常危险，若是德军乘他无法探头之机，再扔来一枚手榴弹，他就会粉身碎骨。于是，他悄悄地向着子弹射来的方向，挥手投出一枚手雷。手雷爆炸了，外面急袭的子弹停下来了，他忙乘机跃出来一看，手雷爆炸处的黑烟之中，德军并没有死，这个家伙伏在地上，脸贴着地皮，四肢还在挣扎……

10 月 10 日，向梅斯攻击前进的激烈争夺战停止了。美军、德军都付出了惨重的伤亡代价。巴顿将军在沃克将军、埃迪将军的陪同下巡视战场，看到尸横遍野，看着到处是炸毁的战车，还在冒着残烟，只好向通讯参谋说：“给总部发报！”

一份电报送到盟军总司令艾森豪威尔手中：

“从 9 月 27 日到 10 月 10 日，我们在争夺梅斯的激战中，由于我军投入兵力有限，重武器未能及时进抵预定战区，我们未能攻破梅斯。但德军梅斯外围工事已被我军摧毁一部分，我们也积累了攻坚战经验，为最后夺取梅斯城奠定了坚实的基础！”

第二十七章　五时，七百门大炮齐轰

小引

一晃一个月过去了，11 月 8 日清晨，巴顿将军在斯蒂勒与戈德曼两位将军陪同下，进入一线指挥部，巴顿问随行的作战参谋："圣罗保上校呢?"

盟军已直接威胁到德国鲁尔区

“报告司令阁下，圣罗保上校正在作炮火攻击目标的最后审定!”

“请你立即赶到圣罗保上校的指挥部，跟他说，所有指定目标必须击中、捣毁!”巴顿命令。

新的作战命令，给巴顿的血管注入了更加英勇作战的血液!

早在10月10日战役告一段落，巴顿就为无法在圣诞节前结束战争而感到沉重，他日日夜夜走访部队，寻找攻击战略目标的最佳战术。10月18日，盟军最高司令官艾森豪威尔将军，面对战场的态势，在布鲁塞尔召开紧急军事会议，这次会议决定，盟军第1集团军所部，无论困难多大，必须于11月初集结，从亚琛对德军发起全面攻击，目标是突破德军在莱茵河的坚固防线；第9集团军为保证第1集团军攻破莱茵河德军防御阵地，必须确保第1集团军的右翼安全，并向北进击，所部与从奈梅亨攻击前进的英军蒙哥马利元帅指挥的集团军群汇合，不得延误时间；上述集团军达到战略战术目的后，第9集团军向北发展，选定集结区，第1集团军向南攻击推进，两军迅速包围鲁尔德军事战略要地；而巴顿将军所指挥的第3集团军的作战任务是，只要供给允许，就从沃尔姆斯与美因茨之间，强渡莱茵河，占领河对岸这一战区的德军所有阵地。巴顿将军接受完作战任务回到指挥部，一夜未眠。凌晨他拨通了连接艾森豪威尔总司令的专线，在电话中他终于将憋在心里闷得发慌的话全盘倒出。他拿着授话器说：“艾克，主攻作战的任务你把我忘了，可能是勋章制作得太少了吧?”

“乔治，”艾森豪威尔解释说：“你不是多次提醒我，让我相信拿破仑的一句名言，‘只要有足够的勋章，我就能征服世界’!”

“可是你舍不得把勋章送给我们!”巴顿用开玩笑的语气说。

“你……你怎么能这样理解呢?”艾森豪威尔有些克制地回答，“你应该……”

“应该什么?”巴顿咆哮开了，“我的部队补给削减、削减再削减，而蒙哥马利为什么补给那么丰富?”

“冷静点，请冷静点，乔治!”艾森豪威尔只好安慰着巴顿，“有些事也使我头痛，今后你会慢慢明白我的处境!”

“艾克，我只告诉你，我从9月份就开始作了战役研究，全部兵力协同都作了周密安排，如果战局发展不像你想象的那样，我们第3集团军又会给你带来意想不到的欣喜!”巴顿信心十足地说，“请你告诉那些怀疑我的作战指挥能力的先生们，战场是最能证明我人生价值的地方!”

果然，战场的局势演变使得艾森豪威尔将军极不安宁。艾森豪威尔在一次夜间电话中大声对巴顿说：“乔治，你看到了各部战报吗?”

“艾克，我已经知道了，战场新的态势打乱了你的整个战略战术!”巴顿毫不客气地回答。

艾森豪威尔将军在电话中沉思片刻后说："乔治，由于第1集团军、第9集团军、英军蒙哥马利元帅所部、加拿大部队的战役准备不够，德军各部早有反击准备，我们的胜利也许会推迟。"

巴顿将军听着似乎有些不耐烦，但又控制住自己的情绪说："总司令阁下，当时我就报告你，我们第3集团军早在9月份就做了充分准备，可你只命令我作辅助性作战任务。既然是战局与你想象的有距离，没有使你愉快起来，我第3集团军将用凌厉的攻势使你的每根神经兴奋起来！"

"好，我首先祝贺你的胜利！"艾森豪威尔淡淡地回答。

然而，进入11月，连续的大雨使巴顿所部行动不便，特别是装甲部队官兵，看到河水暴涨，平地变为汪洋，大家都望"河"兴叹，将军们对即日发起攻击心中不悦，于是连夜找到巴顿，共同请求等待天气好转便于装甲部队行动再发起攻击。但巴顿将军面对两位来访的军长，一字一顿地说："两位将军，本人很干脆地告诉你们，你们对你们的继任者有什么建议吗？"

面对撤职送交军事法庭审判，两个军长不敢再多言了，只好连夜冒雨赶回部队，做好进攻前的准备，再也不敢提推迟进攻时间了。

目送走两位军长，巴顿走进作战参谋的办公室，炮兵作战参谋圣罗保上校刚刚从外面进来，巴顿一见没有别人，就忧心忡忡地迎住上校问："圣罗保先生，700门大炮已全部进入阵地了吗？"

"报告总司令，700门大炮已按照你的作战命令，全部进入预定炮位！"圣罗保上校报告。

巴顿听着沉思片刻后问："气象有什么变化吗？"

"总司令，只要总攻那天不下雨就好了。"

"上校先生，"巴顿说，"11月8日，是我们在卡萨布兰卡胜利登陆两周年的纪念日，为了庆祝这次辉煌的胜利，我选择11月8日为攻击日。说心里话，在这样恶劣的气象条件下进攻，我确实没有多大把握。不过，在战术与火力协同上，我已经作了最大努力，只要老天爷为我们的胜利网开一面，我想你会高兴的。"

圣罗保上校异常兴奋地点头。

"上校先生，你的才华我早就清楚，否则我不会将700门大炮的战场指挥权交给你，"巴顿又接着说，"我最担心的是老天爷偏偏与我们作对！"

"将军阁下，我将尽最大的努力不离开指挥部，"圣罗保上校回答，"协调各阵地的作战。"

今天（8日）深夜1点，巴顿披衣而起，房子外面的倾盆大雨搅得他心神不宁，深秋的闷雷在天际滚动，一道道闪电划破云层，向大地投来刺眼的光环。巴顿只好拿起电话："喂，接圣罗保上校。"

电话很快接通了，正在一线指挥部监督炮击的圣罗保上校在电话中跟司令问好后，巴顿问："上校先生，你读过我们的敌人隆美尔写的《步兵攻击》一书吗？"

"读过，不过大部分内容都记得不太清楚了。"上校回答，"再说他写的那破玩意儿不值得我们读。"

"不不不，上校先生，"巴顿说，"他在书中描写的1914年9月在大雨中的一场大规模战役，应该给我们启示。请你告诉前线的军官们，德国人能做到的事，我们美国人同样能做到，而且会比他们干得更好、更成功！"

圣罗保上校立即向斯蒂勒与戈德曼传达了巴顿的命令。

现在，700门大炮对准德军阵地，11月8日凌晨5点整开炮，炮兵们正在炮位上等待时针指向5点！圣罗保上校两眼紧紧盯着手表！

在德军阵地，据守这一战区防线的德军前线指挥部里，德第1集团军司令诺拜尔斯道夫特将军，给一线德军师长皮丹伯少将的电报，使皮丹伯少将心惊肉跳：

"据我在30分钟前收到的情报，巴顿指挥的第3集团军，将在你的防区内大举进击，企图突破你的防线，时间是今天清晨5点整，我已命令普林森少将增援你……"

读完这份突然飞来的情报，皮丹伯大吃一惊，他忙披衣下床："中校，康施科中校！"

德军作战参谋兼情报主任康施科，已经站在少将的门外："将军……"

"美国人马上开始进攻了，我们怎么不知道呢？"

"将军，我也收到一份刚刚破译的电报，是巴顿制定的代号为'虎'的作战计划。"说着他将手中的破译电文交给少将。

皮丹伯少将定睛一看是：

"'虎'定于20日出山，因那时天气会好转，猎人可大批进山……"

"不，"皮丹伯少将狠狠地一拍桌子，"很可能是他们的作战计划暴露，又故意制造了这个'虎'计划来愚弄我们。命令部队立即进入临战重炮阵地……"

"轰……"一阵震耳欲聋的炮声截断皮丹伯少将的话，他扭头扫了眼挂钟，正好是1944年11月8日5点整。

"巴顿开始进攻啦！"皮丹伯惊恐地呼叫，"命令重炮反击，反击！"

"报告！"一个副官冲过硝烟，"几乎所有炮兵瞭望哨都被美军首发命中！"

"报告！弹药库被击中起火！"

"装甲车集结场被击中！"

“油料库被击中!”

“步兵第209营集结地被炮火集中轰击!”

德军阵地被美军炮火淹没了，硝烟中到处是官兵乱窜，坦克、装甲车、汽车、自行火炮在官兵中横冲直撞，一具具死尸被战车碾成肉饼……

大雨还在倾泻，闪电与雷声互相交织，狂风折断的枝叶在空中横飞，更使战场增加了几分凄凉……

三个小时的炮击停止了，美军圣罗保上校向巴顿报告说击中所有预定目标时，巴顿遥望着硝烟正在升腾的德军战场，无比欣慰地说：“走，我要看看美利坚合众国的炮兵勇士们!”

在斯蒂勒将军、戈德曼将军的陪同下，巴顿一行向前沿阵地走去。这时河面的迷雾渐渐散去，风停了，雨也打住了。一轮旭日从东方缓缓升起。巴顿兴奋地命令电台：“告诉轰炸机群，立即赶来轰炸，要快!”

“是，立即告诉轰炸机出击!”作战参谋回答。

第二十八章　炸毁德军装甲团

小引

8 时 40 分，美军轰炸机大队长赖特曼少校的轰炸机群，出现在德军阵地上空，担任第一轰炸梯队的大卫·匹兰瑞中尉轻轻地拉了一下机舵，一看高度在 8 000米，报告说：“少校先生，我已进入攻击区以东上空！”

德军军心动摇，战斗力已大为削弱

“搜索目标，准备降低高度轰炸！”赖特曼少校命令。

“匹兰瑞中尉明白！”回答时，飞机向左60度，直扑目标上空，“跟上，第一梯队跟上！”

美军担任第一攻击梯队的轰炸机，在匹兰瑞中尉指挥下直扑德军阵地。承担掩护任务的战斗机大队始终在外围形成一个保护网，监视着四周的动态，只要德军战机一出现，早有准备的攻击机群就会迅猛地扑上去！

“报告，我左下发现敌坦克群！”刚刚从千米低空拉起机头的佐斯维少尉报告，“在我左下！”

“118，”匹兰瑞忙命令佐斯维，“接近目标攻击！”

驾驶118号飞机的佐斯维接到轰炸命令，飞快地在5 000米空域转过机头，由于阳光的原因他无法看清地面的动态，于是他调整航向，改变飞机的方位，正要观察，两串高炮炮弹直冲而来，在飞机左后仅100米处空域爆炸。

“高炮由我收拾，”耳机中传来中尉的命令，“你立即攻击正溃逃的德军坦克！”

“佐斯维明白！”

终于，在两个小山包中间的公路上，奔驰的坦克被佐斯维少尉发现，他这一次热血沸腾，轻轻地推了下油门大声呼叫：“中尉，请将敌首辆坦克击毁，我炸坦克队尾部，高炮已炸哑！”

“118，118，立即炸毁德军最前面的坦克，决不能让他们逃进密林！”匹兰瑞中尉命令，“快上！”

“118明白！”佐斯维回答时，加大油门直扑上去！

地面，德军坦克团团长伊柯瓦中校站在一辆坦克上命令：“撤，快撤进密林隐蔽！”

“中校，师长皮丹伯少将请你立即赶去！”通讯参谋赶来报告。

“告诉将军，我正组织坦克撤退！”伊柯瓦中校回答完，快速地冲向坦克群。

德军师长皮丹伯少将站在一个制高点上，四周是十几挺高射机枪与九门高射炮，防空团团长已经在美军的炮火准备中毙命，代理指挥的摩阿德少校在机枪与炮兵阵地之间跑动，他不停地告诉左右：“快请师长撤走，美军轰炸机赶来了，轰炸机赶来了！”

皮丹伯少将不敢离开战场，在美军5点开始全方位对他的阵地炮击之时，诺拜尔斯道夫特将军亲自发来专电，断定美军进行炮击后，若气象条件好肯定会有大批轰炸机赶来再次对皮丹伯的防线进行轰炸，因为美军知道皮丹伯少将的阵地隐蔽着大批装甲部队，摧毁大批德军装甲部队是美军的首要任务！皮丹伯立即向装甲团团长伊柯瓦中校下达命令，他的装甲团必须冲进密林隐蔽，防止美军轰炸

机攻击！伊柯瓦中校接到命令，立即采取紧急行动，将坦克从一线攻击阵地向后撤，但公路早被美军炮火炸得面目全非，无论坦克的越野性能多好都行动艰难了。

“师长，你看！”作战参谋波浩纳上尉焦急地呐喊，“美军轰炸机！”

“高炮、高射机枪齐射，阻止美机攻击！”皮丹伯少将命令，“少校，摩阿德少校，快下达命令！”

“低空拦截，封锁美机俯冲轰炸航路！”摩阿德少校命令，“齐射！”

但是很快防空阵地就被美军航空火力控制住了。德军装甲兵团团长伊柯瓦中校一看美军轰炸机盯住前面一辆坦克轰炸，忙拿起电台授话器命令：“4409，4409，快速开进，快速开进，敌机正轰炸你！”

“4409 明白！”车长凯西诺回答时，坦克猛地抽动一下，他急忙收油门，同时命令炮手，“机枪，机枪对空扫射！”

“车长，我们后面的车起火啦！”炮手报告。

“怎么回事？”

“好像击中油箱啦！”炮手说，“快拉开距离，飞机又开始投弹了！”

“奥托泰，奥托泰，”车长凯西诺焦急地呼叫，“车不来油了，是怎么回事？”

德军炮手奥托泰跳下坦克，爬近坦克底部时一股汽油味儿直扑鼻孔，他忙透过硝烟看到是一根油管炸断了。急忙爬起来说：“油管炸断了！”

“轰！”一枚炸弹在车后爆炸，一团火苗直窜坦克底中部，接着黑烟从坦克底部窜了出来。奥托泰大喊：“快出来，坦克起火了！”

“啊——”乘员呼叫着向外爬。

原来，坦克油箱通往发动机的油管被炸断后，大量的汽油向外流，当炸弹爆炸的火焰引燃汽油，坦克发动机下面“呼”地火苗窜动时，坦克里立刻充满浓烈的汽油燃烧味儿。德军车长凯西诺最后一个爬出坦克，燃烧的火焰不久吞没了坦克，引燃了没有打出的炮弹，爆炸声与美军的飞机轰炸声交织着震耳欲聋。

“凯西诺，凯西诺在哪里？”一个声音在爆炸声中问。

“谁，是谁在那儿嚎叫？”凯西诺失去坦克，心情烦躁。

“是我，团部作战参谋蒙利特上尉！”

“上尉先生，我的坦克被炸毁，该死的飞机，”凯西诺骂着，“你知道我们的飞机什么时候增援上来吗？”

“中士，中校先生请你立即去，这是命令！”

“上尉先生，我两手空空，连步枪都没有，而手枪在战场跟一块石头差不多……”

“中士先生，我是命令你立即去见团长，乘员全部去，快！”蒙利特上尉说。

凯西诺还敢说什么？他命令乘员："跟上，团长有新的作战命令。"

德军装甲团团长伊柯瓦中校，这时亲自从一辆坦克驾驶室里拖出一具死尸，从里面爬出的其他人似乎麻木般正对着空中的美军飞机凝视。伊柯瓦中校端着一挺冲锋枪"哒哒"地扫过来："怕死鬼，全是怕死鬼！"

几个德军被他们上司的子弹惊醒了。

"报告，4409号车长凯西诺赶到！"

伊柯瓦团长收回冲锋枪，向前一指："前面五辆坦克被炸坏了，堵住后面坦克的路，你驾驶1001号坦克撞开一条路，让后面的坦克通过！"

凯西诺向美军飞机看了眼问："长官，后面还有被炸毁的坦克吗？"

"前后都被炸了很多，路堵死了，"伊柯瓦中校说，"你看，美军第二攻击梯队的轰炸机又来了，我们不能让装甲团全灭了！"

"长官，前面几辆坦克正在燃烧，不好撞过去！"

"撞，碾开一条路！"

凯西诺只好跳进一辆洒满血的坦克，踏响了油门，坦克"轰隆隆"地向前撞去！

"跟上，快跟上！"伊柯瓦中校命令后面的坦克。

德军长蛇般的坦克队在山间路上爬行。

美军轰炸机中，匹兰瑞中尉拉起机头，机舱里还有两枚重磅炸弹。他扫了眼仪表，现在飞机的高度为4 500米，而佐斯维少尉正在他的飞机下面反复轰炸一辆正在爬行、企图撞开一条路的坦克。他忙命令："118，118，拉起，拉起，由我攻击，由我攻击！"

"118明白！"佐斯维回答时，已经拉起飞机，"报告，118空舱，但机枪有弹！"

"注意扫射溃逃的步兵，这辆玩命的坦克交给我收拾！"匹兰瑞中尉说着，他推了下操纵杆，两眼盯住目标，手指搭在按钮上，只要他手指头动一下，炸弹就会脱钩而坠，击中地面目标，即使击不中，也会在坦克队伍中燃起火焰。

凯西诺驾驶坦克开路，这家伙的确有良好的驾驶技术，他利用坦克具有的性能，将三辆坦克撞开或推下公路，后面的坦克在跟进，高射炮与高射机枪在拼命拦截空中的美军轰炸机。

"118，吸引敌防空炮火！"匹兰瑞中尉命令。

"118明白！"佐斯维少尉回答时，提起机头直扑德军高炮阵地上空，12.7毫米机枪向德军炮兵阵地倾泻子弹，德军炮火对匹兰瑞的射击顿时减弱了。匹兰瑞中尉按下机头，飞机在3 000米低空围绕着德军正开路的坦克转了两圈，调整好航向猛地一推操纵杆，飞机呼啸着下降高度并投弹，一枚炸弹在坦克前面只有四

五米远的地方坠地，坦克来不及刹车，一股惯性推动着笨重的钢铁正好撞上炸弹，炸弹爆炸了，坦克被直接掀翻。

德军后面跟进的坦克又停在了美军集中轰炸的地段！顿时德军坦克阵营大乱，搭乘坦克溃逃的官兵纷纷跳下坦克各自向密林奔去！

德军师长皮丹伯少将一看防空火力无法拦截美军空中打击，气急败坏地奔到炮兵指挥官的位置，发现一个上尉正在指挥炮击，他忙问："上尉，你们的摩阿德少校呢？"

"将军阁下，我正代替他指挥！"

"我问你少校在哪里！"

"他在那儿休息！"上尉用手中的小旗向后一指。

皮丹伯少将忙向右后一看，一具无头的尸体摆在担架上，抬担架的两个士兵分别栽倒在担架两头，从姿势可以断定，他俩是抓住担架正要起身时中弹身亡的。那具无头尸不用问就是摩阿德少校，他的头肯定是被弹片削掉的。

"报告将军，伊柯瓦团长阵亡！"一个作战参谋奔过来立正报告。

伊柯瓦团长死了，大队坦克在公路上被美军炸成了一条火龙，整个防线溃败得无法收拾了。皮丹伯少将拔出手枪顶住自己脑门开火了……

企图溃逃的德军终于遭到毁灭性打击，步兵在四下逃窜，然而美军装甲部队搭载着步兵，以排山倒海之势杀向德军！

巴顿将军看到如此壮观的战场，看到自己全胜的态势，激动地跳上一辆坦克吼叫着："勇士们，我简直要为德国人感到悲哀！"

"报告总司令，急电！"

巴顿接过来一看，是艾森豪威尔将军给他的作战命令：

"巴顿将军，我已收到你的捷报，你部今天下午就进抵今天的攻击目标。特电祝贺！现命你部克服一切困难，尽快攻夺梅斯。限令于 11 月 22 日为最晚时间，不得延误！"

巴顿将军读完命令，又看看被洪水围困的机动车辆拖着的大炮、坦克，心急如焚，但他还是命令部队："克服一切困难，22 日前夺取梅斯！"

第二十九章　梅斯城德军莫托依少将的行动

小引

11 月 21 日夜，梅斯城内德军尤·海桑塔上校赶到指挥部时，军部空空如也，只有一个警卫排的官兵在收拾文件。这时司令的副官雷特迪中校兴奋地跑步迎了上来：“上校，我正找你呢！”

盟军轰炸下逃难的德国平民

“司令阁下呢?”海桑塔问，“我有急事找他!”

“什么事?”

“不能跟你讲，我要当面向司令阁下报告!”

雷特迪中校冷冷一笑:“上校先生，仗打成什么样子了，有什么可保密的?”

“军人永远保密的东西!”

“好，你找他去吧!”雷特迪中校说完扭头就走。

“中校，我找司令，我要见司令!”

“不知道!”

“司令的副官不知道司令在哪儿?”

“他马上要到盟军中任职了!”

“什么意思，中校先生?”

“就这个意思!”雷特迪中校说，“你把你要报告的告诉我，我才能告诉你。”

“怎么，跟我交换条件?”

“对!”

海桑塔左右扫了眼说:“巴顿的特别行动小组，正在莫托依少将的办公室，莫托依少将勾结敌人，要出卖我们德国的利益!”

“真的?”

“绝对真实，我刚刚知道就赶来报告!”

雷特迪中校明白了，他收回脸上的冷笑，从腰里拔出手枪说:“上校先生，我也是刚刚知道的。我们应立即组织些人，杀死这些盟军联络军官，德意志帝国的军人决不能投降!”

“跟我想到一起了，”海桑塔上校握住中校的手，“走，把司令部的特务连拉上，立即出发!”

“上校先生，”雷特迪中校忙说，“特务连的哈丁埃上尉是忠于莫托依少将的，他能服从我们的命令?”

“你就不会用这个?”海桑塔用手枪做了个瞄准的姿势，“不服从命令者一律处决!”

“好吧，争取他们的支持!”雷特迪中校说着带着一个班的士兵直奔司令部特务连驻守防地。

这是一栋三层楼的仓库，据说以前是专门用来装存棉纱与棉花的，四周为了防火防盗都用砖石加固。现在梅斯四周炮声咆哮，轰炸机一连几天轮番轰炸，这座临时兵营已被炸得面目全非了。特务连连长哈丁埃上尉站在连队门外，两手抓住一挺冲锋枪，只要有士兵企图乘美机轰炸的混乱之机逃跑，他就会处死这些士兵，决不手软!

“雷特迪中校到！”一个士兵跑过来报告。

哈丁埃上尉没有吭声，雷特迪中校这刻已经出现在被炸毁的右门外了，他迎上去立正报告：“中校先生，特务连正等待攻击命令！”

“立即集合！”雷特迪中校毫不犹豫地命令。

“吹号，立即集合！”哈丁埃上尉回头命令号手。

集合号一响，特务连的官兵都立正站在院内被炸得千疮百孔的场地上了。哈丁埃立正面向雷特迪：“报告中校，特务连集合完毕！”

雷特迪中校扫了他一眼，向左右卫队使了个眼色，左右两个士兵跨上前扭住了上尉的左右胳膊。哈丁埃挣扎着大声叫：“为什么，这是为什么？”

“为什么？”雷特迪中校用枪口顶住他，“为这个！”咬牙说着枪响了，“砰”的一声击中哈丁埃上尉的左胸，这个特务连连长挣扎着，又被补了一枪才断气。在场的官兵看着都愣住了，大气不敢出。

“德意志帝国的军人们，”雷特迪中校忙大声说，“你们的指挥官哈丁埃上尉，已经加入叛变我们国家的行列，与莫托依少将勾结好了投向盟军，他把我们出卖了！”

“那就该打死他！”官兵们表示赞同。

“莫依托少将正与美军巴顿的联络小组成员谈判，”雷特迪中校说，“他们首先要歼灭我们再投靠巴顿！”

“中校先生，完全可靠？”中尉副连长问。

“可靠！”

“我怎么不知道？莫依托少将在哪儿，我们都不知道。”中尉副连长说，“你好像……”

“砰！”雷特迪中校举枪向中尉射击，但没击中。

“上！打死这个魔鬼！”中尉命令。

一个班的卫队敌不过一个连的兵力，很快，几个士兵架住了雷特迪中校，并收缴了他的武器。

“德意志帝国的军人们，”雷特迪中校环视围上来的官兵，“我说的全是真的，莫托依少将正在密谋投敌，他正在出卖我们！”

“中校先生，”中尉副连长忙说，“你有什么证据证明少将在出卖我们？”

“走，我们去亲眼看看！”雷特迪中校说。

“别走啦，将军来了！”有人大声道。

队伍一阵骚动，但很快就静下来，大家的目光在少将与中校之间扫视，总想首先从中发觉什么。唯有中尉副连长，他的眼睛盯住莫托依少将不动，手指搭在枪机上作随时开火之状。

莫依托少将一看特务连都集合好了，又一看连长被打死躺在地上，血水完全浸透了他的军衣，两眼瞪得大大的。将军骂道：“混蛋，是谁打死了上尉？”

“我！”雷特迪中校摆出一种好汉做事好汉当的姿态，两眼逼视将军回答。

“为什么要杀了他？”莫依托少将问。

“他通敌，企图投奔美军巴顿所部！”

“有何证据？”

“我亲耳听到的！”

“有谁能作证中校先生是在说谎？”

没有谁敢回答莫依托少将的话，大家都沉默地互相望着。

“我亲耳听海桑塔上校讲的！”

“刚才你不是说亲自听到的吗，怎么红口白牙一说就变了呢？”莫依托少将的副官帅奇科忙反问。

雷特迪中校愣住了。

莫依托少将盯着中校：“雷特迪中校，你能确保梅斯城的官兵生命安全吗？”

雷特迪不敢吭声。

“军人们，”莫依托少将大声说，“盟军第3集团军巴顿将军，已经挥师进抵梅斯外围，几乎所有坚固工事都被捣毁，你们知道吗？”

“知道！”副连长回答。

“你叫什么名字，中尉先生？”莫托依问。

“报告将军，我是蒙复勒中尉，是特务连副连长。连长被雷特迪中校处决后，由我代理指挥！”

“啊，是这样！”莫托依少将上前拍了下他的肩头，“请你命令部队……”他的声音很小。

蒙复勒中尉的脸由阴转晴，很快就“啪”地立正转向全连士兵：“全体注意，立正！”

特务连官兵立正昂头。

“放下武器！”蒙复勒中尉命令。

一阵将枪放在地上的声音断断续续地响起。

“向前五步走！”中尉又命令。

“停止执行命令！”队伍中传出一个沉重的声音。

蒙复勒中尉一听大吃一惊，问：“是谁抗拒我的命令？”

“排长伍连德中尉！”说着一个彪形大汉走出来，立正在蒙复勒面前。

几个卫兵忙着将六支冲锋枪黑洞洞的枪口对着特务连官兵，特务连官兵圆睁双眼盯住少将带来的卫队。伍连德也不敢说话了。

“军人们，”莫托依少将一字一顿，“我们在梅斯的将军除我之外，其余都于昨夜逃跑了，是他们的生命高贵，还是我们不如他们的一条狗？”

军人们的血液凝固了。

“盟军已经铁桶般包围了梅斯，安排我逃走的飞机已经被我亲手炸毁，因为我不忍心丢下你们而去保全我这条生命，我应该为征战多年、从枪林弹雨中挣扎着活出来的士兵们着想，所以我选择向盟军投降！”莫托依少将说到这里环扫四周，“不知道你们的态度如何？”

“我们要生存！”一个士兵吼着。

“对，我们要生存！”军人们异口同声地赞同。

莫托依少将点了点头说：“反对我的海桑塔上校，企图指挥装甲团迎战，已经被装甲团击毙。全城的官兵正在向盟军指定的目标靠近。请你们立即向集结地靠近，反对者的生命我无法保证！”

军人们沸腾起来，多少个日夜，他们的同伴死了一批又一批，终于他们熬过死亡的命运，走进盟军的战俘营。在死与生之间，他们选择了后者……

巴顿将军得到11月22日梅斯守敌投降的消息，默默地读着电报沉思：梅斯是军事战略要地，是兵家必争之地，自1301年以来，第一次被外军以战斗方式攻占，这说明我的部队无坚不摧！

11月25日，巴顿将军与他的同伴们兴奋地跨入梅斯城，向立功官兵颁发了战功勋章。

12月8日，巴顿攻占了德里安堡垒群。

12月中旬，巴顿将德军全部从摩泽尔河、萨尔河、尼德河防御阵地赶走，突破德军的西墙防线，夺取了德军重要工业区萨尔，解放了875座城镇1 600多平方英里的土地，击毙击伤德军90 000人，俘敌35 000人，而巴顿将军的第3集团军，也付出了近25 000人的伤亡代价！

第五卷　血染阿登山区

血染阿登山区·卷首语

1944年12月，是反法西斯阵营阳光灿烂的日子。希特勒在日落西山苟延残喘之时，看到盟军主力军团逼近德国边境。为挽回濒临灭亡的败局，他与他的将帅们决定在阿登山区对盟军发起大规模反攻。如果此役成功，不但能打乱盟军一系列新的作战计划，同时，又可压制在荷兰、比利时境内的盟军攻势。那么整个西线战局又对法西斯有利了。这样西线的兵力又可以抽出来赶往东线集中打击苏军。

梦，必须要变成现实！

希特勒决定圣诞节前在阿登山区发动一次大规模反攻

10 月中旬，希特勒决意要在阿登山区进行一次大规模反击，龙德施泰特、莫德尔等元帅认为要控制规模，但希特勒一意孤行。

1944 年 12 月 11 日，希特勒爱将、号称“欧洲最危险的男人”的斯科尔兹内组织了一支 1 000 人的敢死队，这些人身着美军军服，佩美式武器，操一口流利的美国英语，悄悄潜入美军防区日伏夜出进行袭伏，对美军一些野战指挥部、通信设施、兵营进行破坏，搅得美军阵营一片混乱，为德军大部队进攻创造条件。

12 月 16 日拂晓，德军首先发起进攻。并在敢死队配合下很快突破美军防线，打开了一个大缺口，美军无力据守防区。

12 月 22 日，德军实力雄厚的装甲兵团，在航空火力支援下，攻抵美军的马斯河防线，当天，盟军派出多路装甲部队赶往马斯河防区，企盼将德军阻止，于马斯河歼灭之。

12 月 23 日，盟军大型轰炸机在精心准备后，大规模的空袭拉开了帷幕，经过燃烧弹、重磅炸弹对地面德军的扫荡，德军装甲部队与先头部队，在距马斯河仅仅四公里的地方，被盟军阻止住了。

1945 年 1 月 1 日，不甘心失败的德军避开马斯河正面战场，命令几路主力集中，在巴斯托尼、斯特拉斯堡实施新一轮的反攻。德军 1 200 多架飞机扫荡盟军阵地后，又用重炮再次对盟军阵地猛轰，致使盟军近 300 架飞机损毁，地面部队遭受严重损失。

1 月 3 日，为战胜德军几个月以来的最大反扑，盟军对德军展开大规模的进攻。

1 月 6 日，英国首相丘吉尔急电苏联国家领导人斯大林，请求苏军对德军防线展开攻击，配合盟军在阿登山区的攻势。

1 月 8 日，盟军在阿登山区全线反攻，并迫使德军主力后退，其大批坦克、装甲车、汽车被盟军击毁。

从 1 月 12 日到 14 日的三天时间里，斯大林为配合盟军在阿登山区的反攻，在北起波罗的海，南到喀尔巴阡山 1 200 多公里的战线上，向德军展开强大的进攻。面对东线苏军的猛烈进攻，希特勒匆忙从西线调兵援东。

1 月底，盟军在阿登山区乘机快速向德军攻击推进，将德军赶回原来的防区，并令其全线动摇。至此，第二次世界大战中德军最狂妄的反扑被盟军粉碎了。

在著名的阿登战役（突出部战役）中，盟军损失近8万之众；而德军损失近7万之众，损失飞机1 600架，坦克700辆，还消耗了最宝贵的预备军。此役之后，德军在西线完全丧失了反击能力。

第三十章　两千门大炮开始齐射

小引

1944 年 12 月 16 日凌晨，迷雾笼罩了阿登山区，使这密林深处的一门门大炮，一辆辆坦克、装甲车、汽车和大批德国官兵，全部隐蔽得异常好，值勤的康斯坦准将拿着话筒，在电台中用密语报告说："总司令阁下，2 000 门大炮全部进入攻击阵地，各自都对准了目标！"

德军在战场奔跑

“装甲部队呢?”对方在电台中问。

“报告将军，10 个装甲师全部秘密进抵出发地!”

“步兵呢?”

“13 个步兵团进入阵地!”

“通知各部队，5 时 30 分开始炮击!”

“是!”康斯坦准将回答完，放下电台授话器，扭头问作战参谋，“拜尔林将军呢?”

“报告准将先生，拜尔林将军已经进入炮兵指挥所，他命令你在总指挥部值班，寸步不离!”

“不不不，”康斯坦说，“我离不开第 207 装甲旅，我听惯了坦克的咆哮声，反而不习惯指挥部的电话铃声。走，到装甲旅去!”

“报告准将阁下，拜尔林将军的汽车飞驰过来了!”一个作战参谋报告时，汽车的前灯光柱扫过来，“就是这辆车，将军乘坐的!”

康斯坦准将迎上去。

康斯坦是拜尔林将军的好朋友，两人结识在大战前。拜尔林将军跳下汽车就对向他立正敬礼的康斯坦准将说：“伙计，组织 160 门大口径炮，进 9 号炮兵阵地左前 1 800 米处，1 小时内完成作业，确保 5 点 30 分准时开炮攻击!”

“将军，9 号炮兵阵地前有坦克隐蔽，”康斯坦准将忙说，“装甲兵指挥官是安特姆将军，他是个不好商量的家伙。”

“炮火是为坦克开路，不会引来轰炸机的。他不就是害怕盟军的轰炸机吗?”拜尔林将军说，“快去，5 点 30 分准时发起攻击!”

今天这场德军对美军大突袭是经过认真研究、侦察制定的。半个月前还只是上校的康斯坦，从梅斯城地下堡垒中溃逃出来后，找到了他的老朋友拜尔林将军，很不客气地说：“将军，我已经两次深入盟军腹地侦察，寻找到了最佳突破口!”

拜尔林将军对面前的康斯坦上校持半信半疑的态度：“你侦察的情况呢?”

“在这儿，”康斯坦自信地指了指自己的脑门，“全装在这里，比形成文字的报告都准确!”

“地图上能显示你的报告吗?”

“能!”

“你指着地图给我讲吧。”拜尔林将军说着，一屁股坐在椅子上，“不要太细，宏观点讲!”

康斯坦微微地点了点头，举起地图示意说：“将军，这一地区的坐标没错吧?”

“洛林?”拜尔林将军反问。

“对，巴顿指挥的第 3 集团军。”康斯坦说，“他们攻占洛林几个战略要地后正向我方腹地推进，制定战略战术的将校们，目前几乎都处于盲目的乐观态势之中，这让我们有机可乘!”

“啊，这种认识准确吗?”拜尔林将军吃惊地问，“有机可乘在什么地方?”

“盟军中很多制定战略战术的将军们认为，无论我们反击多么顽强，但败局已定。哪怕是在局部组织大规模地面攻势也没有力量了。”

“看来艾森豪威尔，还有第 12 集团军的布拉德利，英军蒙哥马利都这样认为。”拜尔林将军忙截住康斯坦的话说。

康斯坦一听将军有同样认识更来劲了：“阁下，实际上盟军比我们更困难，兵力更少。特别是美军布拉德利指挥的第 12 集团军，兵力严重不足，供给困难，战线太长。据我往返盟军腹地侦察，目前阿登山区是盟军兵力最薄弱的战区!”

拜尔林将军站了起来走到地图跟前，两眼盯在这一战区各种颜色的线条标志上。

“在这一战区，”康斯坦的手指按住两个绿色的箭头，“是盟军第 1 集团军霍奇斯部与巴顿指挥的第 3 集团军的接合部。这个接合部宽为 82 英里。我从美军战俘口里得知，这个 82 英里宽的区域内，只有米德尔顿指挥的第 8 军据守，而且缺一个师的编制。”

“好!”拜尔林将军一拍大腿，“他们就没有认识到这里潜伏着巨大的危险?简直难以置信!”

“将军，我有足够的证据说明盟军最高司令部的头儿们都吃了安眠药。”

“什么证据?”

“他们已经将阿登山区开辟为新兵训练基地，”康斯坦说，“这是我们破译的盟军总司令艾森豪威尔给马歇尔的电报译本。”

拜尔林将军从康斯坦手中接过电文，双手展开仔细地读着每一个字：

“马歇尔将军阁下：你对德军在阿登山区存兵的忧虑是多余的，第一，德国在阿登山区的兵力极少；其二，又值严冬，德军后勤补给极其困难。我的认识与布拉德利将军的看法相同……”

“我简直不敢相信，他们怎么这样麻木!”拜尔林将军说着，话锋一转，“打他们一个措手不及!”

“我正面之敌是美第 8 军，米德尔顿军长虽然能战，但他的军缺编，又是孤军，我们可以从这里开刀，杀进美军腹地，无论是美第 1 集团军霍奇斯部，还是巴顿指挥的第 3 集团军，都是我们嘴里的肉!”康斯坦建议。

拜尔林将军没有立即同意，但第二天他便向上面报告了。很快，一个完整的

作战计划审批下来：

“12 月 16 日 5 时 30 分，我 2 000 门大炮将齐袭美第 8 军阵地，10 个装甲师掩护 13 个步兵团，杀进美军阵地并向纵深发展，争取活捉第 8 军军长霍奇斯将军。将提供情报的有功人员康斯坦上校，晋升为准将！”

拜尔林将命令传给康斯坦看时，康斯坦在晋升命令面前笑了。

“我命令你，”拜尔林将军说，“担任一线总指挥，有敌情变化立即向我报告！”

“是！”康斯坦挺立回答。

现在，马上就要到总攻时间了，拜尔林将军战前重新调整战术，当康斯坦准将命令炮兵团长将 160 门大炮快速推往 9 号炮兵阵地时，果然装甲兵指挥官安特姆将军出现了，他指着炮兵团团长正要骂，康斯坦准将大声在后面说：“安特姆将军，160 门大口径炮进入 9 号阵地是总部的命令，我们是执行命令！”

安特姆将军本来就不把康斯坦准将放在眼里，这会儿战场相见很是不悦，忙问：“准将先生，听你的语气我是在抗拒拜尔林将军的命令？”

“安特姆将军，我没有这个意思！”

“没有就好！”安特姆将军说着又问，“准将阁下，你不担心盟军轰炸机？”

“将军，在 9 号炮兵阵地前面，有美军新兵训练地，我们在用远程大炮扫荡这些新兵！”

“请你转告拜尔林将军，就说安特姆的装甲部队是突击队，若是你们炮火引来美军重炮还击，捣毁我装甲部队，责任在他而不在我！”

“安特姆将军，”背后一个激昂的声音响起，“你怎么啦？”

安特姆将军扭头一看是拜尔林将军，忙立正：“拜尔林将军，我正在执行你的作战命令。”

“很快就要出击了，请你立即回你的指挥部！”拜尔林命令。

安特姆将军怀着愤怒的心情斜睨了拜尔林一眼走了。拜尔林没有计较安特姆的情绪，而是对康斯坦说：“告诉炮兵们，炮击时一定要准确！”

“是！”康斯坦回答。

“报告，160 门大炮全部到位！”一个作战参谋跑过来。

“康斯坦，进入炮兵指挥部！”拜尔林将军命令。

160 门大炮全部进入炮位，拉下了伪装，一箱箱的炮弹打开了，弹药手们抱起一发发炮弹装进了炮膛；坦克手们更是精神，他们有的在检查机械，有的在调整炮位，有的在瞭望，真正能攻破美第 8 军阵地的攻坚力量就是他们！

美军阵地上，第 8 军装甲团团长古德基上校已经早早地起来了，他走出卧室来到新兵训练场，500 名进行装甲兵特种训练的新兵早已进入训练场，布什尔少

校的嗓门特别的大，他不住地高声命令："向前三步走，立正，向后转！"

突然，空中划过一道刺眼的光芒，古德基上校忙回头一看，天空中一片火花在飞舞。

"敌人开炮了，快进入防空洞，进洞……"

"轰……"重磅炮弹在训练场上爆炸了，刹那间血肉横飞，布什尔少校顿时被炸倒了，古德基上校也被炸死在训练场。

美第 8 军阵地一片火海，面对炮击后一辆辆坦克冲上来，第 8 军没有还手的余地。米德尔顿军长在山摇地动的炮击声中双手抱住无线电授话器大声疾呼："德军大举突袭，布拉德利将军，请求增援，请求航空火力立即增援！"

德军康斯坦准将在瞭望塔上挥旗指挥炮击，而安特姆将军指挥的德军坦克，正在炮火的掩护下向美军阵地"隆隆"逼近！

决定西线命运的阿登战役终于拉开了帷幕！

第三十一章　神圣的作战任务

小引

12 月 21 日上午 10 时，巴顿将军作为美第 3 集团军总司令，驱车赶到阿尔隆，会见了第 8 军军长米德尔顿、第 3 军军长米利金、第 4 装甲师师长加菲后，中午 12 点 30 分又赶到第 9、第 10 装甲师进行检查。时针指向下午 2 点时，他忙命令："走，我还要看看第 4、第 80 步兵师！"

拂晓，德军发起反攻

美军第4、第80步兵师部署于卢森堡的东北部。巴顿不顾作战参谋们的劝阻坚持要去视察，因为担子已经落到了他巴顿的肩头啊！

16日清晨5时30分德军发起攻击，德军潮水般冲向美第8军阵地。军长米德尔顿将军顿时手忙脚乱，下午布拉德利将军收到来自第8军的紧急电文：

“今日清晨5时30分，德军大炮向我第8军阵地急袭，步兵搭乘坦克突破我军防线，我空军、炮兵均无力提供有效增援……”

“米德尔顿胆小鬼！”布拉德利将军愤愤地骂起第8军军长米德尔顿，“发电告诉他，对于德国人对第8军的进攻完全可以不理睬，不要理德国人！”

“将军，”作战部长忙说，“德国人大举进犯，第8军全线溃败，损失惨重，怎么能不理呢？”

“敌人使用的是调虎离山计！”布拉德利将军说。

“将军，调谁离山？”

“巴顿！”布拉德利将军说，“我断定，德国人对阿登山区的进攻是有限的，德军真正的战略目的是，迫使我方巴顿将军的第3集团军，放弃对德军西线的推进，回援阿登山区！”

作战部长只好怏怏地返回办公室。

晚上10点10分，又有两份告急电文送达布拉德利将军手中：

德军集中2 000门大炮开路，10个装甲师推进，搭载13个步兵团已经突破第8军防线，第8军全线溃败……

“将军，”史密斯将军看到布拉德利将军额头上冷汗直冒，讥讽地问，“你不是希望德军反攻吗？”

“史密斯将军，我的判断失误了！”布拉德利说，“请你立即通报各位集团军司令，明天上午到我的司令部开会！”

“将军，我首先通知巴顿将军！”史密斯回答。

“对，我要立即召见巴顿与他的作战参谋们！”布拉德利将军说着沉痛地垂下头。

巴顿在还没有攻占梅斯时的一天晚上，将负责情报工作的奥斯卡·科克上校叫到自己的指挥部，用不冷不热的语气问：“上校，你认为你的职业与战场关系重大吗？”

“将军，我不明白你的意思！”科克上校回答。

“德国人在洛林及其他战区几乎都是大败，他们有可能在某一局部反攻吗？”巴顿问。

“有可能冒险，但无法确定真正的反攻地区！”

“你能提出几个地区供我们判断吗？”

“将军，我还没有研究这个问题。”

“作为我的高级情报处长，你在我们即将全胜的情况下，头脑应该复杂点!”巴顿说着向地图左侧一指，“请你看看这一地区。”

“阿登山区?”科克问。

“我认为，德国人还会在我兵力单薄的地区下一次大赌注，这就是阿登山，我们在这一地区仅有缺编的第8军，且我与第1集团军的结合部又有80英里的距离，你不能不盯住这一地区!”巴顿将军用确定的语气说。

科克上校听着寻思着。

“德军若按我预想的攻击阿登山我方防线，没有占据绝对优势的坦克部队是不行的。所以我决定，你立即组织几支侦察分队进入敌占区行动，将德军在这一战区的第5、第6两个装甲集团军各师的部署、动态告诉我，严密注视他们!”

“明白了!”科克上校回答。

科克上校的情报处在巴顿将军的绝对领导下很快就展开了工作。从11月20日派出侦察分队，到12月6日汇总各分队的报告，科克匆忙赶到巴顿那儿汇报。当12月9日布拉德利将军召开战术会议时，巴顿执意将科克上校带到会议桌旁，命令科克向布拉德利将军当面报告所掌握的情况。布拉德利听完科克的报告没有吭声，他将面孔转向左侧的巴顿问：“巴顿将军，你认为科克上校报告的情况有几分正确?”

“将军阁下，”巴顿坐在原地说，“我不认为科克上校在小题大做，更没有编造敌情来给自己晋升创造条件。”

“巴顿将军，请你正面回答。”布拉德利说。

巴顿将军望着布拉德利将军说：“德军装甲部队正在阿登山区悄悄集结这是事实。我们所侦察到的这些装甲部队，有足够的力量突破我方在阿登山区的防线!”

“有你说的这么严重吗?”布拉德利不服气。

“布拉德利将军，”巴顿语气中充满警告味，“在米德尔顿将军的第8军正面，德军集结的兵力远远超过第8军，而且还有大批装甲部队在向这一地区集结。米德尔顿所部又无险可守，如此危险我们不能视而不见!”

“巴顿将军，你怎么仗打得越多胆子越小了呢?”布拉德利将军问，“德国人就这么可怕?”

“将军，第8军防御体系脆弱，面对大批坦克的攻击……”

“你们别再担心了，德军的进攻是不可能的，即使成为事实，我也可从南、北两个方面调集部队围歼他们!”布拉德利将军完全拒绝了来自一线的情报，固执地认定德军不会从阿登山区进攻。

情报处长科克上校真想挥拳冲上去教训布拉德利将军，但是他终于克制住了。

而现在（12 月 17 日），巴顿将军一走进布拉德利的司令部，就发现布拉德利阴沉沉的脸色异常难看。

“德军终于如你向我报告的情报，已经在阿登山区把我第 8 军打得溃不成军了！”布拉德利将军说。

“啊，有这么严重吗？”巴顿故作惊异地问。

“这是从空中所拍的战场形势照片，”布拉德利将军拿起照片，“你看看。”

巴顿接过来一看大吃一惊：“已经突破了一大片阵地，这是哪个部队？”

“据破译认定，向第 8 军进攻的是德军第 5 装甲集团军所部，战局对我们非常不利。”

“是吗？”巴顿望着他，“我们马上反击？”

“我的战略是，命令第 1 集团军坚守北部战区，你的部队从萨尔地区撤下来，由 3 个师组成快速反击部队驰援阿登山区！”

“好，不论这帮狗娘养的从哪里冒出来，我都歼灭他们！”巴顿狠狠地一拍桌子站起来。

“3 个师的兵力有限，第 8 军归你指挥，我马上通告米德尔顿将军！”布拉德利命令，“要把德国鬼子的头全部都装进绞肉机！”

“现在我掌握绞肉机的开关啦！”巴顿大笑着说。

接受了作战任务，巴顿将军赶回自己的司令部，一个紧急战时会议立即召开了。会议没有更多的时间让大家客气，也没有传达上级命令的细节，巴顿首先点名坐在最后一排位置上的后勤处长。当他将目光停在这位上校脸上还没吭声时，马勒上校忙站了起来。巴顿问：“上校先生，将我军几十万官兵与作战物资，运抵阿登山区需要多少车辆？”

马勒上校具有高超的估算能力，他略作思考后回答：“将军，按照你的命令需要 13 万辆汽车，总行程不会小于 20 万英里。”

“你应在极短的时间内，沿补给线建立可互相关照的兵站、仓库，还有医疗点、后方野战医院。”巴顿将军命令。

马勒上校提起文件包匆匆离去。

巴顿目送着马勒上校，会议室内的空气很紧张。

“哈蒙德上校，”巴顿将军回过头盯住通讯处长，“你的通讯网，必须覆盖我方战区，来自德国的干扰一定要排除！”

“报告将军，哈蒙德上校有足够的信心！”

“好！”巴顿满意地点点头，目光转向左侧，“科克上校，新的战区作战地图、地形分析图、敌情分析报告什么时候可完成?”

“将军，为你决策的所有资料很快就会送到你手里!”

巴顿点头，他与各位将校作了简短协商后，就宣告散会，将校们各自奔赴自己的战区!

现在，巴顿驱车赶到第4装甲师。第4装甲师是主攻部队的左翼，而第26师是主攻部队的右翼，第80师主攻梅尔齐希。当第80军副师长从战壕中赶出来时，这位上校忙报告：“将军，我们师长、参谋长都到各营督战，只有我一人在师部值班!”

“我正需要这样勇敢的军官，请你告诉他们，我来看望他们，祝他们胜利!”巴顿说完，命令电台，“接米利金将军!”

第3军军长的电台很快接通了，巴顿在电台中大声命令：“记住，米利金将军，我们要把德国鬼子从洞中拖出来收拾，时间就是明天!”

明天，巴顿将军将在阿登山区与德军第5装甲军正式交战!

第三十二章　美第3军在攻击前进

小引

1944年12月22日早上6点，美第3军军长米利金将军，按照巴顿将军的命令向德军发起突击！时针指向6点整，米利金将军一声令下："开炮！"

战俘

“前进!”美军麦考利夫指挥官命令坦克，在炮火掩护下直逼德军阵地!

按照巴顿将军在卢森堡布拉德利将军司令部的部署，第3军的作战任务是解围巴斯托尼小镇。

巴斯托尼是个极其平凡的小城镇，但在阿登战役中具有重大的战略地位。它处于比利时东南的小平原，阿登山区南部的七八条公路在这里汇集，可谓交通枢纽。美军101空降师控制了巴斯托尼，不但截断了德军的后勤补给线，而且牵制住大量敌人，使他们无法从这里赶到一线。巴顿的战术是：命令第3军米利金将军在巴斯托尼正面发起攻击，为受困美军解围!

战火的硝烟在这只有4 000人的丘陵小镇上空蔓延!

暴风雪中，美军依安顿上尉的坦克冲上了德军阵地前的小山包，在战场指挥的麦考利夫，一看小山包左右伪装的德军火炮脱去伪装，其中一门炮首先“轰”地喷吐出一股火焰。

“依安顿上尉，向左，向左打!”麦考利夫命令。

“明白!”依安顿上尉回答，搭乘坦克跟进的步兵菲士什中尉“哗”地拉开炮塔：“上尉，德军四辆坦克正在向我方冲击!”

“是吗?”依安顿上尉环扫四周，果然四辆德军坦克排成攻击编队，边射击边向这边冲。

“中尉，我在原地射击吸引敌火力，你上去，五人一组打坦克!”依安顿上尉命令。

很快菲士什中尉率部进抵四辆德军坦克左前，官兵卧倒在一条德军刚刚炸塌的交通壕里。伍连科夫上士拖着一个刚打伤的德军少尉赶过来了，他喘着气说：“长官，这个家伙只是胸下枪伤!”

菲士什中尉忙上前抓住德军少尉衣领一看，这个德军少尉的衣服被血染透了，面如土色，双眼愣愣地瞪着眨都不眨。

“这个德国鬼子死啦!”菲士什中尉焦急地说，“我需要一个活的!”

“长官，前面有个德军指挥部!”伍连科夫上士忙说，“我看到了!”

“走，你跟我去。”菲士什中尉对上士说着又回过头，“凯尔曼下士，你也跟我去!”

三人向德军前沿指挥部快速跑去!

阵地上，美军官兵正与德军进行艰巨的血战，一辆辆坦克连同步兵激战，打得整个巴斯托尼上空硝烟翻滚!

菲士什中尉越过两道战壕爬上一个制高点一看，一座山坡后美军放弃的地堡上面，一根又一根天线伸向空中，地堡四周德军警戒部队在不停地窜动，有些隐蔽的机枪射手不时地抬头张望，要想直冲过去突破潜伏火力封锁是很难的。

“轰轰轰”一连三发炮弹在地堡前的坦克中间爆炸，顿时两辆坦克被炸得燃烧起来，黑色的烟云卷起火焰向四周喷烧，德军地堡前步兵、装甲兵、潜伏兵力大乱。菲士什中尉一声令下：“闯进去!”

三人顺着交通壕直朝地堡赶去，两支冲锋枪由上士与下士各拿一支，菲士什中尉怀里装着手雷，两手抓着近程火力凶猛的冲锋枪。

“长官，敌人!”走在前面的凯尔曼下士神秘地一挥手，“卧倒!”

三人几乎是同时卧倒。

菲士什中尉顺着凯尔曼下士提示的方向一看，一个德军中士提着一部电话机，背上绕着一卷电话线，急匆匆地边放线，边朝这边走来了，看神情他毫无警惕。

“凯尔曼，要活的!”菲士什中尉低声命令。

凯尔曼会意地点点头，一溜烟钻进一片草丛，很快就被杂草淹没了。

德军电讯兵中士是师司令部的通讯班班长，自从16日开战向阿登山突袭以来，他一直随师部进击。装甲部队前进快，撤退也快。昨夜部队刚进抵巴斯托尼不远处，侦察连发现了这个美军放弃的坚固地堡，地堡处于炮火的死角，于是副师长波弗利尼上校选中了这个地堡为师部前线指挥所。但这里通信设备陈旧，有时又因美军炮击炸毁步兵电台导致电讯不通，使得作战指挥更加困难，于是上校命令这个中士向步兵团拉一条电话线。

“哎!”凯尔曼下士扑上去卡住了德军中士的喉部，这家伙正要反抗，跟上来的伍连科夫上士狠狠一拳击中他的左太阳穴，这家伙手上的枪掉在了地上。

“老实点!”菲士什中尉冲上来，“不好好配合，打死你!”

这家伙从疼痛中缓解过来眨了眨眼睛望着中尉。菲士什中尉问他：“洞中是什么人?”

“长官，是装甲师前沿督战指挥部，我可以带你们去干掉他们!”德军中士畅快地回答。

“这么说你叛变了你的……”

“长官，我是意大利人，是他们把我抓进队伍的，”德军中士说，“他们给我的祖国和我个人带来灾难，我没有理由再为他们继续卖命!”

出乎意料的收获使菲士什中尉他们一行三人会心地笑了，但是对这个德军仍然持半信半疑的态度。菲士什中尉用枪在他脑门上点了点：“你能趁现在混乱，带我们冲进地堡吗?”

“长官，司令部四周潜伏了不少兵力，硬冲是不行的，你们最好穿上我们的军服跟我一块儿进去，也许能胜利!”德军中士说。

菲士什中尉接受了德军中士的建议，他让凯尔曼与伍连科夫立即去脱下几个被炮弹炸死的德军身上的军服。

美军依安顿上尉他们一连击毁两辆德军坦克后，又跟增援上来的德军坦克干开了，双方的步兵也交上了火。依安顿上尉包住负伤的左手，继续率部冲击！

美军步兵菲士什中尉一行三人身着德军军服，佩戴德军武器，身上背着电线、电话跟随德军中士赶到德军师前沿司令部洞外时，德军中士突然压低嗓门对跟着他的伍连科夫说："伙计，我们头儿来了！"

伍连科夫一看，果然正面交通壕中走来一个高个子德军中尉，背着电线手中提着一部电话机，斜背着枪，老远地他就用命令的语气对中士说："奥斯哈，你他妈的为什么还没接通电话？"

"长官，军部来人了！"奥斯哈中士对背后三人一指，"他们要见上校先生！"

德军通讯排长旁若无人地走过来，扫了眼三人后正要问些什么，凯尔曼下士的枪口顶住了他的胸口，菲士什中尉微笑着晃了下枪："我们是盟军敢死队，没听说吗？"

德军中尉惊住了。

"怎么样，是带路还是想死？"伍连科夫问。

"你！"德军中尉从牙缝中刚挤出一字，便反手抓枪，凯尔曼下士闪电般扣动扳机，"哒"的一个点射这家伙一头栽倒了。

"他是真正的日耳曼民族的军人！"奥斯哈说着，在他的上司死尸屁股上狠狠踹了一脚，"该死的东西！"

"快走，闯进地堡！"菲士什命令。

敌军地堡有两条向外交通壕，进出的官兵又多又乱，外面又冒出三辆坦克和两部吉普车，几挺机枪架到了汽车上面。两门野战炮在地堡右前咆哮，步兵有的朝前奔，有的朝后跑，担架队抬着一批批德军伤员从硝烟中冒出来，显然前面已进入激战，双方的伤亡都在增加……

冒充德军的美军菲士什中尉三人，跟着德军中士直闯地堡，因地堡左右警卫都认识他，谁也没问他身后的三个士兵，以为都是通讯班的。三人绷紧每根神经闯进地堡一看，昏沉的灯光下德军地堡中挤满了各类作战参谋。一个用四块木板隔开的小单间里，一个上校正抓住电话大叫。奥斯哈突然大呼："盟军来了！"这个投降的家伙反了。

"哒！"伍连科夫一枪结果了这家伙。

"不许动，谁动打死谁！"凯尔曼与菲士什异口同声地命令，拿枪指了指灯下的敌人。

德军面对枪口，有的吓得魂飞魄散，有的在悄悄地摸枪。

"摸枪的住手，再动打死你！"菲士什命令。

德军一个作战参谋“唰”地举枪，伍连科夫眼疾手快一个点射，这家伙也没命了。

“谁动打死谁！”凯尔曼再次命令。

在木板隔间的德军上校刚才只顾在电话中叫骂，不知道外面发生的事，这时一声沉闷的枪响把他给惊出来了。他探出头：“混蛋，是谁开枪？”

“你才是混蛋！”不等他话音落地，菲士什中尉冲上去，一把掐住他的衣领：“你看老子是谁？”

德军上校哆嗦着瞪住菲士什中尉，一时说不出话来。

“我们是盟军，我们已经包围了你的指挥部，要活命就听我的命令，要死，只需我一枪！”菲士什盯着他说，“你选择吧！”

德军上校犹豫着没有立即表态。

“外面美军的枪炮声你听到了吗？你们完蛋了！”伍连科夫上士喝道，“快投降！”

“你们被包围了！你们外面的阵地我们全占领了，缴枪投降是唯一的活路！”凯尔曼命令，“放下武器，投降不杀！”

这时有个德军举着双手说：“别开枪，我们投降！”

菲士什中尉一看是个中校，忙大声说：“快通知外面不要打了，里面的都投降！”说着向外打出两发信号弹。信号弹通过地堡口飞向空中，这是引导依安顿上尉他们立即增援上来的信号。

德军中响起朝地下丢武器的声音。

“他妈的愣着干什么，快命令各团原地停止射击！”菲士什中尉命令德军上校。

德军上校只好气愤地望着他的作战参谋们骂着：“你们都是怕死鬼！”

这些德军大小军官们都相继举起手来。

“快，通过电台给坦克下达命令，立即投降！”

“你……你们能保证我的安全吗？”

“执行我的命令，就保证你的安全！”菲士什中尉命令道，“用电台跟各坦克车长通话！”

德军上校在枪口下终于给各战车下达了投降的命令，步兵团也接到了他投降的电话。然而，还是有拒绝执行的，而这些最顽固的家伙在炮火中永远消失了……

下午四点整，巴顿将军给布拉德利将军的电报是：

“第 3 军米利金将军与他的参谋们，尽管对战区不太熟悉，但他们进展神速，初战大胜；其左翼第 4 装甲师，右翼第 26 步兵师都取得预定战果，第 80 师已经攻占梅尔齐希，但今夜德军将向巴斯托尼大举进攻，我正在调集兵力迎战！”

给布拉德利发完电报，巴顿将军痛快地舒了口气，一个作战参谋放下电话报告：“巴斯托尼守军司令麦考利夫先生报告，德军两个装甲师搭载步兵向巴斯托尼扑过来，请求炮火支援！”

巴顿听着点了点头，他的双眼立即盯住地图：“大家都过来，研究德国鬼子的新动态！”

第三十三章　巴斯托尼美军阵地告急

小引

德军拜尔林将军的特使基格梅中校，走进美军巴斯托尼守军司令麦考利夫的作战指挥部时，俨然一副主宰战场局势的架势。他两眼放出凶光说：“麦考利夫将军，我奉德意志帝国拜尔林将军阁下的命令，给你送来将军的手令！”说完从皮包中摸出一张纸。

阿登战役中阵亡的士兵

一个美军作战参谋拆开信，他没有看就递到麦考利夫手中。麦考利夫默读：

“司令阁下，面对我大军包围，巴斯托尼只是弹丸之地，只要我重炮齐射扫荡一次，你们的肌体就会成为肉泥。为了尊重人只有一次活着的机会，我决定停止这种灭绝人性的炮击，把你与你的官兵从死亡线上解救出来，所以，请你立即率部向我投降。德意志帝国将军拜尔林，担保你的生命不会受到威胁……”

“神经病！”麦考利夫板起脸，“给老子滚！”

德军使者走了。过了一会儿一阵急袭的重磅炮弹呼啸而来，炸得美军阵地一米之外就看不到人。麦考利夫司令电话询问了一下阵地情况后，飞快地冲出指挥部：“快，通知克顿林少校，干掉敌重炮阵地！”

“是！”在指挥部外面待命的作战参谋接到命令，直奔克顿林少校的潜伏阵地。

德军拜尔林将军得到基格梅中校的报告，立即命令重炮：“扫荡巴斯托尼的美军！”

德军重炮开始集中轰击了，顿时几乎整个巴斯托尼都沉入炮火的硝烟之中……

麦考利夫在德军的炮火中冲出掩体，赶到突击连所在的隐蔽洞，连长赫尔帝中尉不知为什么，这时他蹲在洞口发愣，五具死尸就在他的脚边，一个伤员血浸透了军衣，咬着牙在吃力地说：“放开，放开我，让我去炸毁鬼子的重炮阵地！”

“中尉先生，我们的麦考利夫司令到！”柏奥堡少尉报告。

麦考利夫已经走到了中尉面前，赫尔帝中尉忙从炮声中回过头来：“报告长官，德国鬼子炮弹炸死我方大批士兵，请求出击！”

“中尉，鬼子的重炮阵地摸清楚了？”麦考利夫问。

“长官，我已经侦察清楚了，请求立即出击！”

麦考利夫沉思片刻后问：“怎么样，是一个战斗组，还是全连出击？”

“全连，不需要增援！”赫尔帝中尉恶狠狠地回答。

“出发！”麦考利夫司令官下达攻击命令。

已经是 11 点 40 分了，黑沉沉的天际本来就没有一丝月光，现在又被炮火的硝烟罩住，美军赫尔帝中尉在这黑暗的掩护下直扑德军重炮阵地，五辆坦克顺着简易公路前进！

“报告，4034 发现目标！”冲在最前面的柏奥堡少尉报告中尉，“请求冲进敌阵！”

“6057 明白！”紧跟在后面的赫尔帝中尉回答，急忙推开炮塔盖从坦克中伸出头来，迎着德军火炮咆哮的方向一看，一发发炮弹从小山后射出，忙扭头对搭乘坦克跟进的步兵排长说，“少尉，注意机枪火力！”

“明白!”

“4034，4034!”赫尔帝中尉呼叫，“6057 掩护你，请你立即顺着德军步兵阵地后面，进入 2 号简易公路，从敌重炮阵地左侧发起攻击!”

“4034 明白!”耳机中传来排长柏奥堡少尉的回答。

“快!”中尉再次命令。

奉命绕道攻击的柏奥堡少尉命令驾驶员冯·海里津上士加大油门，坦克冲上一道山坡后，又从并不陡的山坡上冲下来，搭乘坦克的步兵班长从坦克上被甩下来，还没有爬起来，迎面两个德军就朝他扑上来，他大吃一惊就地一滚，掉进了一个大炮弹坑，抬起头时发现刚才他卧倒的地方火光一闪，一枚手雷爆炸了。借助手雷爆炸的光芒，他发现两个德军正从一条小道向坦克冲去。坦克在一个小山坡后面对德军炮兵阵地抵近轰击，柏奥堡少尉不怕伤亡地站在炮塔上指挥，打得德军重炮阵地一片混乱，有两门炮在急袭的炮火中被打哑了，炮火的闪光中柏奥堡也看到了敌军身影晃动。

“敌人!”中士班长呼叫着，但由于坦克与火炮的轰鸣声交织着，正在坦克甲板上对敌攻击的官兵们几乎都没有听到，于是他持枪向坦克靠近，因为他明白，德军只要隐蔽接近坦克，准会炸毁坦克。

美军中士为保证坦克的安全环扫四周。

保尔斯少尉是德军中有名的反坦克专家。今天，当他奉命进入炮兵阵地时，重炮前沿指挥部作战参谋夏塔桑中校把他叫到了指挥部，指着重炮阵地以东的简易公路说：“少尉，你进入公路右下潜伏，一个班，由你指挥!”

保尔斯眨了眨眼睛问：“长官阁下，美军不会绕到我们背后吧?”

“我们重炮阵地是盟军重点进攻的对象，他们是不会放过我们的!”夏塔桑中校恨恨地说，“上去!”

保尔斯少尉服从命令，率一个班进入中校指定的地区埋伏下来。果然在重炮轰鸣声中，一个上士发现了盟军坦克。保尔斯少尉命令全班战士：“隐蔽接近，炸毁坦克!”

然而，他们刚刚开始进逼，盟军坦克上的机枪手就发现了德军潜伏部队，四挺机枪与坦克配载机枪同时开火，将德军 11 人击毙 9 人，保尔斯与迪里布下士利用一条交通壕逃出火力网，用手榴弹突袭美军，认为中士被炸死后，就各自握着反坦克手雷扑向美军坦克。

而坦克上，美军柏奥堡少尉在又打哑一门德军 150 毫米榴弹炮后，急令坦克驾驶员：“向右边冲，快向前冲上那个小山坡!”

坦克开足马力向右前冲去!当坦克离开原地仅 100 米之遥时，两发德军 88 毫米炮炮弹急袭而来，炸得坦克刚才停住的地方火光冲天。

“这帮混蛋，你们聪明过度了！”柏奥堡少尉气愤地骂着。

原来，柏奥堡凭借战场经验意识到，德军已经发现了盟军坦克，就打算用齐射将其击毙，没想到柏奥堡采取了打了就跑的战术。

德军保尔斯少尉与迪里布下士正在硝烟中卧倒注视四周，迪里布下士从尘埃中跃起：“长官，美军坦克已经冲到右前山坡上了！”

“什么？”保尔斯少尉一边擦右眼睛的沙粒，一边用左眼盯住下士问，“在什么地方？”

“右前山坡上有美军坦克！”

“炮兵全是饭桶！”保尔斯少尉恼怒了，“快，炸掉它，冲上去炸掉它！”

迪里布下士轻轻地拖动一下左腿正要站起，“砰”地背后一声枪响，扭头一看什么也没有，他断定在黑夜中有支枪口正对准自己，就对保尔斯说：“长官，美军步兵向我开枪！”

“进入炮弹坑，掩护我攻击坦克！”保尔斯少尉命令，“我上！”说完向美军坦克奔跑过去。

德军迪里布下士向四周扫了一梭子壮胆后，迅速转移跳进了又一炮弹坑，这时保尔斯少尉在前面呐喊：“迪里布，快过来，快冲过来掩护我！”

德军下士从炮弹坑中伸出头望着炮火，犹豫不决。保尔斯少尉气愤地怒骂：“迪里布，你这怕死鬼！”

“少尉先生，”迪里布下士回答，“我的右腿负伤，左腿也被弹片扎伤走不动了！”

“走不动，爬也要爬过来掩护我！”保尔斯少尉命令，“爬过来机枪掩护！”

迪里布下士装模作样地爬出土坑时，保尔斯少尉已在炮火中直奔美军坦克，他忙拿起枪向美军射击，子弹打在坦克甲板上闪出一串串淡蓝色火花。

美军柏奥堡少尉命令炮火抵近捣毁一门德军火炮，坦克快速地向左前冲击时，坦克炮塔上的机枪哑了，他猛地推开炮塔盖伸出头时，一眼扫见坦克后甲板上有条黑影，眨眼间一发子弹向他“砰”地击来，打在他脑后的机枪后座上反弹飞起，如同长空中的一颗流星。

“敌人爬上坦克啦！”柏奥堡呼叫时，跃出坦克直扑上去。

德军保尔斯少尉一看美军扑上来，举枪射击已来不及了，正要顺势溜下坦克甲板再战之时，柏奥堡扑上去右手抓住了他握枪的右手，左手的一拳狠狠地砸在他脑门上，保尔斯少尉顿时摔倒下去，被卷入坦克履带，而就在同一时间内，德军迪里布下士打出的一串子弹飞来，柏奥堡也中弹了……

前线，指挥部里巴顿将军正在听取来自一线的报告：

第三十三章　巴斯托尼美军阵地告急

“德军在对我方巴斯托尼守军司令麦考利夫劝降无望后，正用重炮对我方巴斯托尼各阵地进行集中炮击，反击的部队损失惨重，巴斯托尼防线岌岌可危……”

第三十四章　艾斯纳少校的轰炸机大队

小引

为解巴斯托尼之围，12 月 23 日，也就是第二天，美军陆航战斗机掩护大批轰炸机，奉巴顿将军的命令，对德军阵地实施毁灭性轰炸，运输机大队向巴斯托尼美军各阵地运去各种物资准备与德军再次决战。下午 4 点轰炸进入最激烈的时刻！按照巴顿将军的命令，第 407 轰炸机联队要在下午 5 点钟之前，全方位地扫荡巴斯托尼四周的德军阵地，给步兵创造良好的作战条件！

一支穿着美军军服的德军特遣队，潜入美军防区搞破坏

“3309，3309，”美军轰炸机中队长艾斯纳少校在空中驾驶飞机发出呼叫，“请立即向2046靠近，向2046靠近！”

“3309明白！”轰炸机驾驶员波克西中尉，轻轻地提了下机头，轰炸机机敏地昂起头，随着波克西中尉手中的操纵杆左右变换位置，轰炸机摇晃着沉重的身子，直向左60度爬高。

“2046，2046，我已经进抵你的右下，高度5 000！”波克西中尉回答，飞机已经靠向了艾斯纳少校驾驶的3309号飞机。

“3309明白！”艾斯纳少校回答时，已经将航向调整为30，时速保持在300，飞机穿过一块云层后，进入视野开阔的空域，扭头一看，波克西中尉的3309号轰炸机已经尾随上来了，高度不太理想。

“3309，高度5 500，高度5 500！”

“3309明白！”

多架轰炸机互相组成攻击战斗编队，当他们进入德军炮兵阵地上空以东时，一发炮弹从地面直冲云霄，艾斯纳少校匆忙转动机舵，战机闪电般驶出炮弹的射界，在艾斯纳少校的机腹下“轰”地爆炸了，刺眼的烈焰在空域形成巨大的光环，几乎是同时又有一发炮弹跟上来，不等少校反应过来，又有一发炮弹在飞机的尾后火光一闪爆炸了，黑色的烟云在蓝天下腾起向四周扩散。少校狠狠地提起机头扫了眼地下，他发现地面的各种隐蔽物中喷吐着一颗颗火星，如同一朵朵火花。不用问，他明白这是德军一个保持隐蔽的炮兵阵地，于是他再次转动机舵：“3309注意，机腹下发现目标，机腹下发现目标！”

“3309明白！”波克西中尉回答。

“调整航向20，时速400，高度6 000，准备攻击！”艾斯纳少校命令。

“3309立即执行2046的命令！”

“2046掩护，快！”

“3309明白！”波克西中尉回答时飞机已经跃起，进入高空最佳投弹区域。他向左作了个迂回，低头一看，地面的炮火又消失了一些，只有一片林子里不时喷射着一串串炮弹。

“3309，轰炸，快，还犹豫什么?!”艾斯纳少校有些生气地命令，“快!”

“3309明白，正在选择攻击航路！”波克西中尉回答时，再次作最佳攻击位置调整。

今天对德军炮兵阵地的毁灭性攻击，只能成功，不能失败。上午，陆航轰炸机联队维芙特中校赶到作战处时，一见艾斯纳少校早早地赶来了，不好意思地说：“少校先生，失礼了！”

“长官，”艾斯纳少校忙问，“又有作战任务？”

“对，”维芙特中校说，“我们在巴斯托尼的地面部队，遭到德国炮兵的毁灭性打击，巴顿将军亲自命令，空军必须扫荡敌人炮兵阵地，为步兵开路！”

接到作战任务，担任掩护任务的战斗机大队飞行员们，已经开始登机了，艾斯纳少校赶回传达完命令，也率机群直扑战区。当他距离目标仅百余公里时，耳机中传来战斗机指挥官的命令：“左侧发现不明飞行物，请 2046 改变航向，减速！”

“2046 明白！”艾斯纳少校回答时，已经转过机舵，飞机向西南方向占领高位，战斗机群除派出两架担任侦查外，其余的一律尾随轰炸机大队行动。

艾斯纳少校率领机群终于进入战区，不知为什么大批战斗机又向西北方向冲去了，是迎战德国机群呢，还是又发现不明飞行物？

“报告 2046，地面目标正在转移，请求连续攻击！”3309 号轰炸机驾驶员波克西中尉呼叫，“请立即回答！”

“搜索目标，攻击！”艾斯纳少校命令。

波克西中尉投完一枚炸弹，拉起机头进入 4 000 米空域时，发现刚才投弹的地方没有火光，没有黑云升腾，正在向空中喷吐火舌的炮兵阵地丝毫没有受到影响。波克西中尉明白过来，炸弹也许是某处部件出了故障未爆炸，中尉气愤地转过机头，猛加油门，轰炸机带着炸弹升上 6 000 米高空，当波克西中尉扭头再看地面时，他发现足有十几门高炮正集中射击 2046 号指挥机。艾斯纳少校正机敏地转动机舵，轰炸机时而爬升，时而高速平飞，时左时右，德军打上来的一发发炮弹在 2046 号飞机四周爆炸。

“3309，3309，我是 2046，我是 2046，”艾斯纳少校不知出于什么心情，急切地在电台中呼叫，“你在哪里，你在哪里？”

“报告 2046，我在你右上方，我在你右上方！”波克西回答，“请下达命令！”

“3309 注意，”听到回答，艾斯纳少校的血液中如同注进了兴奋剂，因为这说明 3309 的位置正处于有利的攻击空域，“请立即向地面攻击，由我吸引敌地面炮火掩护你！”

“3309 明白！”波克西中尉回答，两眼扫了下飞机上的各种仪表，油料仪表上的数字告诉他，在空中停留的时间极为有限了，应尽快抢时间将炸弹投入敌炮兵阵地。

飞机的操纵杆在运动，飞机的航向改变了，时速在加大，一个向左大迂回后波克西中尉的 3309 号飞机进入无云区，视野无限开阔。他认准了德军炮兵阵地的方位，发现有十几门高射炮集中在一块隐蔽处一齐向艾斯纳少校攻击，大有不打掉誓不罢休之势。

“2046，我马上攻击！”波克西中尉报告。

这架飞机上的瞄准具是波克西中尉自己亲手改装的，视野很好。有一次他低空进抵德军装甲部队上空时，德军坦克正在按编队向美军部队推进。在进入这一战区之前，为了确保偷袭成功，尽量不被德军高炮发现，他在接近目标前躲进云层飞行。这一次异常成功，他投下的一串串炸弹，将德军坦克炸成一片火海，战后的德军报告中有一段是：“……美军一架重型轰炸机偷袭我，到处都是坦克残骸，可是防空部队居然没有发现，我们的军人怎么这样麻木……”

现在，波克西中尉又要用躲云层的战术了，他冲出云层向德军高炮阵地投弹的瞬间，从隐蔽处“呼”地腾起一股火焰。他惊异地提起机头，德军高射炮弹又追击过来，爆炸的弹片在空中横飞，随时有机毁人亡的可能。

“3309，3309，继续攻击！”艾斯纳少校一看波克西中尉提起机头，忙命令。

“报告2046，又发现一处德军高炮阵地！”

“扑下去，捣毁它，捣毁它！”艾斯纳命令。

地面，德军高炮阵地，德军团长伊万诺上校从瞭望塔上顺着木架梯走下来时，罗塞尔中尉赶上来：“长官，9号炮被击中起火，两箱炮弹被击中引燃！”

“你是干什么的？难道我是消防兵上校？”伊万诺团长生气地吼叫，“这几架美机在我高炮上空反复寻找攻击时机，你就不会寻找机会把它们打下来？”

罗塞尔中尉回答：“长官，这几架飞机极狡猾，打了几次突袭都没有成功！”

“回13号炮位，10分钟内打下一架！”伊万诺上尉命令，“快！”

13号炮位，德军已经混乱不堪，两个上士正指挥炮兵装弹炮击，其中一个下士不知为什么抱着炮弹望天发愣。罗塞尔中尉冲上去，对着他就是狠狠两耳光：“愣着干什么，填炮弹，快！”

下士眨着眼睛望着中尉说：“飞机，是轰炸机！”

“他们正在寻找机会送你进坟墓，坟墓你知道吗？”罗塞尔中尉气愤地从他怀里夺过炮弹，“一个真正的混蛋，快把那箱炮弹搬过来！”

“轰……”一枚重磅炸弹在炮兵阵地爆炸了，德军罗塞尔中尉从泥土中挣扎着抬起头时，背上不知被什么东西沉重地压着，使他喘不过气来，他使劲地向左一翻，但没有翻动，扭头一看是两条血淋淋的大腿压在背上。罗塞尔中尉打了个寒战挣扎着坐起来一看，两条大腿是被飞机投的弹炸飞过来的，一颗人头的嘴唇还在微微地张着，两门大炮被炸毁。

“上士，快开炮，开炮！”面对再次盘旋过来的美军轰炸机，罗塞尔中尉惊呼，“快开炮！”

美军轰炸机驾驶员波克西中尉投下一枚炸弹后，看到艾斯纳少校的飞机对着德军炮兵阵地一阵急袭，德军炮兵阵地顿时被硝烟、烈焰淹没。

“好，干得好!”波克西中尉在电台中欢呼。

“3309，攻击!”艾斯纳少校命令。

几架美军轰炸机在德军团长伊万诺上校的地盘轮番轰炸，德军伊万诺上校倒下了，到太阳偏西时，整个炮兵阵地一片火海。前线司令部的电文送达巴顿将军手中：“……我轰炸机轮番对德军重点目标实施毁灭性轰炸，德军炮兵阵地、步兵阵地遭到毁灭性打击，精锐部队伤亡惨重，特别是706号防线岌岌可危……”

巴顿不愿再读下去了，他左手拿着来自前线的报告，右手拍着作战参谋的肩头说：“小伙子，命令第4装甲师的第2战斗群，立即杀开一条血路，突破德军对巴斯托尼的包围防线。后勤部队，跟在装甲车后面冲进去，加强守军兵力，并通告麦考利夫司令，决不能放弃巴斯托尼，迎接更大的厮杀!”

巴顿的命令由电波传给各作战部队。

第三十五章　美军第2战斗集群的功勋

小引

美军第4装甲师第2战斗群接到巴顿将军立即杀开一条血路的命令后，普利切中尉首先跳进战车，副指挥吕基顿上校正好亲自驾车赶来，一见普利切作战心切，中尉似笑非笑地问："中尉先生，从706号目标左侧突上去，你有把握吗？"

巴顿出动

普利切中尉绷紧每一根神经睁大双眼不语，半截身子从坦克炮塔上露了出来，坦克上的机枪手看着他，似乎是催促他立即回答上校。

“上尉，威图布上尉！”吕基顿上校扭过头，“把坦克开过来，快开过来！”

威图布上尉服从命令，率领四辆坦克“轰隆隆”地开过来了。

“上校先生，”普利切中尉的四辆坦克也发动了，他大声问吕基顿，“是我杀开一条血路，还是威图布上尉开路？”

“他们掩护，你们从706号目标左侧突上去！”吕基顿上校命令，“快上，不要惊动敌人！”

“是，立即执行命令！”普利切中尉回答。

坦克直逼德军706号目标，五个地堡的射孔中吐出一串串火舌。美军坦克炮手金·魏迪鲁上士有些沉不住气了，一把推开坦克炮塔盖伸出头来时，一串机枪子弹倾泻而来，打得坦克甲板火花四溅，他定睛扫视，突然惊呼：“长官，敌人上来了，敌人上来了！”呼叫时一跃爬出坦克，端起坦克上的机枪“哒哒”就打。

听到呐喊声，美军普利切中尉也发现四五个德军正分头向坦克扑来，大有不炸毁坦克决不罢休之势。普利切中尉一拍坦克甲板，对正向德军扫射的魏迪鲁说：“上士，掩护我！”

德军利用炮火与机枪射击的死角向美军坦克靠近，美军普利切中尉跳下坦克，不慎跳进了一个大弹坑，他忙翻起抬头一看，发现一个德军正从旁边的坑中探出头来，仇人相见分外眼红，他挥手向德军所在的弹坑投去一枚手榴弹，眨眼间德军抓起冒烟的手榴弹反投过来。普利切中尉想冲出弹坑已来不及了，手榴弹在空中爆炸了，弹片从他头顶飞过。

“上士，掩护！”普利切命令坦克上的机枪手。

机枪手魏迪鲁听到普利切中尉的命令，快速转过机枪，坦克也“轰隆隆”地奔驰过来。魏迪鲁上士抱枪正要环扫，“哒哒”一串子弹打在坦克左甲板上，其中一枚弹头跳起打在他的机枪弹链上，弹链卡住了，机枪顿时哑了。魏迪鲁抓住被击中的弹链拉了下来，闪电般抓住一个新弹链向机枪上装的刹那，一发子弹击中他右手背，拿弹链的手顿时血流如注，疼痛难忍。弹链掉在坦克甲板上又滚到地下。

“中尉，消灭正面……”魏迪鲁上士再次中弹，他咬着牙，左手死死抓住坦克甲板上的扶手，只要稍一松动，他就有可能从坦克上被甩下来，遭到德军射杀。

普利切中尉已经目睹了上士受伤的经过，他几次试图干掉射击上士的德军，但这个德军格外狡猾，他跟随坦克奔跑，寻找机会接近坦克，其目的是炸毁坦

克。魏迪鲁上士的扫射，迫使德军从一个炮弹坑跳进另一个炮弹坑。这家伙在炸毁坦克困难的情况下，就向魏迪鲁上士开火了。现在他看到美军上士在坦克甲板上挣扎，从炮弹坑中站起来再射之时，普利切中尉手中的枪响了，德军后脑被钻开了一个血洞眼……

美军坦克进抵到一座德军控制的地堡前，几乎所有的硝烟都罩住了这个不大不小的地堡，由于坦克炮完全处于射击死角，大炮已经毫无作用，普利切中尉命令："下车，炸毁地堡！"

德军地堡里，集中了德军最顽固的四十多个亡命之徒，他们个个腰挂反坦克手雷，怀抱压满子弹的枪，腰部三枚手榴弹也已经揭开了盖子，只要美军冲进来，他们随时可拉燃导火索与美军同归于尽。另外还在地堡的中心吊着四个炸药包，按照地堡中最高指挥官拉内宾上尉的命令，只要美军冲进地堡或封死撤退的交通道口，就拉燃这四个炸药包与地堡一起毁灭，决不能被美军生俘！

现在，德军拉内宾上尉环扫四周，突见一重机枪射孔旁倒着一人，他快步走过去一看咆哮起来："少尉，什么时候了，还装死？"

梅德韦少尉躺在地上两只胳膊支撑起半截身子，眨巴着双眼有气无力地说："长官先生，我右腿两处有枪伤，实在是站不起来呀。"

"站不起来坐着打，架着的机枪用不着你的大腿出力，明白吗？"拉内宾上尉命令，"快上！"说完，他将射孔上的一具死尸拉开，"你顶上！"

梅德韦少尉无奈，吃力地爬到射孔，咬着牙用右手的指头扣动扳机，机枪又发出撕布条般的声音。拉内宾上尉脸上的肌肉抽动两下，冷笑着说："执行元首为帝国战死的命令，是德意志帝国军人的天职！"

梅德韦少尉没有向他表示任何情感，只是射击，而他的左手悄悄地伸向腰间的鲁格尔手枪。

拉内宾上尉又转向另外一个伤兵，态度与对待梅德韦少尉一样恶劣。梅德韦拔出手枪抬起枪口，悄悄地对准上尉，但背后的枪"砰"地响了，他"啊呀"一声栽倒了。

"长官，梅德韦少尉准备向你开枪，我打死了他！"一个中士握着正冒青烟的枪讨好地说，"你看！"

拉内宾上尉似乎并无感谢这位救他命的中士之意，他走到梅德韦少尉跟前，对着他已经无知觉的脑门狠狠踢了几脚，顿时血流了出来。发泄完内心的愤恨，拉内宾上尉对那位中士说："打开地堡交通壕门，全部出击！"

"长官，交通口已被美军火力封锁！"中士回答。

"正因为美军封锁了交通口，我才命令你杀开一条血路！"拉内宾上尉命令，"只要他们堵住出口，我们就别想活着出去！"

中士点了点头，跑步赶到洞口，四个士兵全部栽倒在血泊中，一个下士抱住冲锋枪在拼命射击，口里不住地嘶叫着：“攻上来了，攻上来了……”

中士冲过去一看，前面伸进来的一挺美军机枪在地堡中喷吐火舌，打得地堡中的官兵四处乱跳。中士盯准了这挺机枪，一个箭步冲到已死的梅德韦少尉的尸体跟前卧倒，一看正好是美军射击的死角，这才放心地双手吃力地抱起梅德韦。梅德韦少尉不知为什么突然左手轻轻抽动一下，右眼也睁开了，嘴唇轻轻地颤抖起来。

“长官，你还没有死？”中士吃惊地问。

“中……中士，”梅德韦终于从嗓子眼里挤出几个字，“拉内宾上尉不会给你什么好处的！”

“少尉先生，是我向你开的枪，你若不死也不会放过我！”中士说着一咬牙，“请你最后为德意志帝国做点贡献！”

“怎……怎么做？”

“你看着就知道了！”中士向前吃力地移了一点。

少尉挣扎着问：“你……你要干什么？”

“待会儿你就知道了！”中士回答。

前面美军伸进的机枪打得更狠，一串串子弹在乱跳，拉内宾上尉伏在一个角落里嘶叫：“上去，打掉它，打掉它！”

中士默默地向前移动，他怀抱里的梅德韦少尉一下子抓住他的脸：“你要干什么？”

“拿你堵枪眼！”

“你……你……”梅德韦此时已手无缚鸡之力。

“哎！”中士吼叫一声，将少尉举起顶在正喷子弹的机枪眼上，顿时少尉的身体被打出一个大洞。

“上！”拉内宾上尉命令，“占领射孔！”

外面，美军攻击部队的普利切中尉，已经炸开了地堡的第一道防线，被生俘的德军上士哭着举着双手跪在地上：“长官阁下，我们的拉内宾上尉是不会轻易投降的！”

“引路，把我们引到地堡的进出口处！”普利切中尉命令，“快，坏我们的事就处死你！”

德军上士向普利切中尉点了点头，表示服从命令后，沿着一条十分难行的交通壕，直向地堡后面绕去。当他跃上一个小石头包时，手向前一指：“长官，请上来看看，地堡门在这儿！”

普利切中尉一跃跳上小石头包，德军上士指着前面：“长官先生，这就是

入口!”

普利切抬头向前观察的刹那，德军上士突然闪电般狠狠地将中尉推下小石头包，他也紧跟着跳了下去，扑在中尉背上抓起一块石头就要朝对方砸。机敏的普利切中尉在德军举石向下砸的紧要关头，“呼”地翻起，一拳击掉德军手中的石头。德军也不甘示弱，用前额向美军中尉脸部撞击，左右手同时掐住中尉的脖子。美军普利切中尉暂时处于不利地位，他猛收两腿，两手支着腾起，然后猛地向后倒去，“咚”地德军中士的后脑重重地撞在石头上，顿时血流如注……

“坦克后撤，调整炮位抵近攻击!”不知是谁在战场上命令。

普利切中尉听着从地上站起，他看到了第2战斗群的副官吕基顿上校正举着手在发布命令，忙支撑着走过去。这时听到一声沉闷的轰鸣声，紧接着地堡中冒出一股股黑烟，直冲天空。

“中尉，”吕基顿上校迎上来双手扶住普利切中尉，“你看，德国人与地堡共存亡了!”

“上校先生，部队都冲上来了吗?”

“我们第2战斗群全部分数路冲上来了!”

“上校，我们胜利了?”

“我们执行巴顿将军的命令，已经杀开了一条血路，”吕基顿上校激昂地说道，“突破了德军对巴斯托尼的包围圈。你上来看看!”

普利切中尉跟着吕基顿上校赶到制高点向远处眺望，美军第4装甲师第2战斗群的大批坦克、装甲车后面，一辆辆载重汽车满载着大批步兵、军用物资在向巴斯托尼美军防线前进，跟在这些车辆后面的是一辆辆印有显眼的“十”字标志的救护车，迅速向小镇驶去。

第三十六章　击溃德军精锐

小引

1944 年 12 月 26 日，巴顿将军命令所部向围攻巴斯托尼的德军发动最猛烈的攻势，第 4 装甲师第 1 战斗群承担攻打德军第 6 装甲师的作战任务。现在，第 1 战斗群的蒙泰威中校的战车，进抵到德军第 6 装甲师的指挥部以东的开阔地了。蒙泰威中校站在一辆坦克的炮塔上，举着望远镜向前观察之时，一连六发炮弹“轰”地在他坦克左右爆炸，但他并不惧怕，而是向左右扫了眼抓起无线电授话器呐喊般说：“报告上校，我们已经攻达德军第 6 装甲师师指挥部以东的开阔地，请求命令！”

英军和他们的萤火虫坦克

“中校先生，”耳机中传来多安里上校的声音，“立即选择适当的路线捣毁德国鬼子师指挥部！”

“上校先生，敌师指挥部四周有反坦克炮兵阵地，并有坦克隐蔽，步兵足有一个营在一线阻击，我突击队很难一下攻克目标！”

“蒙泰威中校，请你立即发起攻击，天黑之前结束战斗，我的战车马上赶到！”多安里上校下达完命令，就关闭了电台信号。

蒙泰威中校放下电台授话器，作战参谋尤尔·戴布斯上尉从另一辆坦克上跑过来了，他一跃上中校的坦克甲板，就用手捂住急促跳动的心，喘着粗气说：“中……中校，德军迂回上来了，从左迂回上来了！”

“什么？”中校不相信自己的耳朵，“敌人在哪儿？”

“左前，从左前绕过来了！”

“好，”蒙泰威中校从牙缝中挤出一个字：“上尉，你跟着我行动，命令你的坦克跟在我的坦克后面，搭载的步兵全部上我的战车！”

戴布斯上尉问：“中校，你要干什么？”

“服从命令，搭乘你的战车的步兵全部搭乘我的坦克前进，快下达命令！”

“中校先生，你不能在最前面，突击队是我……”

“少废话，快下达命令！”

“是！”戴布斯上尉执行命令。

蒙泰威中校再次拿起无线电授话器：“各战车注意，除408、306战车吸引左前偷袭上来的德军外，其余战车跟着我，直扑德军第6装甲师的指挥部，火力要狠、猛！”

“是！”各战车车长异口同声地在电台中回答。

美军蒙泰威中校率领美军第4装甲师第1战斗群，避开德军偷袭上来的第6装甲师敢死队的攻击，直扑德军第6装甲师指挥部。

德军第6装甲师指挥部里，副参谋长朱佩比上校，此时守在指挥部的电台跟前，两眼盯住地图喷射着凶光。自从美军第4装甲师第2战斗群于12月23日杀开一条血路，左罗捷中将就给第6装甲师发来一封气愤的电文，其中一句就是“……第6装甲师的威风烟消云散了，司令部的军官们几乎都成了断了脊骨的狗……”

是夜，德军朱佩比上校怎么也睡不着，十几个逃跑的校尉军官被处决。24日与25日两天，他在师长与参谋长的亲自督战下，顶住了美第3军的重点进攻。他在电台中偷听到美军第4装甲师给巴顿的报告声称“……我第3军面对的德军精锐的装甲师团能攻善守，虽然在战场处于被动态势，但白天他们躲在坚固的地堡工事中，利用轻重交织炮火阻击我军攻势，而夜晚，德军又组织一股又一股的

兵力进行反攻，这两天的战斗打得异常艰巨，请求陆航攻击……”

25 日夜 11 点 40 分，情报官查理肯匆忙走进副参谋长朱佩比的掩体，神情异常紧张地报告说：“上校先生，明天美军将组织大规模攻击，企图一举攻占目标！”

“情报可靠吗？”朱佩比上校问。

“可靠，完全可靠！”情报官查理肯回答。

23 日战场负伤的师长、24 日重伤的参谋长都坚持在阵地上不肯下去，听到情报他们一致做出决定，请朱佩比指挥部队作战，坚决顶住 26 日美军的攻势，确保围攻巴斯托尼部队的防线安全。

今天上午，战局态势对德军越来越不利，朱佩比上校把中校作战参谋叫到自己的指挥部，将两手放在中校肩头说：“拜特先生，你是想死，还是想继续留在这个地球上？”

“上校先生，死了也是葬在这个地球上，难道你送我的尸体上月亮？”

“中校，”朱佩比上校语气深沉，“大拼杀的时刻到了，现在是体现你的价值的时刻！”

“副参谋长先生，我的部队这几天伤亡惨重，就算再出击，突袭力量也不会很大的！”

“我将师预备队交给你，阿布雷少校充当你的副手，”朱佩比上校说，“美国人有一支部队直向我的司令部攻来，你避开其正面，从侧面迂回攻击！”

拜特中校接受完命令，率领第 6 装甲师的两营预备队出发了。而现在，美军根本不把两营突袭部队放在眼里，而是大部队直逼师指挥部，朱佩比上校胆寒了，手中仅有的预备队用完了，眼前的阻击部队也十分有限，从前沿抽调部队已来不及了。

“弗朗特上尉！”朱佩比上校突然大呼，“过来，快过来！”

弗朗特上尉飞快地跑到上校跟前，朱佩比上校一挥手：“快，你的特务队跟着我与美国人拼了！”

美军蒙泰威中校的坦克已经越过德军炮兵前面的反坦克地雷区，两辆坦克中雷爆炸，其中一辆坦克由于又遭到德军炮击，几乎是粉身碎骨。蒙泰威中校命令戴布斯：“上尉，命令步兵开路！”

步兵在戴布斯上尉的指挥下跳下战车，交通壕中“呼”地冒出一群德国步兵。这些德国步兵是身经百战的老兵，在军官的督战下几乎都是亡命之徒。美军戴布斯上尉的步兵，就是要在德军接近坦克之前歼灭他们！

“机枪，占领制高点！”戴布斯上尉命令时，魏德迈上士的机枪已经在右侧打响了，将德军压在交通壕中不敢抬头，但一枚又一枚的手榴弹从交通壕中扔出

来，在美军冲击部队中爆炸，造成了不小的伤亡。

“上尉，我的战斗组上!”马克尔少尉爬过来，“从这儿跃进敌交通壕，有可能逼敌与我决战!”

“坦克炮正与敌炮对射，解决敌步兵后，快速向纵深推进!”戴布斯上尉命令，“我率大部队跟进!”

马克尔少尉点了点头，指挥10人战斗组跃进德军步兵占领的战壕，迎面5个德军从拐弯处冒了出来。马克尔还没反应过来，加南福中士闪电般向德军投去一枚手雷，“轰”的爆炸声中，德军全部被炸倒了，浓黑的烟云淹没了战壕，马克尔少尉抓住战机命令：“冲上去，消灭敌人!”

加南福中士向德军扔去一枚手榴弹的同时，两眼盯住了一个卧倒在拐弯处的德军枪手，这家伙怀抱一挺冲锋枪，腰上挂满了反坦克手雷，若是让他占据有利地形，其火力可控制战壕，他还可以选择时机炸毁坦克，消灭进攻中的美军。

“哒哒!”美国加南福中士一跃而起，敌人的冲锋枪打出两个点射，子弹擦着他耳畔飞过。

“哎!”加南福再次投弹，由于用力过猛，手雷在敌人背后爆炸了。在德军卧倒避弹的刹那，他冲上去，一看德军上等兵正发愣呢。

“杀!”加南福中士狠狠一个点射击中这个家伙之时，背后一个家伙乘机偷袭上来，手榴弹对着他的头正要猛砸下去，就在这关键时刻，机敏的加南福头向左一歪，避开敌人砸下的手榴弹，扭头举枪向敌人反砸过去。德军双手托住冲锋枪，右腿飞起直踢加南福下腹部，加南福中士在一阵剧痛中站立不稳，想反击又力不从心之时，德军又闪电般向他左腮打来一拳，加南福右手抓住他的手腕，乘机向左180度转体，德军“哎呀”一声手腕断了，浑身一软向下蹲去。加南福抓住时机竭尽全力扑上去，用枪托砸开了这家伙的头，血水喷出来了，又一个德军被加南福击毙。加南福提着枪转身之时，有人在不远处大吼：“加南福，脚下有手榴弹!”

加南福低头一看，一枚手榴弹正冒白烟，离自己最多一米远，他闪电般向前一跃正要卧倒避弹，这枚手榴弹爆炸了，加南福中士不幸背部多处被弹片击中，他沉重地倒在血泊中……

亲眼看到加南福中士阵亡，马克尔少尉愤怒地冲上来将中士轻轻放进一个炮弹坑。这时后续部队被德军急袭的轻武器火力压住，几个敌人凭借有利地形，不住地向美军投来手榴弹。马克尔压制住胸口的怒火，从腰里拔出四枚手雷，环扫四周发现交通壕中的左侧有两个单兵掩体，两挺机枪用交织的火力压制住了，使卧倒的攻击部队不敢抬头。马克尔斜扫了眼右前仅几米远处，发现一个被击毙的德军，他将敌尸拖过来，用头顶住敌尸腰部推着向敌火力点移动。

“马克尔，危险，太危险！”有人在背后呐喊，“等坦克炮来收拾敌人！”

“再等就是死亡！”马克尔内心这样回答，吃力地向前移动，手中的枪在准备打点射。

“轰！”身后一枚手榴弹爆炸了，马克尔立即明白敌人已经发现了他，他忙将拉开拉环的手雷在手上挥了两下，使足劲朝德军扔过去，恰好正中一个德军火力点，霎时间德军火力点消失了一个，不等敌人恢复过来，他又挥手再投去一枚手雷，敌人又一个火力点被炸毁，跟上来的戴布斯上尉命令：“压上去，快压上去！”

部队“呼啦啦”地直袭而去，一场肉搏战在交通壕中展开了，在敌人越来越多的情况下，戴布斯上尉急忙打出两发信号弹，蒙泰威中校看到信号，命令乘坦克跟进的步兵跑步增援上来……

日落时，美军拿下了德军第6装甲师的师司令部，其他各部队也击退了围攻巴斯托尼的德军精锐装甲部队，令艰巨作战的盟军官兵的士气大振。巴顿将军命令部队：向乌法利兹继续攻击前进！他在给前线的官兵发布的命令中，有这么几句最能使官兵激动：

“……军人们，从阿弗朗什血的走廊到布雷斯特的拼杀，我们的鲜血染红了法兰西到萨尔，洒进了德意志帝国的土地，现在我们又尸横巴斯托尼，这都是为了铲除邪恶，为死难的烈士报仇，恢复世界和平……勇敢的美利坚合众国的军人们、老兵们，你们经受了血与火的洗礼，是世界军事史上的巨人……”

美第3集团军顶着欧洲最寒冷的冰雪向目标攻击前进！乌法利兹又有一场血战在等待他们！

而此时的巴顿将军也没有休息，他乘上一架飞机，在两架战斗机护送下，正高速地赶往前沿指挥部，他看到漫天大雪，遥望着天际，品味着进入欧洲战区的艰辛岁月，一股无法用语言表达的感受在心中沸腾，不免又有点凄婉忧伤，然而全胜的热血立即又冲散了悲哀的情绪。他要将西线战区挖成一条又深又长的坟墓，将希特勒推进去！争取更辉煌的胜利！

第三十七章　波仁林少校的敢死队

小引

1945 年 1 月 16 日，阿登战役进入最残酷的恶战。下午 3 点 10 分，美军吉尔特鲁上校风尘仆仆地赶到 109 号高地时，阵地指挥官波仁林少校从硝烟中奔跑出来挺立于吉尔特鲁面前："报告上校，敌人向 109 高地攻击，火力很猛！"

至 1944 年 9 月 15 日，盟军几乎已占领比利时全境

“有多少部队?”

“一个装甲师，还有两个步兵团!”

吉尔特鲁听着点了点头说：“少校，迂回部队已经出发了，炮兵部队还有1小时赶到，你与我带来的增援部队协同出击，由你担任突击队长!”

“上校，突击的方位呢?”

“从109高地以东突击，攻入敌群，将敌分割成两半!”吉尔特鲁上校说着神情激昂，“出发!”

波仁林少校与他的突击队员奉命向109高地以东突击，8辆坦克呈两路纵队攻击推进，掩护步兵与德军展开大拼杀!

巴顿将军在密切关注109高地。自从12月26日美军用强大的装甲部队击溃了围攻巴斯托尼的德军后，深夜11点巴顿将军立即致电盟军总司令部，他的电文是一个大胆的作战计划：

“……我第3集团军官兵，有雄心于27日削掉德军大突出部。具体实施方法是，集中使用我军装甲部队，从巴斯托尼出发，直捣德军集中的比特堡与普吕姆……”

盟军总司令部的将校们都赞同巴顿将军新的大胆作战计划，但最高指挥官们还是否定了。于是巴顿将军给第3集团军的命令是：“部队按追击序列，装甲部队搭载步兵沿4号、6号公路穷追猛打，目标是乌法利兹!”

吉尔特鲁上校接到出击命令，不解地赶到华尔索准将的作战指挥部，很不客气地说：“准将先生，直捣比特堡与普吕姆的作战计划取消了，这本身就是极大的错误，而向乌法利兹进击又有什么战略需要呢?”

“你看看，”刚刚从巴顿的作战指挥部赶回的华尔索准将，指着作战地图对他说，“我们对敌采用南北夹击的战术，拦腰斩断德军的突击部，南北部队在乌法利兹胜利会师!”

吉尔特鲁上校研究了一会儿巴顿的战术意图，终于弄明白了整个战役策略，于是积极地投入战场!

欧洲战场雪雨交加，刺骨的寒风在扫荡着大地。巴顿将军所指挥的第3集团军经过浴血奋战，终于等到南北夹击德军的机会!

现在，美军波仁林少校已经进抵德军阵前，一片雷区将部队阻止住了。雷区的对面是德军大批隐蔽部队。波仁林少校赶到一条战壕时，战壕中刚刚结束一场大拼杀，几十个美军官兵战死，一百多个不幸负伤，而德军的死伤也很多。波仁林少校走在尸横交错的战壕中，看着一具具死尸和一片片被血水染红的土地。他走到一个德军中校跟前站住，这个德军伏地，脸贴在另一具德军死尸屁股上，两手各抓住德军的两条腿上的军裤，左右是美军死尸，几十发机枪子弹撒在他四

周，五枚反坦克手雷揭开了保险盖，但没有爆炸，一门迫击炮已经装弹就倒在他身后，一个炮手死在炮身后面仅一米左右的血水地上，头已经被炸掉，而在他的左侧也躺着一位美军士兵，双手被炸掉，腹部被炸开，鲜红鲜红的血还在流淌。

“少校，你看！”一个士兵指着德军中校，“他的左腿抽动了一下。”说着他走过去。

波仁林少校闪电般转过手枪，枪口瞄准了正躺在地上的德军中校。

“混蛋，装什么死！”美军上士抓起德军中校的头发把他拉起来，“睁开你的狗眼！”

德军中校顿时浑身抽动起来，睁开双眼呆愣地注视着波仁林少校手中的枪，惊恐得说不出话来。

“站起来，想活就给我们当向导！”波仁林少校命令。

德军中校面对这位美军少校，又扫了左右一眼，见几个黑洞洞的枪口都对着他，只好用哀求的语气说：“你们想干什么？”

“避开雷区，把我们引向你们阵地的纵深处！”美军波仁林少校命令，“走！”

“少校先生，”德军中校明白美军不会轻易杀他，一下子胆子大了起来，“你们想打进步兵阵地，突破我军防线？”

“怎么样，你持怀疑态度？”

“少校先生，我可以满足你们的要求！”

“走，引路！”波仁林少校命令。

一条残破的战壕通道向右伸延，德军中校在四个美军的挟持下提着没有子弹的枪出发了，他们沿着一条德军走向死亡、美军走向胜利的道路小跑，而德军中校在寻找出逃的时机！

德军查理拜中校是德军军部作战参谋，早在 1 月 6 日的晚上，他收到情报官送达的美军最新报告是：“……巴顿的第 3 集团军，已经按作战命令对我方战区突击部实施南北夹击之势，他们的战略目的是在乌法利兹会师……”

读到这份情报，查理拜中校连夜赶到副军长、德军前沿阵地步兵总指挥塔耳奥中将的指挥部，向这个具有指挥步兵权力的前线最高军官报告美军巴顿部的最新情报。塔耳奥中将听后，连夜召开军事会议，确定了各部作战任务后，单独将查理拜中校留下说：“占领 109 高地以东的 304 战区，只要能守住，就能截住美军向乌法利兹会师的可能。我已经命令有力部队驻守 304 高地，还想要求你亲自指挥一支 300 人的敢死队，抢占 304 战区的一条战壕，隐蔽着不能暴露，等待时机杀进美军司令部，击毙巴顿，创造当代军事史上的奇迹！”

“奇迹”的战功对军人来说是多么具有魅力啊！查理拜中校急切地希望自己创造奇迹，能够一步跨入将军的行列。他接受了作战命令，率一支 300 人的敢死队潜入304战区下面的指定战壕隐蔽，只要侦察部队一发现巴顿部的前沿指挥部，他就沿着信号弹指定的方位杀上去！

然而，战场的态势有时并不是按照指挥官的原订作战计划发展的。查理拜中校进入前沿阵地时，德军步兵已经在占领阵地，阵地前的密集地雷使步兵多了一层保护层。斯劳特上校异常兴奋地说：“中校先生，盟军是无法突破我的防线的，我正为你杀进巴顿的指挥部创造条件呢。”

查理拜中校并不计较上校的阴阳怪气，他进入隐蔽战壕后，认为前有地雷保护，左右都是步兵阵地，后面还有炮兵阵地，决不会出现美军突袭，就命令部队，抓紧时间用餐，饱餐后有足够的体力出击。他哪里知道美军纳尔克上尉指挥的搜索部队在那时已闯入德军查理拜中校的隐蔽地，一场恶战，美军以61人的代价全歼德军300人。查理拜一看官兵全部战死，正在战壕中沉痛之时，美军波仁林少校的部队赶到，他只好伪装战死企图逃过美军的眼睛，但他失败了。

查理拜中校在美军的押解下现在已经走出战壕隐蔽地段，他指着一个巨大的掩体说：“少校先生，斯劳特上校的指挥所就在这里！”

波仁林少校顺着查理拜中校的手势望去，喷吐火舌的掩体外面停放着大批坦克，他忙扭过头问：“中校，你立即向你们装甲兵指挥官发出信号，请他到你这里来！”

“少校先生，电台、电话都不通，我没有办法满足你的要求！”查理拜中校回答，语气颇为生硬。

“我们有电台，立即联系！”

“我要是拒绝呢？”

“你马上就不能呼吸了！”

“我死了，你凭什么立功？”

“混蛋！”波仁林少校闪电般给了他一个耳光，“你要是想死了，就拒绝我的命令！”

查理拜中校的脸被打得火烧火辣的，很不是味道，他气鼓鼓地盯着波仁林少校，异常不服气，但又没有力量赌这口气。一个美军用枪顶了下他的脑门说：“放明白点！”

查理拜中校眼巴巴地盯着他。波仁林少校似笑非笑地问：“有办法与你的同伴联络吗？”

“我只能带你们进入我们的后方，从我们后面发起进攻是最好的战术！”查理拜说着手又指向东南方位，“从这里悄悄摸上去，就是装甲部队的指挥所，突破这一关就能打掉斯劳特上校的指挥部，那时你们就胜利了！”

“如果你欺骗我们，就立即处决你！”一个美军中士说：“伙计，我的子弹随

时击毙骗子！”

查理拜中校浑身一颤！

“走，带路！”波仁林少校命令。

查理拜中校只好垂头丧气地引路，一支实力雄厚的美军敢死队，在波仁林少校的率领下直扑德军指挥部……

1 月 16 日，是巴顿将军兴奋得几乎跳起来的日子，深夜 11 点 05 分，乌法利兹前线急电：

“我们已经拦腰斩断德军突击部，南北部队在乌法利兹胜利会师！”

巴顿将军读着这份胜利的电文，乘专机急赶乌法利兹，他要与浴血激战的官兵们共度胜利的庆典！

23 日，又一封电文发到他手中：

“我军经过血战，已于下午 6 点攻占圣维特……”

胜利的战报使巴顿将军热血沸腾，1 月 27 日，当他挥师进抵乌尔河时，他向盟军总司令艾森豪威尔将军发出激昂的电文：

“总司令阁下，阿登战役胜利地结束了……我们摧毁德军 850 辆坦克、1 100 架飞机，敌伤亡在 11 万人以上，而我军也付出沉重代价，数万官兵阵亡，负伤近 8 万人……”

第六卷　突破莱茵河防线

突破莱茵河防线·卷首语

1945年2月，盟军在西线直逼德军齐格菲防线，苏军在东线快速推进达德军据守的奥得河防区，德国首都柏林处在盟军与苏军构成的前后夹击之中。希特勒只好将西线一半飞机、坦克、装甲车与其他重武器，急运抵东线战区苏德战场。在西线的近60个野战师，依托莱茵河畔的齐格菲防线，企图阻击盟军推进。盟军总司令部了解到德军西线兵力空虚，立即与美国总统罗斯福、英国首相丘吉尔等盟军巨头们研究，决定再给德军一次毁灭性打击！

盟军轰炸后的德国

盟军总司令艾森豪威尔根据各路战将的建议，制订的作战方案是：首先歼灭在莱茵河以西的德军，乘胜强渡莱茵河，攻占战略要地鲁尔区，并继续扩大战果，扫荡德军！

2 月 8 日，盟军加拿大第 1 集团军集中数千门火炮，对德军重点军事目标展开长达五个小时的炮火攻击后，装甲兵直逼德军步兵防线，轰炸机急袭敌增援部队。

2 月 13 日，加拿大第 1 集团军在坦克的“隆隆”声中，一举突破德军 A201 到 B7033 高地的防御阵地，快速向东攻击推进！

2 月 23 日，美第 1 集团军与第 9 集团军在炮火与航空火力掩护下，强渡战略要冲鲁尔河，围歼德军官兵 5 000 余众。

2 月 23 日凌晨，美第 3 集团军在巴顿将军指挥下，在特里尔附近对德军大举攻击推进，一举突破德军号称“铁流防线”的齐格菲防线。

3 月 1 日，美第 3 集团军向德军防线展开进入德国以来最大的攻击战。

3 月 2 日，美军几支先头部队进抵杜塞尔多夫附近的莱茵河畔。

3 月 3 日，美军饮马莱茵河，与先期抵达的加拿大军会师莱茵河。至此，盟军完成了对德军 15 个野战师的包围。于是，残存的德军各路部队夜以继日地溃逃莱茵河东岸集结，企图与盟军作最后拼杀。

3 月 9 日、10 日，美第 3 集团军全部进抵莱茵河，并快速向德军坚固防线展开攻坚战。

3 月 15 日，盟军第 6 集团军集中火炮与装甲兵，在航空火力协助下，从齐格菲防线以南向德军实施向心攻击。同时，盟军第 12 集团军也派出一部，在航空火力的巨大支援下，从齐格菲防线北面向德军腹地进袭。

3 月 23 日，莱茵河畔的德军西线 B 集团军群阵地，突然被盟军航空火力猛烈轰炸，其后又是万门大炮齐扫，盟军地面部队开始强渡莱茵河，呈多路纵队向鲁尔区推进。

同时，盟军蒙哥马利指挥的第 21 集团军，全线向德军进攻。其中英第 2 集团军、美第 9 集团军各路雄师，冲过莱茵河，夺取莱茵河东岸德军滩头阵地，为后续部队营造了巨大登陆场。

布拉德利指挥的盟军第 12 集团军，也向德军实施攻击推进，德军腹部受到重创。

3 月 25 日，盟军第 6、第 12 集团军聚歼了萨尔盆地的全部敌人。

4 月 1 日，盟军蒙哥马利指挥的第 21 集团军、布拉德利指挥的第 12 集团军，胜利会师于利普施塔特。至此，盟军完成了在鲁尔区 18 个野战师（33 万人）的铁桶般包围，并全线向德军攻击推进！顿时德军西线 B 集团军群乱成一团麻。

4 月 16 日，盟军第 12 集团军，推进达易北河。

4 月 19 日，盟军第 12 集团军攻占战略重镇莱比锡，并追击溃敌进入捷克斯洛伐克境内进行围歼。

同日，德军驻守鲁尔区的 B 集团军投降，B 集团军总司令莫德尔元帅自杀。

4 月 25 日，苏军乌克兰第 1 方面军与美第 1 集团军官兵在托尔高地打败德军最后抵抗后，两支胜利之师在易北河上会师。于是东西欧两大反法西斯战场联结起来了。

盟军在欧洲战区的胜利，标志着距离德国法西斯灭亡的日子屈指可数了。第二次世界大战欧洲战场马上就要由盟军画上句号了。盟军首脑们（英、美、苏）早在 2 月 4 日到 11 日就在苏联克里米亚的雅尔塔对战后世界进行研究，这是继德黑兰会议的又一次重要会议，会议最后确定了彻底铲除纳粹，分区占领德国，就苏联对日作战等签订了《雅尔塔协议》（牺牲了中国的利益），并发表《克里米亚声明》。

第三十八章　美第20军攻击推进

小引

1945年2月6日上午11点，巴顿将军指挥的第3集团军第20军，在萨尔河与摩泽尔河的三角地带，又与德军沙达康少将指挥的装甲部队展开了恶战。美军亚特罗上校乘坐一辆装甲车，在急袭的炮火掩护下直扑沙达康少将的阵地，炮火的硝烟淹没了战场。亚特罗看准了时机，即刻对跟上来的坦克命令：

“一战”中双翼战斗机还是空军主力，但“二战”是它们的黄昏

“肯鲁巴少尉，炮击左前敌坦克，快压上去，压上去！”

肯鲁巴少尉回答：“明白！”说着亲自驾驶坦克，冒着德军密集的炮火前进，坦克炮与坦克上的机枪同时开火试图压制德军反击的弹雨，德军打在美军坦克甲板上的子弹“哗啦”响成一片……

阿登战役结束后不久的一天深夜，巴顿将军的顶头上司布拉德利（集团军群总司令），与巴顿共同研究制订作战方案，并示意左右作战参谋退出后，两个好朋友展开了正面交谈。巴顿心直口快地问：“布拉德利将军，阿登山战役结束后，战场权力我们掌握了，你们知道吗？”

“巴顿将军，”布拉德利忙说，“你可要知道，希特勒在莱茵河西岸有 85 个师的兵力，而且是死守阵地，撤退者一律处死，你知道吗？”

“这是希特勒惯耍的残毒伎俩！”巴顿说，“我相信艾克（指艾森豪威尔）会再策划一次大战役，在莱茵河地区吃掉这 85 窝狼！”

“乔治，”布拉德利对巴顿说，“艾克已经确定了你想打的战役。英军总参谋长布鲁克子爵指使蒙哥马利，在我们盟军中争夺军事指挥权！这是艾克迟迟不下决心的原因。”说完他心情极不佳，两手玩弄着一支笔。

巴顿听着顿时脑门上火苗窜动，突然他狠狠地一拳击在桌子上，怒气冲冲地叫道：“英国人为什么老是与我们过不去？”说着他盯着布拉德利。

布拉德利听着，在一旁煽风点火：“当德军在阿登山发起闪电突袭时，蒙哥马利已经取得了阿登山以北战场所有部队的指挥权，现在他不但不交出这一权力，还企图通过布鲁克子爵在盟军中的影响，出任艾森豪威尔将军的地面部队总指挥……”

“他们想让世界公民知道，是英国军人在主宰反法西斯战场！”巴顿忙截断布拉德利的话，“夺权，这是蒙哥马利……”

“乔治，”布拉德利说，“蒙哥马利在昨天的军人大会上声称，盟军的兵力、装备都不可能在两个战区向德军攻击，他认为只有在他的正面（北部战场。作者注）发起攻击才真正有力！”

“啊，我明白了，”巴顿说，“若在他所在的北部地区展开攻击，他既争取了地面部队的总指挥权，又能阻止和控制我第 3 集团军的军事行动！”

“蒙哥马利太荒唐了，”布拉德利说，“我已经多次告诫艾克，不能满足蒙哥马利。艾克告诉我，英国人的要求不但在他那里通不过，而且就算他们利用丘吉尔的影响，在参谋长联席会议上也是通不过的。”

“听说蒙哥马利以辞职来向艾克施加压力？”

“有这么回事，”布拉德利回答巴顿，“我军在西线战区有 50 个作战师，而英国人仅有 15 个师。我们占有绝对优势，他辞了职我们就收编他的部队。他是

舍不得放弃这个权力的！”

布拉德利此时与巴顿的心是紧紧相连的。作为集团军群总司令，巴顿由布拉德利指挥，无论他俩多么有力地向艾克报告战场态势，在艾森豪威尔的面前都没有权力左右战场，只能粗暴愤怒地发泄一通不满，除此之外又有什么办法呢？

很快，巴顿收到布拉德利从艾森豪威尔那儿拿来的作战命令附本，那上面明确地写着：

“蒙哥马利元帅所指挥的第 21 集团军，应包括美国第 9 集团军，其作战任务是，夺取奈梅亨到杜塞尔多夫地区的莱茵河西岸防线，蒙哥马利所部处于主攻；与此同时，由布拉德利将军指挥的第 1 集团军，占领鲁尔大坝后，命令所部立即占据有利地形，确保蒙哥马利指挥的美第 9 集团军南翼的安全。布拉德利应注意，只要第 9 集团军进抵莱茵河前沿，第 1 集团军应向科隆进攻，其战略是切断德军莱茵河西岸的退路……第 3 集团军巴顿将军所部作为预备队，随时准备增援……”

“简直是一群笨蛋，笨蛋！”巴顿读到这里大发雷霆，“怎么能将最后胜利的花环戴在英国人头上！”

“乔治，生气又有什么用，艾克已经与马歇尔磋商过，罗斯福总统点了头。”布拉德利说。

“蒙哥马利不但不具备指挥大战役的资格，同时也没有这个天分，只有我与你联合，”巴顿指着布拉德利，“才能完成这神圣的使命！”

“抱怨已经是没有意义的了，”布拉德利奉劝巴顿冷静，“我已经给你找了条通向花环的道路。”

“什么，你给我找到了又一枚勋章？”巴顿似笑非笑地说，“让我第 3 集团军袖手旁观吧！”

“乔治，我们在艾佛尔正面发起攻击！”布拉德利挥舞右手，“给蒙哥马利点颜色看看！”

巴顿一听忙走到地图跟前看了看，沉思片刻后说：“我明白了，这是将向北溃败的德军堵住，让他们又退回去跟蒙哥马利干！”

“理解非常正确，”布拉德利赞扬地笑了，也走到地图跟前，指着两条红色线条说，“达到这一战略目的后，第 3 集团军立即突破摩泽尔河西岸的德军齐格菲防御阵地，直逼基尔运河德军装甲兵与步兵共同建筑的防区，争取最大胜利！”

巴顿将军听着没有立即表态，他沉思良久才抬头一字一顿地问：“若是蒙哥马利看出我们的战略战术，向总司令控告我们呢？”

“我们可以直言相告，这只是进攻性防御战，不会有更大的动作，更不是在与他比高低！”

巴顿将军听布拉德利这么一说，心里有底了："好，立即下达命令，部队向艾佛尔进击！"

现在，美军肯鲁巴少尉奉亚特罗上校的命令，冲抵德军装甲部队阵前，四辆德军坦克呈两路纵队分两个方向攻击上来了，大有几炮就捣毁肯鲁巴少尉的架势。肯鲁巴少尉一看后面跟进的坦克，被德军密集的反坦克炮火阻止住，不能冲上来，便用电台报告："上校，敌企图围歼我，请求后续坦克冲过敌火力封锁线！"

"肯鲁巴少尉，冷静，冷静，我正组织战车向敌迂回攻击，一定要保存自己，吸引敌人！"

"肯鲁巴明白！"

德军施培拉上尉指挥着四辆坦克，他与诺菲纳中尉的战车保持同步攻击前进，处于肯鲁巴少尉战车的正面。由于肯鲁巴亲自操纵火炮急袭，德军施培拉的坦克炮塔上的机枪已经被炮火打掉，坦克甲板上搭载的士兵无一幸存，施培拉上尉看到炸死的官兵尸体挂在坦克甲板上左右摇晃，猛地拉开坦克门对炮手命令："掩护诺菲纳中尉攻击！"

"上尉，诺菲纳中尉的战车被炸中，正停在我们左后百米之处！"炮手回答，"中尉已经打出旗语，请求帮助！"

施培拉一听忙关闭坦克门，通过瞭望孔他注意到，诺菲纳的坦克停在一个小土堆后面，正用炮火反击美军，而美军坦克不顾被捣毁的危险攻击推进。

"快，从左侧冲上去，撞翻美军坦克！"施培拉上尉命令，"撞上去！"

坦克炮虽然还不能像榴弹炮那样比威力，但灵活机动，是战场上活动的炮兵阵地，特别是掩护步兵争夺某一局部阵地，可以把优势发挥到最佳。但是敌对双方的坦克相距很近时，各自的坦克炮都处于炮击的死角，若没有步兵搭乘坦克跟进，在坦克与坦克之间寻找坦克的弱点处撞去，谁能撞翻对方，谁就是胜利者！

今天上午，德军面对美军大举进攻，德军前沿阵地指挥官一边请求增援，一边组织部队反击。担任军部司令部警卫的装甲指挥官施培拉上尉，一看战场处于关键时刻，立功心切，寻求晋升机遇，便找到军部作战参谋，了解到需要组织一个装甲小组打掉或阻击美军先头部队之后，便用头担保率部打掉美军先头部队！

美军的炮火急袭时，施培拉的坦克全部进入隐蔽坑道，加上良好的防炮建筑，炮火中虽有几辆坦克被炸毁，但他指挥的四辆坦克却完好无损。施培拉还在庆幸时，步兵指挥部报告，一支美军坦克部队搭载步兵，已经越过两道防线，进入第三道火力封锁区，请求坦克增援。具有实战经验的施培拉上尉举起望远镜一看，忙跑到炮兵阵地，对指挥官贝文科说："中尉，用炮火将美军后面的坦克阻止住，我们去收拾最前面的那辆！"

“上尉，你的战术是一口一口地吃吗?”

“中尉，你的理解完全正确!”

炮兵中尉执行着封锁美军后续部队的战术，贝文科一直站在炮兵指挥部的制高点上，炮火的硝烟已经淹没了大地，淹没了美军坦克!

肯鲁巴少尉击毁德军诺菲纳中尉的坦克，转过炮口直逼德军施培拉的坦克时，一发德军炮弹射过来在坦克左后爆炸，两名跟进的士兵不幸一死一伤。肯鲁巴看到左手负伤的中士吃力地从地上翻起，右手拿起冲锋枪向德军坦克上的机枪手一阵急袭，德军坦克上的机枪手应声栽倒，中士拿枪继续向德军冲击!

“中士，快上车!”肯鲁巴少尉从炮塔上伸出半截身子，命令坦克停住，对中士大声命令。

“长官，我……”中士没有说完又一次中弹倒下了，他手中的枪在急促地扫出一串子弹后就停射了。

“快速冲击，速射!”肯鲁巴少尉命令。

又一辆德军坦克被击中起火，施培拉上尉一看心惊肉跳，狠狠地一巴掌打在炮手脸上:“滚开，让我来开炮，开炮!”

“长官,”炮手忍着疼痛哀求,“美国人大批坦克突破我方火力封锁线，再不撤就没有时间了!”

施培拉上尉望着突破火力网的美军坦克压上来，惊恐的冷汗流下来了。

美军肯鲁巴少尉一看德军开始溃退，马上命令驾驶员:“加大油门，立即杀上去，杀上去!”

在萨尔河与摩泽尔河的三角地区，美军的攻势一轮比一轮打得漂亮。巴顿收到了来自一线的电文:

“……今天各路部队进展顺利，第20军肃清了萨尔河与摩泽尔河的三角地带守军……”

“第20军战果辉煌，立即通告第7军、第8军，激励他们向基尔运河、莱茵河西岸攻击前进!”巴顿将军下达完命令，又拿起桌上的手枪:“备机，到第7军前沿指挥部!”

30分钟之后，巴顿将军乘坐一架飞机直飞基尔运河……

第三十九章　向基尔运河推进

小引

美第 3 集团军第 7 军前沿阵地，盟军与德军厮杀得胜败难分，由于巴顿将军亲临一线督战，官兵们越打越勇！

盟军轰炸鲁尔区

2月7日中午12点，美军团长比列·施莱德中校，跑步赶到一个重机枪阵地时，连长摩克迪上尉迎上来报告：“长官，攻击被敌暗堡火力阻止住，请求大口径炮火支援！”

施莱德中校眨了眨眼睛，指了下正在开火的德军火力点说：“炮兵部队不可能马上赶到，”他抬头扫了眼手表，“时间不多了，请你立即率爆破队炸掉它，我组织火力掩护你行动。”

“长官先生，伤亡会很大的！”

“乘坦克抵近攻击！”施莱德中校命令，“没有大口径炮火支援，我们也能向基尔运河快速逼近！”

摩克迪上尉点了点头，命令爆破队分乘三辆坦克借助山路作掩护接近目标！

德军的火力点安置在两山之间的绝壁上，四周是茂盛的树林、杂草。这座火力点的两侧有六门野战炮，可直射从山间公路上通过的任何车辆、步兵，而第7军若要逼近基尔运河，必经这条公路。担任开路先锋的施莱德中校现在心急如焚，后续大部队于下午5点之前必须通过这里赶到前面的格达斯村，拿不下这个德军火力点将会给后续部队造成巨大伤亡！

“报告上尉，坦克被山中一条河阻止住！”一个中士报告，“河对面有德军隐蔽火力！”

摩克迪上尉一听大吃一惊，忙跳下战车跟着中士跑到坦克前面一看，一条山洪冲积的山间小溪横在眼前，虽然不宽但多年冲积的泥沙形成的河床全是泥浆，一辆冲在前面的坦克已经陷进去了，大半个坦克没入泥面，几十个美军官兵正在泥水中挣扎，德军机枪正追扫着。

“打！”两辆坦克上的炮急袭上去，硝烟淹没了德军轻武器火力，而德军悬崖上的大火力点上的6门野战炮，几乎是同时开火劲轰美军两辆坦克，炸得坦克四周沙石乱飞。

“全体下车，用树枝作支撑过小溪！”摩克迪上尉命令，“坦克炮原地隐蔽掩护攻击！”

搭乘坦克攻击前进的美军爆破队员，分别背着炸药包与轻武器，利用临时收集的树枝作支撑向小溪对面游去！

德军中心火力点里，指挥官斯特劳少校走出后通道，爬上中心火力点上面的大石头后面时，瞭望哨炮兵正倒在血泊中，他大吃一惊疾步上前双手抱住他，奥桑尔中尉突然大声道：“长官，他是个叛徒，叛徒！”

斯特劳吃惊地迎住他的目光：“中尉，谁是叛徒？”

“中士在瞭望哨位置上，一连向空中打出9发信号弹，我就击毙了他！”奥桑尔中尉说，“他在用信号弹引导美军炮击！”

斯特劳少校听着突然大吼："仅仅是打9发信号弹，就能证明他是叛徒？"

奥桑尔中尉有些惊恐地不语。

"报告，萨地雷中尉阵亡！"一个士兵跑过来向斯特劳少校报告，"美军一支人数不详的突击队，已经越过小溪，突破我方萨地雷中尉的防线，步兵阵地告急，请求炮火急袭增援，协同收复失地！"

丢掉山下的步兵阵地，中心火力点就失去警卫，斯特劳少校顿时心朝下一沉，忙举起望远镜向山下的防线看去，小溪边的阵地已经丢了，几乎所有的官兵都在向中心火力点逃生，美军在他们身后追击，伤亡又在不断地增加。

"中尉，"斯特劳少校回过头，"立即下去，指挥步兵在山下堵击，溃逃者一律处决！"

奥桑尔中尉犹豫着没有立即转身就走，而是沉默片刻后问："长官先生，我带一个班去把他们赶回阵地？"

"他们的阵地已经被美军突袭部队攻占，现在应原地反击，争取把美军赶过小溪！"斯特劳少校说，"你带去的机枪班，督促步兵反击！"

"是！"奥桑尔中尉回答，"第2机枪班跟上！"

战前，德军斯特劳少校是指挥一支部队撤向基尔运河防线的。4日晚上，副师长蒙·冯泽里上校心急如焚地闯进斯特劳的指挥所，见他正与一个上尉谈话，就一挥手大声说："少校先生，立即结束谈话！"

"报告上校先生，我正……"

"执行命令，少校先生！"

上尉起身走了，冯泽里上校盯着斯特劳说："把你的部队交出来！"

"为什么，长官？"

"你将部队交给上尉指挥，你立即进入这里作战！"冯泽里上校说着，用右手指点住地图一标志，"你要像一把锋利的剑在这里卡住美军，决不能让他们突破这道防线……"

斯特劳少校两眼盯住地图的防守工事，他明白卡住这条公路的唯一可利用地形就在这里。

"副师长先生，完成阻击任务后我们向什么地方撤退呢？"斯特劳少校问。

"在基尔运河防线，我们的工事没有完全修好，增援的三个装甲师正在途中，你只要在这里将美军阻挡住48小时，就算是立下大战功！"冯泽里上校说着背手踱了两步，"至于向什么地方撤退，我想你应该执行元首的命令，与阵地共存亡，撤到上帝那儿休息吧！"

又是死任务，但斯特劳少校不敢反抗，只有执行！

进入悬于两山之间的中心工事，斯特劳少校首先将山下小溪边的三门野战炮

撤到中心工事上来，仅用步兵防守，因为坦克炮打击力度不够，再者有那条淤泥极深的小溪足以将坦克阻止住，此时充分发挥中心工事的炮火作用，阻击美军向基尔运河推进，为基尔运河守军建筑防守工事创造条件！

美军摩克迪上尉进抵德军中心工事左侧炮兵阵地前时，一个战士不小心踩响了一颗地雷，巨大的爆炸声惊动了阵地上的德军，引来了雨点般的机枪子弹，又有两个队员不幸负伤。

“长官，我爬上去！”一个上等兵马吉利斯对摩克迪说，“从这儿上，请你给予帮助！”

“伙计，有把握吗？”摩克迪上尉站起来，背靠着一块巨大的石头，“伤亡的可能性很大。”

“上尉先生，我顺着这条路上，正好是敌人火力死角，”上等兵说，“只是炸药包无法挂上工事。”

“伙计，”摩克迪上尉说，“你的计划错了，只有攻上炮兵阵地，才能炸毁中心工事。你上去，打掉炮兵阵地前的两挺机枪！”

马吉利斯点点头直扑上去。

美军的坦克炮在集中攻击，虽然攻击效果一般，但已将德军炮火吸引住了。摩克迪上尉注意到，在敌中心工事两侧喷吐火舌的撕裂声中，火光冲天，马吉利斯上等兵在敌人被诱上当之际，已经悄悄地爬到敌炮兵阵地前的机枪下面了。正是这几挺机枪用密集交织的火力阻止了突击队的道路，只有炸毁它们才是唯一战术！

马吉利斯分开几棵低矮的小树，两眼盯住了德军机枪阵地，十几个德军正在忙活，机枪手大胆地挺着腰扣住扳机扫射，两个弹药手围住一挺机枪，还有两个专门负责瞭望的家伙举着望远镜，各自注意搜索不同的目标。

两枚手雷拉开了拉环，马吉利斯谨慎地向前爬了两步就又埋进草丛中，从低处向高处投弹有一定难度，特别是关键时刻千万不能失手！若是投进敌阵的手雷被敌人抓起反投回来，后果将不堪设想。

摩克迪上尉悄悄地爬上来了，还带来了五个突击队员，他们手中的手雷也拉开了拉环。

“马吉利斯，打上去！”摩克迪命令，“我们一齐打，备弹，听我的口令和手势！”

突击队员们都默默地点头，每人的右手都握着拉开拉环的手雷。

“两人打一挺机枪，立即爬到最佳攻击位置！”摩克迪悄悄地命令，“打完手榴弹就冲上敌炮兵阵地，注意远距离投弹，充分利用敌人的武器！”

各位队员都默默地点头。

“打!”摩克迪下达命令，他手中的手雷随着他的声音落下，只见火光一闪，爆炸声也传来了，顿时德军机枪哑了，阵地上惊叫异常。

“打，再投!”摩克迪上尉命令时，手雷已再次直坠敌营，“冲，冲上去!”

“啊——”突击队员们呼叫着直扑上去!

摩克迪一跃上德军阵地，看到炸翻的敌机枪下压着两个负伤的德军机枪手，这两个家伙正在抓枪准备反击，一枚手雷飞上去正在他俩脚下冒着白烟。两个德军被机枪压住，负了伤一时推不开炸翻的机枪，手雷爆炸了，两个德军在爆炸声中毁灭了。

“上尉，上尉，”马吉利斯在呼唤，“快过来，快过来!”

听到焦急的呼叫，摩克迪立即意识到马吉利斯处于危险之中，他忙循声望去，两个德军正围住马吉利斯，挥舞着刺刀向马吉利斯左右刺去，左手负伤的马吉利斯只能招架，无力反攻。摩克迪抱枪冲上去大吼：“杀!”话音未落，他手中的枪响了，子弹从一个敌人背后射入，从胸口翻转飞出来。这个德军硬挺着扭过头瞪住摩克迪，举枪对着摩克迪，尚未扣响枪，便两腿一软“啊”的一声栽倒了。另一个德军扭头一看同伙战死，企图向左后退，逃进一片丛林，马吉利斯上等兵抢前两步一刀刺进敌人左胸。德军顽强地咬牙双手抓住刺刀，但他终于因力不从心而栽倒，两眼瞪大……

“快，冲进去，炸毁它，炸毁它!”摩克迪上尉命令上等兵，“炸药包甩过去，快甩过去!”

马吉利斯明白了，他抓起地上一个炸药包，拉起炸药包的导火索，当白色的烟直冒时，猛地投向敌机枪阵地后面的炮兵阵地……

“杀上去，跟着我杀上去!”摩克迪上尉命令，他自己率先直扑德军炮兵阵地。

德军炮兵们在机枪阵地被美军夺取的时刻，正争先恐后地直朝中心地堡逃跑。指挥官斯特劳气愤地端起冲锋枪对着门大喊：“不回阵地者死!”

“美军冲上来了!”一个炮兵中士立即回答，“请求长官同意我们……”

“哒哒哒……”一阵急袭的子弹扫向这些企图逃进中心工事的炮兵脚下，“回阵地，不回去统统处决!”

“少校，美军一支突击队攻占炮兵阵地，美重炮已经赶到，正在试射!”一个士兵报告。

“不，那是坦克炮在试射，只是给我们的工事作按摩罢了!”斯特劳冷笑道，“命令炮火点射敌坦克，立即捣毁它!”

“报告长官，两个炮兵阵地全部被捣毁!”一个士兵报告，“我们已经失去炮火攻击力!”

斯特劳少校一听大惊失色，他对身后的作战参谋说：“我们完了，完了！”

“长官，工事外层已被美军突击队攻占，我们只有工事内的一席之地了！”

斯特劳少校听着一屁股坐在地上，两腿一软，怎么也站不起来。他抓起冲锋枪想说什么时，几个大炸药包冒着烟滚进了洞，他猛地扑上去想扔出去一个，此时，炸药包“轰”地爆炸了，斯特劳少校也随之粉身碎骨……

德军中心工事被炸毁了，炮兵阵地被捣毁了，步兵全部被歼灭了，美第 7 军的将士们沿着这条刚刚开辟的血路，直扑德军基尔运河防线，然而，为了第 7 军的胜利血染德军中心工事的美军摩克迪上尉，长眠在这座无名山峰上。

第四十章　扫荡莱茵河西岸

小引

1945年2月12日上午9点，巴顿将军走出他的战时指挥部，一阵急促的电话铃声使他扭过头站住，作战参谋一拿起电话眉头就皱起来了：“啊，是吗，都是事实吗?”

亚琛成为盟军攻占的第一座德国城市

“什么事，哪儿的电话？”巴顿有些焦急地问。

“报告将军，第 8 军在扫荡莱茵河西岸残敌时，被敌一个装甲旅反击上来，请求航空兵增援！”

巴顿沉思着，又回到作战指挥部，自从 2 月 6 日艾佛尔战役打响，各路部队进展十分顺利，第 20 军将士在这次血战中奋勇前进，进击清扫萨尔河与摩泽尔河的三角地区的德军，虽然付出了高昂代价，但也取得了辉煌胜利！第 7 军也是第 3 集团军的主力部队，在向基尔运河逼近的厮杀中，虽然打得很艰苦，但战果较大，正向基尔运河推进！第 8 军的作战任务是清除莱茵河西岸的残敌，没想到中途又冒出个德军装甲旅。部队不能在地面再有较大伤亡了。巴顿将军亲自接通了第 19 战术空军部队的指挥部。他在电话中大声说：“请所有轰炸机，分四个梯队战斗群出击！”

第 19 战术空军部队第 1 梯队战斗群指挥官帕赖森中校首先起飞，率领他的战斗群进抵莱茵河西岸战区上空时，地面一片硝烟挡住了他的视线。冲在他前面的 3042 号轰炸机飞行员罗西康首先作投弹架势，但很快又拉起机头报告：“3042 能见度太低，请求向右迂回寻找目标！”

“3042，执行向右迂回命令！”

“3042 明白！”罗西康少尉回答，并闪电般拉起机头，转过机舵。轰炸机转过沉重的机身，向战区右侧迂回而去。在地面上，美军攻击部队正在脱离德军阵地，间距越大，对轰炸机越有利。

德军装甲兵旅长格拉乔准将举着望远镜，站在一辆坦克的炮塔上向正面战区观察，两个作战参谋左右护卫着他，其中一个中尉小声而又焦急地说：“将军，美国轰炸机群赶到了，我们应该撤进掩体，撤进掩体才是唯一正确的选择！”

“你想当寿星？”格拉乔扭头瞪住他问。

“将军，我是担心你的安全！”

“命令部队冲进敌阵混战，这样美军轰炸机炸弹不光炸毁我们，还会炸毁他们自己的部队！”格拉乔准将命令。

“各战车注意，”作战参谋忙双手抱住电台授话器，背靠在坦克装甲板上，“将军命令，战车一律冲进美军阵地，不给敌轰炸机有机可乘！”

各战车接到命令，都加大油门直扑美军阵地！

“向前冲，快！”格拉乔命令自己的坦克驾驶员，“注意与各车保持距离！”

“将军，为了你的安全我们应用电台指挥作战。”中尉作战参谋忙劝告，“美军地面部队与空中轰炸相结合，他们是要摧毁我们！”

“中尉先生，我前进是死，后退也活不成，不如拼命！”格拉乔准将回答，愤怒地抓起手枪，“前进，今天拼了，拼了！”

德军莱茵河西岸有不少从前线撤下来的部队正在集结。2 月 10 日晚上，佩里鲁少将走进参谋长格拉乔的卧室时，见昏暗的灯光下格拉乔正在流泪，佩里鲁愣了一下，谨慎地问："参谋长先生，你心情不好？"

"将军，"格拉乔准将沉重地抬起头，"这是刚刚收到的电文。"

佩里鲁少将接过一纸电文：

"格拉乔准将阁下，你的弟弟海尔塔上校，在抗击美第 7 军向基尔运河逼近的战斗中，不幸阵亡在前沿，我们在阵地上仅找到他一条大腿……"

"基尔运河防线已经溃败了，"佩里鲁少将说，"伤亡这么大，今后的仗不好打啊。"

"不好打？"格拉乔准将瞪大双眼，"我要在莱茵河前线教训美国人，教训巴顿！"

"准将先生，你有这么大神力？"佩里鲁少将问。

"坦克，我的坦克不是一块废铁！"

"美国人有足够多的坦克，足够多的炸弹、炮弹！"

"不等他们的坦克、炸弹、炮弹运到前线，我就全歼了他们的先头部队，再收拾后续部队！"

"啊，你有这么大勇气？"佩里鲁少将冷笑了，"别人正在大批溃退，而你在莱茵河畔大拼杀，这有可能打胜仗吗？"

"有！"格拉乔准将回答得异常坚决，"请将部队交给我指挥，你率两个团作预备队！"

佩里鲁沉思片刻后说："参谋长，巴顿所部第 8 军正向莱茵河西岸我军防区赶来，这个情报准确！"

"少将先生，我想拼杀一场！"

"好吧，部队由你指挥，有情况我直接增援！"

格拉乔点了点头，直朝部队走去！

现在，格拉乔面对美军轰炸机的低空回旋轰炸，他告诉作战参谋们，只要部队闯入了美军阵地，与美军部队绞杀在一起，美军轰炸机就无能为力了。

"报告将军，美国轰炸机正向我迂回！"一个作战参谋报告，"请立即下达进入隐蔽区的命令！"

"告诉各战车车长，"格拉乔准将命令，"谁畏惧不前就地处决！"

"是，执行将军的命令！"冲在队伍前面的德军伦兰福上尉从炮塔中伸出头来，抬眼见到五个美军已经爬上了他左前的一辆坦克，其中两个正在拼命地掀动坦克炮塔盖，其余的举着反坦克手雷在寻找炸毁坦克的机会。

"混蛋，打这儿！"伦兰福对机枪手骂着，"左前，左前的坦克装甲上！"

机枪手忙转过眼睛一看，果然左前的那辆坦克上有五个美军，他扣住机枪扳机，“哒哒”刚打出一梭子，由于过于紧张机枪打高了，待他压下枪口再打时，五个美军几乎是同时跳下德军坦克，紧接着坦克炮塔上冒出一股黑烟，坦克像一只无头的狼在地上乱窜。

“轰！”火光一闪坦克爆炸了。伦兰福惊恐地对驾驶员命令：

“美军反坦克手已经出动，谨慎前进！”

“报告上尉，美军轰炸机出现！”负责瞭望哨的作战参谋回答，“东南，东南方向！”

伦兰福上尉顺着驾驶员与瞭望哨同时提示的方位看去，他心惊肉跳，美军轰炸机黑压压的一片在空中排成攻击队形直扑上来。

“加速，冲进美军阵地！”伦兰福上尉命令。

德军坦克加到最大油门直逼美军攻击部队。美军攻击部队大踏步脱离战区之时，两军中间的间隔仅5英里左右，美军轰炸机驾驶员罗西康少尉眼力极好，他闪电般驶入德军装甲部队高空，迂回到右侧，正好双眼盯准了美、德军的脱离带，他忙报告：“中校，请注意掩护！”

“明白！”帕赖森中校回答着，闪电般转过机舵，同时又将目光直扫右下，他看到罗西康少尉的3042号轰炸机不停在摇晃左右机翼，飞机的高度最多为2 500米，显然他在寻找攻击目标。

一股黑烟腾空而起，罗西康少尉快速拉起机头，并在电台中大声呐喊：“敌人施放烟幕弹，敌人施放烟幕弹！”

“收到！”帕赖森中校回答，将飞机的高度拉了一下，飞机从西南方向再次飞临德军上空，“3042，3042，你的下面有几辆坦克正向东飞驰，快炸毁它！”

“3042明白！”罗西康少尉回答时，飞机航向已经从30度调整到60度，在高空向下观察，他看到一辆坦克如同一只甲虫在移动。他忙推了下机头，扔下一枚枚黑乎乎的炸弹后，闪电般拉起机头，又精神地直冲长空。

“各战机注意，3042击中坦克！”帕赖森中校兴奋地在电台中呼叫，“各自立即选中目标攻击，快！”

美军轰炸机杀到了德军装甲旅上空，刹那间炸弹咆哮，爆炸声震耳欲聋，火光一片，空中的坦克甲板在横飞……

德军格拉乔准将看到一辆又一辆坦克被炸，一具又一具死尸被抛向长空又重重地甩下来，地面血水、脑浆横溢……

“将军，撤，快撤呀！”作战参谋呐喊，并拉住格拉乔的衣袖，“美军轰炸机一走，步兵就会杀上来的！”

格拉乔准将默默地扫了眼作战参谋，用不可动摇的语气说：“战死在这里！”

“将军，坦克驾驶员被震晕了！”一个士兵报告。

“你！你去驾驶坦克！”格拉乔命令作战参谋。

“将军，我不会！”

“有谁会呢？”

“会的人伤亡了，即使有现在也不好使啊！”

“我来！”格拉乔准将跳进坦克，看到驾驶员晕倒在驾驶舱里，他头部遭重击，头上一大块淤血，两手还抱着方向盘。

“哎！”格拉乔抱住他拖不动，咆哮一声猛地将他推开，他踏了踏油门一试，坦克不来油，熄火了。

“混蛋，坦克坏了！”格拉乔跃上甲板正大骂，作战参谋已一头栽在坦克炮塔上，他的背部有一大块血迹。

“少将，少将，请求立即增援！”格拉乔抱住电台授话器，“我们伤亡太大了！”

“参谋长，”佩里鲁少将回答，“我们也遭到美机轰炸，伤亡太大，我手头已不足一个排的兵力！”

格拉乔听了大吃一惊，预备队完了，他的装甲旅已经毁灭了，他就是逃出战场回去又怎么交代呢？到时候军事法庭能放过他？活着也只能是暂时的。格拉乔准将无限悲伤地站到坦克甲板上，抓起一个美军突击队员甩到坦克上没有被引燃的炸药包，抱在胸口转身回到坦克里，正要引爆炸药包与坦克共同毁灭的刹那，一双大手狠狠地按住了他的手腕，他忙回头定睛一看，大吃一惊，刚才卧在炮位，满脸是血的炮手从炮弹舱边扑上来：“将军，你不能死，美军不杀战俘！”

“你……你装死！”格拉乔怒气冲冲地吼叫，“你不发炮在里面装死？”

“将军，我哥哥是上尉，被他们生俘放回来了。”中士炮手哀求他，“你不能死，美军会优待你的！”

“中士，”格拉乔冷冷一笑，“你不是怕我死，你是怕自己死了吧？”

“将军，生命只有一次，你应不应该向他们表示珍惜生命呢？”

“废话，战场投降我做不到，你想留下狗命，就出去向美国人下跪吧！”格拉乔向炮塔盖一指，“快走，再晚一点就没有机会了。”

“好吧，给我一个机会！”中士说着向格拉乔友好地一笑，起身推开炮塔盖，当他刚刚探身出去的刹那，格拉乔准将手中的枪响了，中士一头栽倒下来。

“出来，快出来！”美军在坦克外面吼叫命令，“你们的勋章被莱茵河的河水冲走了，这里是我们给你们准备的牛排！”

德军格拉乔准将是不会轻易投降的，他拿起电台授话器：“佩里鲁，你快回答！”

“报告参谋长阁下，佩里鲁少将刚刚阵亡！”耳机中传来作战参谋的回答。

“啊，是吗？上帝也在向我招手！”格拉乔嚎叫着拉燃了身上炸药包的导火索，在巨大的爆炸声中他追随佩里鲁少将去了……

巴顿将军听到第 8 军扫除了莱茵河西岸之敌的报告时，他并不高兴，而是走到地图前认真观察了一会儿地图，问作战参谋：“上校先生，第 8 军扫清了莱茵河西岸的残敌，艾佛尔战役就算结束了，而我们的前面是特里尔城，我们应该怎样扫除这一障碍呢？”

“将军，敌人在特里尔有坚固的防守工事，兵力雄厚，地形也复杂，易守难攻啊。”作战参谋说。

“拿下特里尔我们不但兵力不足，上级也没有命令我们必须拿下它呀？”另一个作战参谋忙说。

巴顿沉思片刻后，挥舞着手中的地图示意棒说：“我一定要夺取特里尔！”

特里尔的争夺战在等待美国第 3 集团军的将士们，一场更大规模的苦战还在后头！

第四十一章　浴血西线的第 3 集团军

小引

美第 3 集团军第 8 军第 90 师于 2 月 21 日进抵一座叫南斯特的小镇时，天下起大雨，由于气温很低，官兵在雨中行进异常困难。瞬息万变的战场形势，存在着极多未定因素，使美军军官们难以做出正确的预测。这时承担全师突击开路任务的第 90 师作战参谋布塞坡中校赶到部队的最前沿，当他看到大雨里一片炮声中喷射的火光时，他明白德军的反击异常顽固，忙跑步进入重机枪阵地。重机枪阵地硝烟滚滚，不见一个官兵，他忙大声呼叫："都死了吗？"

美第 1 集团军进入亚琛

“报告长官，”一个少尉从隐蔽洞中伸出头，“避炮，我们正在避炮!”

“德国鬼子的步兵压上来了，你们还在洞里等死?”布塞坡中校怒骂着命令，“进入阵地!”

美军官兵在布塞坡中校的死命令下，只好冒着德军密集的炮火进入各自阵地。顿林克少尉爬到一挺被炸翻的重机枪跟前，抱住机枪咬着牙朝上推，这时泥土中冒出一只血淋淋的手。顿林克少尉惊异地放下手中的机枪，顺着那只手拼命扒开土，一下子冒出一颗戴着军帽的人头，少尉伸出双手抱住对方的脖子从泥沙中把他拖出来，这位上等兵突然长长地喘了口气盯住顿林克，好半天才从嗓子眼挤出两个字：“长官!”

“怎么回事?”顿林克少尉问。

“敌人三颗炮弹掀起的泥土把我给埋住了!”上等兵说着擦了把脸上的泥土，“长官，让我出击，全歼他们吧!”

“带上足够的机枪子弹，杀进这个小镇!”顿林克少尉说着，向后扫了眼，“第二班，快上来!”

第二班上来了，顿林克左右扫了眼他们被硝烟熏黑的脸，沉重地问：“你们班长呢?”

“报告少尉，正副班长全部战死!”一个士兵回答。

“啊?”顿林克惊异地叫了声，将脸转向上等兵，“卡罗特，你是二班的老兵了，我命令你杀进敌人阵地，从这个方向前进!”说着向战壕右侧一指，“注意隐蔽，我们用火力吸引敌人，掩护你!”

卡罗特上等兵点了点头，带着浑身的伤痕，被鲜血染红军衣的身子悄悄地隐进硝烟之中……

顿林克少尉一看上等兵如此英勇，一时热血沸腾，忙走到三班长跟前：“迫击炮还有几门是好的?”

“四门!”三班长回答。

“你带着四门炮向卡罗特他们靠近，发现敌火力扫射他们，就坚决打掉!”顿林克少尉命令，“决不能给二班再造成伤亡!”

三班长吕利深点了点头，率领四门迫击炮，扛着炮弹直扑德军阵地。

“一班与四班注意，”顿林克少尉命令，“越出战壕，抵近敌火力点正前攻击!”

美军出壕作战，伤亡的代价肯定不会小。

德军在南斯特小镇的守军司令拜伦拓上校，这时因右腿被炮弹片削掉一块肉，正坐在担架上包扎伤口，两个作战参谋分别站在担架两侧，一个电信兵正在大声与前沿阵地通话，几乎所有的作战参谋都在忙着作撤退准备。拜伦拓的伤口刚包扎好，两个抬担架的士兵就蹲下去准备抬担架走，拜伦拓上校举起手示意他们停下，低语问："美国人已经进抵到什么地方？"

"报告上校，"一个中尉作战参谋从后面走过来，"美军突击部队已经突破二营四连阵地，二营长与四连长阵亡，二连正向三连阵地溃退！"

拜伦拓上校抬起头问："美军突破四连阵地的有多少部队？"

"不很清楚，但有迫击炮在协同攻击！"作战参谋回答，"上校，是否让团特务连反击一下，把这股美军赶走，夺回四连失去的阵地？"

拜伦拓上校不语，特务连连长站着等待命令。

从2月6日开始，美国第3集团军打响艾佛尔战役，拜伦拓上校就进入一线作战，2月5日他从少将那儿赶回自己的作战指挥部，几乎所有的少尉以上军官全部坐在他的指挥部临时会议室，参谋长夏诺基中校一见他回来忙走过来："上校，你知道了吗，美军明天将向我军莱茵河西岸防线展开攻击！"

"啊，你们怎么知道的？"拜伦拓上校惊异地问。

"你刚刚离开少将先生的指挥部，将军的作战参谋就打来电话，并命令我们召开少尉以上军官会议，准备与盟军血战……"

"走，统统都各自回部队！"拜伦拓上校气愤地命令，"敌人突袭上来，谁掌握部队？"

"上校，既然来了……"

"没有军官的部队，不如一群羊，"拜伦拓命令，"电台，电话传达命令！"

军官们只好怏怏地各自回到部队等待电话传达命令。果不出拜伦拓所料，军官们刚刚回到部队，有的还在途中时，美军的重炮开始齐射，将几个阵地的电讯破坏，高大的德军炮兵瞭望塔倒下了，一座又一座的碉堡被远程大炮摧毁，但是德军兵力、装备特别是坦克、装甲车没有遭受损失，在后来的战斗中发挥了巨大作用，给美军造成巨大伤亡。拜伦拓的部队在阻击美第8军的激战中伤亡更重，他所在的师及团部几次被美军追击，共有5座城镇和67个村庄被美军连连攻击，而眼前的南斯特小镇目前极具战略价值，军长、师长已经告诉他，必须在南斯特小镇将美军先头部队堵住到22日凌晨，掩护军部、师部撤离战区！足有两个团的兵力组成的防线眼下被美军突击队攻破，夺回失去的阵地更是要付出血的代价！

"特务连，"拜伦拓不敢再多虑了，"把四连失去的阵地夺回来！"

"是！"德军特务连连长立正挺胸回答。

德军的大举反攻开始了，重炮不断地轰击美军阵地。卡罗特在吕利深他们掩护下，正向德军纵深前进！

"上士，敌人！"一个中士报告卡罗特，"左前有大批敌人！"

卡罗特上士忙向中士提示的方位看去，被硝烟掩盖住的山坡下的一条公路上，一股德军在朝西南方向溃逃，其中有十几辆小汽车在队伍中间，几十匹高大的战马上有人在向四周观察。

“中士，”卡罗特问，“我们到了什么地方？”

希姆厄中士拧紧眉头朝左右看了看说：“不清楚，不过可以肯定，我们已经闯进敌人纵深区了。”

“报告，我们抓住一个德军中尉！”背后有人惊喜地报告，“一个负伤的家伙，但能讲话。”

“啊，带过来！”卡罗特兴奋地命令，“快带过来！”

“这家伙挺凶，他想自杀被我们夺下手枪！”又一个士兵报告，“这是他的鲁格尔手枪，全新的家伙。”

卡罗特接过手枪看了看，打开保险盖，握着枪走到抬德军的担架跟前，似笑非笑地问：“中尉先生，你想自杀，现在吗？”

“他想死……”

“滚开！”卡罗特打断抢话的士兵，“现在不是你当战俘的时候！”

下士白了卡罗特一眼，只好不吭声了。

“想死，太容易了！”卡罗特用目光盯住德军中尉，“我们既然想你死，就不会精心给你包扎伤口，明白吗？”说完淡淡一笑，“打完仗，我们把你送到你妻子身边，你的右腿残废，我们会给你安装假肢的，好不好，中尉先生？”

“这么说你会遵守日内瓦公约？”德军中尉吃惊地问。

“杀战俘的只有纳粹！”卡罗特上士说，“真正的军人珍惜每个战俘的生命，其中当然包括你。”

德军中尉愣着。

“喂，这是你们哪一部分的？”卡罗特问德军中尉，“请告诉我，欺骗是自杀！”

德军中尉看了看山下公路上的溃逃队伍说：“是师司令部正在溃退！”

“有多少警卫部队？”

“一个营，还有通讯、工兵各一个连。”

一听部队不多，卡罗特心里异常高兴，忙对身后的通讯兵说：“快向三班通报，让迫击炮小组立即占领左前的山头，攻击敌师司令部，火力要猛！”

“是！”通讯兵回答后就开始与三班长通话。

“机枪占领高地，一律隐蔽，没有命令不准开火！”卡罗特命令，快速地跑步向前，“机枪交给我！”说着就去夺中士手中的枪。

中士忙双手抓住枪扭过头：“上士，你的机枪在德国人手中，你去夺！”

“伙计，”卡罗特忙笑着向对面一指，“三班的迫击炮一响，敌人肯定会夺路而逃，我们占据有利地形，用子弹欢迎他！”

中士一听惊喜地说：“我明白，请给我一箱子弹，我需要一箱子弹！”

卡罗特上士笑了，他与中士刚爬上那座高地，三班的四门迫击炮已经打响了，急袭的炮火打得德军阵营一片混乱，汽车被炸翻了，战马有的被炸死、有的被炸伤，还有些没伤没死的受惊乱窜，有的战马拖着主人的死尸在队伍中狂叫飞驰，德军处于无组织状态，正是大举攻击的最佳时机。

“二班注意，”卡罗特命令，“所有手雷投进敌营，轻武器占据有利地形。”

“投弹……”

德军拜伦拓上校这时惊恐不已，他双手抱住无线电授话器正在颤抖，嘶哑着嗓门：“报告将军，我们正在组织兵力集歼这股突进我方纵深的美军！”

“上校，”耳机中传来师部作战参谋恶狠狠的声音，“不惜一切代价，立即干掉他们，啊……”

拜伦拓上校听到惊叫，紧接着电台通讯中断，不用问这是对方被击毙或是重伤了，他对左右命令：“跑步……”

“上校，美军大批坦克冲上来了！”有人惊呼，“快撤！”

拜伦拓上校扭头扫视，四周全是美军攻击部队，他们冲上来了，坦克上搭载的冲锋的步兵，架着机枪协同坦克炮攻击开路，美国人胜利在望，南斯特防线被美军突破了。他转过身来看到左右作战参谋与卫队，大家已经做好了最后拼命准备，有的拿着揭开保险盖的手榴弹，有的端着枪卧倒在炮弹坑中，有的伏在石头后面。

“团司令部官兵集合！”拜伦拓上校命令。

官兵们听到命令，有的朝上校奔过来，但有的根本就不理了，两眼在寻找逃命的方位。

“集合！”拜伦拓上校再次命令，并“哒”的一枪警告隐蔽在弹坑中的一名怕死的机枪手。

官兵们都拿着武器围过来了。

拜伦拓上校问一个作战参谋：“还有几个炸药包？”

“五个。”作战参谋回答。

拜伦拓上校命令：“向我靠近，围住我站着！”

二十多个官兵把上校围住站成一个圈。

“德意志帝国的军人们！”拜伦拓悲哀地说，“盟军已经切断我们的退路，军部、师部都完了，我们应该与南斯特阵地共存亡！”说完，他将五个炸药包的导火索拧在一块儿。随后上校点燃了炸药包，发出一阵歇斯底里的怪笑，在巨大的轰鸣声中这惨笑声被淹没了……

美军胜利地向前推进！

美第3集团军的作战指挥部里，巴顿将军亲自拟好电文发给盟军最高指挥官艾森豪威尔：

“阁下，1945年2月21日西线战场，我第3集团军各部浴血在一线奋战，第8军第90师已占领战略目标；第7军第80师扫荡了奥尔河与盖伊河之间的防线之敌；第20军第10师向萨尔河攻击推进……”

第四十二章　攻占特里尔

小引

1945 年 3 月 1 日，巴顿将军率部攻打战略重镇特里尔，战斗进行得格外激烈！

盟军渡过莱茵河后于 1945 年 4 月 1 日合围了鲁尔区的德军守军

上午 11 点，第 10 装甲师副参谋长埃利奥上校从坦克中跳出来，五辆冲在最前面的坦克其中有两辆被德军反坦克炮击中，埃利奥上校焦急地命令：“各战车注意，集中火力反击敌炮阵地，攻击前进，争取下午 3 点之前攻占特里尔！”

“前进！”各战车车长在电台中呐喊，战车搭载步兵直扑特里尔城郊德军坚固的防线工事。

早在 2 月 12 日，巴顿的第 8 军扫荡了莱茵河西岸残敌，第 7 军向基尔运河进逼，第 20 军在三角地区战果辉煌的时候，巴顿在胜利的激情中走进作战参谋部，盯住极为机敏的作战参谋麦荷赫上校。麦荷赫原为第 7 军第 80 师的参谋长，后调第 20 军军部任作战参谋。在一次作战例行会议上，他报告第 20 军作战部署时不用手稿，极为流畅，面对巴顿与其他将校的提问时对答如流，对战略战术的研究又有独到之处，因此巴顿将其调到身边，由中校晋升为上校。现在，麦荷赫上校一看巴顿进来的脸色、神情，就意识到巴顿将军心中有事，他立即用等待提问的神情注意着巴顿，听他说什么。

“上校，我们的进军异常顺利，第 20 军、第 8 军与第 7 军在各自的战区极有建树，你注意到下一步战役的整体发展吗？”“将军，我与各位作战参谋正在研究这个问题，”麦荷赫上校说着用手指向地图，“特里尔城挡住我第 3 集团军的攻击路线，是我们前进的障碍！”

“真是块将军的材料！”巴顿立即大加赞扬，“说下去！”

经巴顿这么当面大力赞扬，麦荷赫上校有些不安地眨了眨眼睛，手指离开地图。

“说，大胆地说下去，看你跟我想的是不是一回事。”巴顿说。

麦荷赫上校又重新将思路调整过来：“特里尔城不大，但四周及远郊德军工事布局都依托复杂的地形，构筑了坚固的工事，守备兵力雄厚，武器优良，凭我们现有的装甲力量只能是拿鸡蛋撞石头！”

“你是说需要有一个装甲师发起正面突袭？”

“对，至少我认为是这样！”麦荷赫说。

巴顿听着默默地点了点头，背手踱了几步后微微地挺了挺胸说：“你说的有一定战术意义，若是我们手中还有一个装甲师能与 94 师协同作战，就能突进特里尔城。可是我到什么地方去找一个装甲师来呢？”

“将军，你能不能向友邻部队借呢？”麦荷赫提醒。

“仗打得这么残酷，装甲师是手中的宝刀，谁会同意借呢？”巴顿说，“这不可能。”

“将军，第 10 装甲师以前本来就是你麾下的部队，我们能不能打通总司令部的史密斯呢？”麦荷赫问，“请他出面是有可能的。”

“对，这是个好主意，”巴顿精神大振，“我还知道，艾森豪威尔将军的作战部长布尔、怀特利两位将军作用很大，特别是布尔将军，我跟他们个人关系还不错。我马上出发到巴黎去，作迂回借第10装甲师的战术!”

“只要第10装甲师加入我们攻击的行列，特里尔防线的德军就要全部结算伙食费!”麦荷赫兴奋地回答。

巴顿也笑了，他点点头就进入具体安排。

2月14日，巴顿把自己装扮成地道的旅行家，带着来巴黎寻开心的神情走进他要去的地方。爱寻乐的史密斯将军欢快地告诉巴顿：“老伙计，我请你去打猎，该可以轻轻松松吧?”

布尔将军、怀特利将军、史密斯将军都喜欢狩猎，跟巴顿有同样的爱好，这是个拉关系的良好时机，巴顿绝对不会错过，他要把握时机争取得到这些实权派的鼎力相助!

在狩猎休息阶段和往返山区的途中，巴顿有意地将第10装甲师的特点告诉了三位将军，并请将军们畅饮美酒。巴顿在三位将军的脑际留下了美好的记忆。巴顿回到自己的作战指挥部，经过再次策划他电告布尔作战部长，请求他同意将第10装甲师暂借给第3集团军使用一个时期。作为艾森豪威尔的作战部长，布尔手中握有实权，从某种意义来讲他可以算作半个艾森豪威尔。听到巴顿的要求，布尔部长手捂住话筒，扭头对艾森豪威尔的参谋长史密斯说：“参谋长先生，巴顿请求借用第10装甲师。”

史密斯将军听着沉默了一会儿说：“巴顿前天狩猎时大讲第10装甲师的攻坚能力，是别有用心的?”

“将军，”布尔部长说，“我们可以直接告诉巴顿，第10装甲师暂时交给他指挥可以，但只能用这支部队打一次仗，也就是说，扫除三角地带的德军后立即归还建制!”

“这么说你同意?”史密斯笑着问。

“看来你也同意嘛。”布尔将军顺水推舟地说。

“好吧，”史密斯将军说，“请你告诉巴顿将军，第10装甲师仅作一次战斗就归还建制!”

就这样巴顿利用狩猎的机会慷慨解囊，请诸位将军开怀畅饮，就将第10装甲师的使用权争到了手。一个装甲师在眼下是一群猛虎下山呢!

巴顿将军所在的西线战区，第3集团军旗开得胜，一天晚上，巴顿在司令部兴奋地关注各路战将战绩，电话铃响了。巴顿拿起电话，原来是集团军群总司令、他的上司布拉德利将军的电话，两个能互相理解、支持的老朋友在电话中客气了几句，布拉德利将军提高了嗓门在电话中说：“老伙计，最高司令部又制订

新的作战计划啦！”

“对我有利吗？”巴顿忙问。

“可能对你正兴奋的神经来说是注进一点烦乱剂。”布拉德利说，“你应有足够的思想准备！”

“准备什么，我的准备够多了。”巴顿说着，心中已经压上一块石头，“什么计划？能透露点吗？”

“是这样，”布拉德利将军说，“总司令部决定，由蒙哥马利元帅率主力，在北部地区对德军主力部队展开主攻。你指挥第3集团军，直向艾佛尔方向攻击推进，具体攻击路线是，横穿莱茵河，在法尔茨地区发起突袭，其战略是对蒙哥马利部进行协同配合作战。”

巴顿听着问：“你认为呢？”

“很简单，对于如此重要的战区，你的第3集团军战功显赫，而此时只能去担任蒙哥马利的配角，我感到极为不快！”布拉德利将军明确自己的观点，“我对总部有意见，想通报你后再反映上去！”

“不，”巴顿将军突然显得有几分兴奋，“我认为这是一种战场机遇！”

“机遇？”

“对，完全是胜利的机遇！”巴顿激动起来，“我认为，在总司令指定的范围内，我有权力扩大进攻范围，争取辉煌的胜利！”

“啊，你的战术呢，向什么方位发展？”

“部队打过基尔运河后，沿萨尔河渡口以东的深谷，直向南攻击推进。若装甲部队与摩托化步兵能更好协同，互相支援作战，部队很快就能突进到莱茵河畔。我就是要抓住这个战机！”巴顿说。

“对，军人，特别是高级指挥官，就是要抓住战机实现自己的作战才能！”布拉德利将军在赞扬中同意了巴顿的作战计划。

与蒙哥马利将军同一战区作战的巴顿，很理解蒙哥马利争取到主战场的目的，其实战争只要炮一响，特别是这并不十分辽阔的战场上都有着互相支持、影响敌对方战斗力的作用。巴顿于22日命令第3集团军全线攻击推进。4天后，也就是25日深夜12点，他在电话中激昂地对布拉德利报告：“将军，我先使你失眠吧。”

“又打大仗啦？”布拉德利兴奋地问。

“对，”巴顿将军自豪地说，“从2月22日全线发起攻击到现在的4天中，所有在萨尔河到摩泽尔河三角地区的德国鬼子统统被我军铲除！”

“战略要地萨尔堡呢？”布拉德利问。

“已经攻占，”巴顿回答，“我们在萨尔河对岸修建了一系列桥头阵地！”

“这么说特里尔已经陷入你的包围？”

“对，我再悄悄地利用第 10 装甲师攻下特里尔。老朋友，在你面前不说假话，我马上命令部队中断与上级的一切电讯联系，命令部队快速奔袭，争取在 3 月 1 日夺取这个战略要地！”巴顿说。

“好，我会保持沉默！”布拉德利回答。

巴顿兴奋了，只要布尔将军他们不知道第 10 装甲师在进行第二次激战，拿下特里尔就好办了。他走出指挥部，向各战斗部队发出直指特里尔的命令。

特里尔城内德军防线，官兵们一片混乱。第 6 装甲营营长按照规定应掩护特里尔城内司令部撤退，但他早就把这道命令甩到脑后。站在甲板上指挥部队沿一条道路撤退，步兵、炮兵和其他特种部队的指挥官们都在吃惊，装甲部队在其他部队没有撤之前是不能撤的呀！

“少校先生……”

“混蛋，我们装甲兵没有义务掩护你们撤！”第 6 装甲营的营长拉吕利少校截断一个作战参谋的话，“请你转告你们长官，第 6 装甲营需要保存实力！”

司令部的作战参谋，眼睁睁地看着好几辆坦克“轰隆隆”地开走了，他沉思片刻爬上了最后一辆坦克。搭乘坦克逃跑总比自己两条腿跑得快，谁不是盼望尽快脱离战区，脱离美军的追击！而美军第 10 装甲师埃利奥上校的部队，这时已经突破德军特里尔市郊防线，攻入城内，发现大批德军溃逃后，还有一股德军占据着特里尔城司令部以东的一栋房子，十几门迫击炮和反坦克炮是从房子四周打出来的，从房子里扫出来的机枪子弹在倾泻，将美军攻击部队阻挡在大院外面，伤亡还在不断地增加。埃利奥上校心急如焚地命令：“上尉，快上！”

“报告长官，我坦克被炸坏了不能行驶！”上尉回答，“请求带乘员出击！”

“坦克坏了？只要你们有一口气就应该将德军赶进坟墓！”埃利奥上校命令。

上尉极有号召力，他首先从炮塔上探出头呐喊：“跟着我，搭乘路过的坦克前进！”

美军坦克“隆隆”地开过去了！

28 日开始，美第 10 装甲师高速向特里尔推进，闯过三道地雷区，进抵德军反坦克炮兵阵地左前一阵火力急袭，总算突破德军城郊防线，杀进特里尔城，巴顿每半小时电话询问一次。深夜，巴顿夺取特里尔城时，他立即口述一封电文：

“作战部长布尔将军，第 10 装甲师作战勇猛，在几天的拼杀战中一直在攻坚，已经完成作战任务，现在我向你报告，立即归还第 10 装甲师建制……”

巴顿口述完电文，又对作战参谋说：“通告各部队，打扫战场，天亮后抓紧时间休息，准备攻夺科布伦茨！”

第 3 集团军的将士们，从战场抬下伤员，掩埋好阵亡的官兵，又一场争夺科布伦茨的血战在等待他们！

第四十三章　悲哀的德军少将

小引

德军 9 个师的兵力，在美第 3 集团军的巨大打击下溃退到摩泽尔河以东，进入洪斯吕克山区后，各师按团为战斗群筑成一道道新的防线，企图在这一地区利用有利地形重创美军。

德国西部防线已基本瓦解，艾森豪威尔给盟军有功人员授勋

3 月 18 日，巴顿将军的第 3 集团军已经攻达德军在这一防线的战略重镇科布伦茨，对科布伦茨最后一战于下午 4 点开始，大炮齐袭，一排排炮弹带着愤怒向德军防线猛击，炮火的硝烟淹没了整个科布伦茨城！

“前进！”美军海奇特少校率领部队，在炮击后爬上德军阵地，挥枪命令，自己亦持枪跳入德军战壕与德军展开肉搏。

德军一个师的预备队赶到了，反击的炮火掩护 52 辆坦克直扑过来，美军海奇特少校一看大批德军反击上来，忙拿起电台授话器：“报告师长，在我突击队正面出现一个师的敌增援部队！”

“明白，你们顶住正面压力，我方攻击部队正在迂回途中，5 点钟就会切断敌人退路，决不能放走一个德军！”师长回答。

“海奇特少校明白！”

在 3 月 1 日夺取特里尔城，将第 10 装甲师归还给总司令部作为预备队后，巴顿找到正在研究战局的战略主任波士克上校，问：“上校先生，艾佛尔战役该落幕了，我们下一场大战你认为该在什么地方？”

“将军阁下，20 天前你告诉我，艾佛尔战役一接近尾声，就应该研究法尔茨战役，目的是攻克科布伦茨这一战略要地。”

“这么说你正在研究法尔茨战役和夺取科布伦茨的战术？”巴顿问，“是吗？”

“将军，我已经研究过，攻克科布伦茨，我们现在的兵力不够。”

“还要多少？”

“至少还需一个装甲师，一个步兵师！”

巴顿沉默着：怎么样向上级伸手借到两个师？

3 月 9 日，巴顿奉命赶到集团军群司令部所在地列日，参加一次授勋仪式，晚上，巴顿匆匆赶到最高司令官艾森豪威尔的临时休息室，布拉德利将军正好也在座。巴顿用异常惊喜的目光扫了他俩一眼后，就将目光盯住艾森豪威尔：“艾克，我给你看一封足以让你激动的电文！”

艾森豪威尔看了他一眼接过来：

“巴顿将军，我作为你的参谋长，非常高兴地向你报告。埃迪将军指挥的第 12 军先头部队，已经夺取摩泽尔河上一座完好无损的大桥，部队已在桥头建立了坚固的桥头阵地，为扩大战果，能否请你立即报告集团军群司令布拉德利将军，最好能有一个装甲师、一个步兵师支援我们，若布拉德利将军拒绝，我建议你向最高司令艾森豪威尔将军报告。

第 3 集团军参谋长：盖伊”

“你想趁热打铁？”艾森豪威尔说着，顺手将电文交给布拉德利将军，“提前打响法尔茨战役？”

“是这样想的，”巴顿说，“若有可能，请将第 80 师借给我们用一次，像第 10 装甲师那样，打完攻坚战立即归还，说话绝对算数！”

第 80 师原为第 3 集团军主力，后划归最高司令部的预备队。艾森豪威尔与布拉德利简单地商量几句后，对巴顿说：“我立即告诉布尔将军，第 80 师交给你继续指挥，参加法尔茨战役！”

得到一个步兵师，巴顿虽然高兴，但要再得到一个装甲师得采取什么办法呢？

3 月 16 日，巴顿将军正在午休，参谋长盖伊将军突然闯进门异常兴奋地说：“司令阁下，急电，急电！”

巴顿愣了一下忙接过电文：

“艾森豪威尔将军在参谋长史密斯将军陪同下，前往布拉德利将军司令部视察，因气象问题飞机无法着陆，改在巴顿将军辖区的机场着陆，请在 30 分钟内做好接降飞机准备……”

“30 分钟，半小时，”巴顿的脸上浮现出笑意，“盖伊，不能错过这次机会，立即通知仪仗队、军乐队，对两位最高指挥官作隆重欢迎！”

“是！”

“慢，”巴顿叫住扭头就走的盖伊，“通知参谋处的菲娜丝小姐，请她在 1 小时内找 4 位具有无限魅力的小姐来陪陪我们的贵客！”

盖伊将军是巴顿亲手培养的心腹，又是巴顿的参谋长，能把巴顿的策划一一具体实施。艾森豪威尔一行一走下飞机，就受到仪仗队、军乐队的热烈欢迎，这是他们在视察其他部队时从未领受过的礼遇。艾森豪威尔一行在巴顿的陪同下又视察了三角地区，晚宴极其丰富，自战争以来，特里尔城最盛大的场面可能就出现在 3 月 16 日了。在香槟酒与各种美味佳肴的包围之中，4 位迷人的年轻小姐陪伴着艾森豪威尔一行，使这位盟军最高指挥官感到无比的温馨惬意。巴顿示意小姐们频频为艾森豪威尔敬酒、送菜。巴顿看在眼里、乐在心头，寻找着机会表达内心深处潜伏的要求。

终于，小姐们按照巴顿的眼色，将敬酒的高潮转向了史密斯将军，巴顿乘机对艾森豪威尔说：“艾克，我有个事想请你支持。”

“啊，什么事？”艾森豪威尔放下酒杯问。

“第 3 集团军进展顺利，但德军撤到摩泽尔河以东后，在洪斯吕克山建立有坚固防线，为尽快突破这一防线，不给科布伦茨的敌人有喘气机会，我想请你再给我一个装甲师。”巴顿说完盯住艾森豪威尔，“请最高司令先生考虑。”

艾森豪威尔将酒杯送到嘴边又放下来，沉默一会儿后说：“好吧，第 12 装甲师由你指挥，两天内赶到你指定的战区！”

巴顿听着立即命令身后的作战参谋将战时命令备忘录交给艾森豪威尔，艾森豪威尔将军愉快而又流利地写下了命令。巴顿看着简直要跳起来表示感谢！但他尽力地压制这种激动。

热情地送走艾森豪威尔一行，已经是第二天上午10点了，在机场跑道尽头，飞机刚离开地面，挥手送别的手尚未放下来，巴顿就大声对作战参谋们说：“先生们，我们又胜利了，快开会，立即开会！”

一个对德军更新、更快、更有打击力的战术下达了，德军处于四面楚歌之中……

德军前沿阵地，参谋长培帝斯少将走出战壕，看到科布伦茨城一片火海，炸飞的武器、汽车、装甲车及建筑物使科布伦茨城成了一片废墟，四处残肢分散的大街小巷上，争先恐后逃命的官兵完全没有了昔日的风采。有个别军官无力执行命令，只好自杀在指挥部。培帝斯少将看到阵亡的师长、军长横尸在司令部外面的瞭望孔下，知道这是重炮炮弹爆炸的结果，万一又有一发打来他朝哪儿跑呢？他走到师长奥托尔跟前，看到他那无脑袋的死尸……

早在培帝斯与奥托尔师长奉命撤到摩泽尔河以东的洪斯吕克山区后不久的一天晚上，谨慎的培帝斯对比他年轻8岁的奥托尔说：“师长先生，洪斯吕克山区防线只能是阻击一下美军，凭此地理条件想死守是守不住的！”

傲气十足的奥托尔师长不耐烦地扭过头问：“你不知道我们有9个师进抵这一防线？”

“将军，”培帝斯参谋长指着地图，“巴顿的第80师和第12装甲师正向我方洪斯吕克山正面防线扑来，我们没有足够的炮兵反击他们！”

“有什么可怕的，我们正面的3个师完全可击溃他们。盟军有什么了不起，当初一败再败，只是这一年多我们才开始走噩运。我相信他们的噩运又要从洪斯吕克山战场开始了！”

“师长，你不要只把目光留在正面，”培帝斯参谋长急了，“美第4装甲师，在加菲的指挥下，与埃迪将军指挥的第12军协同作战，在科布伦茨南面渡过摩泽尔河，已经攻入我军右方，切断了我军退路！”

“第106装甲师在干什么，他们怎么不阻击呢？”奥托尔这时吃惊了，“这群混蛋为什么不阻击？”

“还有，”培帝斯参谋长接着说，“美军沃克将军的第20军的装甲部队，已经突破我军西墙防线，直指莱茵河。我们的部队一窝蜂般挤在施佩耶尔渡口，被美军派出的大批轰炸机轰炸，伤亡可惨啦！”

“别说了，别说了！”痛苦的奥托尔双手抱住头阴沉着脸，“仗打成这个样子，元首应该负责！”

“元首负什么责?”培帝斯趁机火上浇油，“他要我们负责。他有权枪毙我们，我们有什么权力处置他?”

“你……你要造反?”

“师长，我不过是说心里话，你若要讨好元首晋升中将，就去报告，处决我吧!”培帝斯干脆不要命了，“仗打得这样苦，为什么空军不支持? 这是因为空军忙着跟俄国人打，西线没有高空飞机升空了!”

奥托尔此时不再吭声了，他跟培帝斯参谋长的这次舌战，也是他们最后一次争论。今天，他死在美军的重炮下面。

现在，少将们一行死在了阵地，只有培帝斯参谋长暂时还保存着生命。他走到一个负伤的炮兵团长跟前，看到抬他的担架兵都死了，没有死的早已逃走，他弯下腰托起上校，上校一眼认出他，忙吃力地说：“少……少将先生，请救……”

培帝斯少将摇摇头走了，这个上校昔日总是趾高气扬，今天才不会顾他的死活呢!

“报告将军，美军已经突破我军防线，两个团的兵力已经攻入科布伦茨城!”一个作战参谋报告。

“中校先生，命令部队各自为战，决不投降，与阵地共存亡!”培帝斯命令。

“施佩耶尔渡口的死尸堆积如山……”

“执行命令!”培帝斯堵住他的嘴，“快去!”

中校凝视着他没有立即就走，他好像有满腹的话要说，但又不知怎么样开头才好!

“执行命令，中校先生!”培帝斯重复一句。

中校像突然想起什么，举起手枪顶住自己脑门，一字一顿地说：“将军，德意志帝国完了，元首征服世界的梦破灭了，永别了!”说完他指头钩住扳机，一声沉闷的枪响结束了又一个罪恶的生命……

培帝斯少将惊异地伏在地上喘气，看到大群大群的官兵从战壕中逃出来横冲直撞寻找溃逃的道路，而又都被美军机枪扫射回来，心里更是烦乱，他忙站起来大吼：“拼，跟美军拼命，拼命!”

争相逃命的官兵根本不把他放在眼里了，从他身边纷纷逃走。培帝斯恼怒地抱起一挺捷克式轻机枪，对着溃逃的官兵就打：“混蛋，败类……”

顿时，在培帝斯少将的枪口下倒了好几个溃逃的德军。一个负伤的上校吃力地转过身子，在四具死尸缝中竭力地抬起手，举着鲁格尔手枪，瞄准着参谋长培帝斯少将的脑门“砰”地打了一枪，培帝斯手中的枪哑了，他栽倒在死尸之中，正溃逃的德军得救了。

美军海奇特少校在伤亡惨重的情况下，顽强地死守正面阵地，完成了正面吸

引德军主力的作战任务。5 点整，大部队彻底围歼了德军，海奇特少校在 4 点 40 分时不幸战死，他没有看到法尔茨战役的最后胜利。巴顿将军给艾森豪威尔的报告是：

“……攻占科布伦茨，法尔茨战役胜利结束，击毙击伤敌数正在统计之中，生俘敌 86 466 人……”

第四十四章　争夺莱茵河桥头阵地

小引

3 月 25 日，巴顿的部队在争夺哈瑙与阿沙芬堡附近的莱茵河桥头阵地时，德军组织主力野战部队，在装甲部队、炮兵的协同下进行了疯狂的反扑！

盟军对鲁尔区德军实行分割

美军史克威中校组织的敢死队这时赶到一线，他环扫一眼桥头阵地，突然呐喊着：“西佐尼中尉，西佐尼快过来！”

西佐尼中尉左右一看，知道中校在命令他，一溜烟赶到史克威中校跟前。史克威中校指着前面说：“敌人一支敢死队上来了，你从右迂回上去，把敌人打掉，打掉！”

西佐尼中尉顺着中校的手指方向望去，德军利用美军炮火的硝烟作掩护，正沿着一条残破战壕快速冲过来，看样子足有一个营的兵力。莱茵河桥头的争夺战越打越残忍了！

“我们用迫击炮吸引敌人，你迂回过去后向敌人背后突发猛击，明白吗？”史克威中校说。

“明白！”西佐尼中尉回答后，扭头扫了眼又回过头来，“再给我一个排的兵力吧！”

“敌我兵力是有很大差距，给你补充一个排也有些困难，请你见机行事，多动脑子！”

“是！”西佐尼中尉回答，率领着队伍飞快地走了。

德军凡尔特上校率领的敢死队，已经反击到莱茵河桥头美军阵地前的823高地下面，再一鼓作气就可夺取823高地，那时居高临下，轻重武器协同作战就会封锁莱茵河桥头美军阵地，后续部队若及时赶到，夺取美军阵地是很有可能的。凡尔特上校举着望远镜观察823高地，又注意莱茵河桥头美军步、炮协同的阵式，一拍大腿兴奋地呼叫：“少尉，纳勒雷少尉，把机枪抬过来，快把机枪抬过来！”

纳勒雷少尉服从命令抬过重机枪时，两发美军炮弹在他右前仅四五米的地方爆炸，在火光一闪的刹那他本能地卧倒，炮弹片“唰”地从头顶飞过，他将头埋在炮弹坑中，听到有人发出“啊呀”一声痛苦的呼叫。

负伤的人不少，纳勒雷少尉恐惧地抬起头，一条大腿血淋淋地横在眼前，他愣了下左右环扫，几具被炸死的尸体都不完整，显然美军是用密集炮火集中反复轰击阻击他们的反攻。

“上！”纳勒雷少尉咬着牙发狠了，他拖住机枪滚进一条战壕，“活着的注意，我掩护你们上，快！”

德军没有伤亡的官兵服从命令向美军阵地悄悄地爬去，他们手中的手雷、炸药包都准备倾泻进美军阵地，他们只有一个目标——夺回失去的莱茵河桥头阵地。

美军西佐尼中尉率领敢死队进抵德军背后时，跑在最前面的索比斯上士不知什么时候爬上了一个小土包，他在上面用手舞着枪就是不说话。机敏的西佐尼中

尉断定是有情况使他不能大声说什么，忙飞快地冲上去，不等他站稳，上士就指着前面德军的屁股：“长官，敌人都集中在这里，把机枪统统架在这里扫死他们！”

“不，”西佐尼中尉冷笑着，“我们要防止敌人反扑，你带机枪班守在这里，我带人从两翼打响，敌向这边冲过来抢占这座高地时，你们再迎头扫射！”

美军敢死队在西佐尼中尉的指挥下分头行动，他们将在莱茵河桥头与德军展开大厮杀！

当3月18日巴顿得知科布伦茨被其部队攻占时异常兴奋，他对作战参谋们命令：“告诉全线部队，虽然法尔茨战役取得胜利，但决不能放松战斗激情，应全速向莱茵河推进！”

“将军，未作任何休整的部队……”

“少废话，3月21日必须抢占到莱茵河渡口，扫荡各渡口守敌，22日应实现对莱茵河以西德军的合围之势！”

巴顿将军的命令不折不扣地传达到各部队。很快，到了23日的清晨6点40分，巴顿的直接上司，集团军群总司令布拉德利将军正在用早餐之时，电话铃响了，战时电话、电台就是指挥官的耳朵、眼睛，军官们伴着电讯系统睡觉、吃饭。布拉德利忙拿起电话，巴顿将军在电话中异常兴奋地说：“将军阁下，早上好！”

“乔治，早上好！”

巴顿兴奋地说：“我想早上给你的神经系统再次注进兴奋剂！”

“啊，又打大胜仗啦？”布拉德利将手中的面包放下，抓起桌上一支笔准备作记录。

“21日，”巴顿说，“所有通往莱茵河的战略要道、渡口被我军攻占，所有守军被我们肃清！”

“好，很好，这为全胜开辟了通道！”布拉德利赞扬道，并站起来两眼注视地图。

“22日，”巴顿更加兴奋，“我集团军主力，对莱茵河西岸之德军进行全方位合围，死伤无法统计，生俘之众达1.2万！”

“啊，了不得，”布拉德利大声赞扬，“这说明我们的敌人正在彻底崩溃，战场形势比我们预想的发展要快，攻过莱茵河的时机成熟了！”

“是啊，”巴顿语气缓慢下来，情绪似乎也低落了些，“既没有先头部队的快速掩护，又没有地面重炮掩护，将军阁下甚至没有授权我攻过莱茵河，我不敢行动啊！”

“嘿，”布拉德利叹口气，“蒙哥马利正在准备抢在我们前面渡过莱茵河，他们已经准备了新闻发布稿，要向全世界宣告，大英帝国的军人首先征服莱茵河，攻入德军腹地的腹地！”

“将军，蒙哥马利在做梦！”

“做梦？”

“对，”巴顿扯起了高亢的嗓门，“昨天（22 日）晚上 11 点，我第 5 师两个营渡过中欧天堑莱茵河。今天拂晓前第 5 师又有 6 个营进抵莱茵河对岸！”

“伤亡大吗？”布拉德利急切地问。

“将军，仅仅伤 200 人、死 80 人，全师已经渡过莱茵河！”巴顿说，“我没有得到阁下的命令擅自渡过莱茵河，你肯定要批评我，但我又无法克制这种兴奋，请你暂时保守秘密！”

布拉德利将军无比高兴，他已经得到可靠情报，英军蒙哥马利定于 3 月 24 日攻过莱茵河，英国首相丘吉尔为庆祝蒙哥马利的第一大功，特地请高级秘书精心策划了一份宣扬显赫战功的讲稿。他们哪里知道巴顿已经在 24 小时之前夺取了这一具有历史意义的战功呢！

3 月 24 日上午 8 点，巴顿身着美利坚合众国陆军将军服，戴着他标志性的头盔，出现在莱茵河畔，他的左右是埃迪将军、科德曼将军以及大批将校，他们用胜利的微笑凝视着莱茵河……

巴顿在这关键的时刻没有被胜利的欢呼淹没每一根神经，他命令：“迅速穿过美因兹到法兰克福至达姆施塔特的三角地区，必须于 3 月 25 日攻占哈瑙与阿沙芬堡附近的莱茵河桥头阵地！”

部队在坚决执行巴顿将军的命令，然而，德军在莱茵河桥头疯狂地反扑，一场争夺战打得异常艰苦……

现在，索比斯上士他们的机枪响了，德军背部遭击顿时一片混乱，两个远距离的投弹手各自寻找到了最佳投弹制高点之时，西佐尼中尉一声咆哮：“投弹！”

“投！”两个投弹手异口同声，手雷直飞德军群，轰击声中德军一看左右受到攻击，正面机枪打得紧，处于四面包围之中惊恐地四下溃逃，然而有一部分德军仍然在原地利用有利地形反击。西佐尼中尉前面有十几个官兵顿时栽倒。

“中尉，敌指挥官！”一个士兵报告，“在右前！”

西佐尼中尉定睛一看，五挺机枪、四门野战炮、三门迫击炮正疯狂地反击，几乎所有的重火器都在开火，两个军官模样的敌人正率部向东北方向溃逃。

“波德埃少尉！”西佐尼中尉命令，“打掉敌指挥官，打掉敌指挥官！”

“明白！”波德埃少尉回答完，又急忙问，“在什么方位？”

“东北方向，敌人正在溃逃！”

波德埃少尉顺着西佐尼中尉指示的方位望去，目睹四个德国士兵掩护着两个

军官，沿着一条战壕突围，山包上的机枪火力被另一路德军吸引住了。整个德军阵营处于掩护军官突围的态势。

“科雷曼，”波德埃少尉对狙击手命令，“把敌军官干掉，快!”

“是!”科雷曼顺势一跃卧倒在一个小坑里时，一个德军投来一枚手榴弹，在小坑左后两米多远的地方爆炸，掀起的泥土洒在他背后，一块小石头“咚”地打在他脑后流出了血，他摸了下头忍住疼痛，举枪向敌人瞄准，“砰”的一枪击中一个跑在前面的敌军官，后面的敌军官与卫队“唰”地卧倒，紧接着一阵突袭的弹雨倾泻而来，科雷曼来不及回避就脸部中弹……

“科雷曼中士!”波德埃少尉呼叫着冲上来，“你不能死，不能死!”

科雷曼中士吃力地睁开眼睛，微动着嘴唇：“长……长官，枪，给我枪……”他说不下去了。

“枪!”波德埃少尉轻轻地放下停止呼吸的中士，从牙缝中挤出一个字，抓起枪就向德军冲去!

西佐尼中尉一看波德埃少尉冲上去了，忙命令左右：“压制敌火力!”

德军火力渐渐地减弱了，战地的硝烟更浓了，美军史克威中校的敢死队呐喊着杀向德军……

莱茵河桥头阵地上的美军，终于击败了德军的疯狂反扑!

3 月 28 日，美军第 4 装甲师向北推进 36 英里与第 1 集团军胜利会师。这时，一个新的作战计划马上就交给巴顿实施——第 3 集团军的任务是迅速穿过德国中部，直抵易北河畔!

第四十五章　向德国中部进击

小引

4 月 15 日中午，巴顿的第 3 集团军在德国中部地区的克姆尼茨近郊，装甲部队做好突破德军在克姆尼茨最坚固防线——716 高地的准备！

美第 7 集团军向德国南部发展，攻入纳粹发源地慕尼黑

12 点整，捷布洛少校刚命令他的 15 辆坦克摆成攻击队列，德军的重炮炮弹就在前面炸开了，紧接着反坦克炮、野战炮一齐咆哮着，一串串炮弹打在坦克后，左右一片硝烟，不知是谁的坦克被一枚穿甲弹击中，巨大的爆炸声中，刺眼的火球冲上长空。

“捷布洛少校，我是伐卡尔上校，请你立即突破德军炮火封锁区，到德军重炮阵地前抵近攻击，掩护步兵前进！”

“上校先生，捷布洛少校立即执行你的命令！”

“打掉德军重炮与反坦克炮兵阵地，你左前的野战炮、迫击炮兵阵地由步兵收拾！”伐卡尔上校命令。

捷布洛少校不顾受伤的危险推开炮塔盖时，他所指挥的 15 辆坦克全部高速前进，正在积极地闯过德军炮火，速射的坦克炮弹也准确地向德军攻击！

3 月 28 日，巴顿指挥的第 3 集团军第 4 装甲师与霍奇斯指挥的第 1 集团军胜利会师后，巴顿将军奉命赶到上司布拉德利将军的指挥部。布拉德利将军热情地招待老朋友吃完晚餐，已经是晚上 9 点钟了，他乘着酒兴指着地图说：“乔治，请你来，其一是祝贺你前一段时间的胜利，其二是执行‘布拉德利作战计划’。”说完他指向地图上一道道线条。

巴顿看到地图上布满各种坐标，红、绿、黄、黑各种色彩纵横交织的线条，立即意识到有恶战、大战在等着他，顿时热血沸腾：“布拉德利将军，有这等好事等着我，这么说我又有晋升四星上将的机会？”

“你晋升四星上将的报告可能很快就批准下来了，”布拉德利将军说，“在莱因贝格会议上，我与艾森豪威尔将军共同提出作战计划，丘吉尔、布鲁克两位阁下都认可，所以他们称其为布拉德利作战计划。”

巴顿沉默着，两眼盯住地图，一会儿后问：“布拉德利将军，你能讲具体一点吗？”

“苏联人调集 80 个师已经进抵尼斯河，距柏林仅 35 英里，而我们距柏林还有 100 余英里，攻占德国政治、经济中心柏林我们是心有余而力不足，而且根据协议，战争结束后苏占区包括易北河以西 90 英里的整个德国东部。我的这个作战计划，就是穿过德国中部，直抵易北河畔！”布拉德利将军说。

巴顿明白了，柏林及其未来的东德地区，战后是会交给苏联人的。现在是集中力量打到易北河与苏军会师！

“我的理解，”巴顿说，“装甲部队搭载步兵，沿韦拉河两岸所有能利用的道路，进抵爱森纳赫，越富尔达河，打破德军利用埃德河、富尔达河、韦拉河修建防御阵地的企图，争取尽快攻占米尔豪森、戈塔与苏尔等战略要地！”

“完全正确！”布拉德利兴奋地挥起拳头。

巴顿的思路总是与上司布拉德利保持一致！

4 月 10 日中午，巴顿命令部队向穆尔德河前进，5 天内必须推进 80 英里进达克姆尼茨。

4 月 14 日，巴顿在美因兹举行莱茵桥通车典礼，在这里他得到颇感欣慰的消息，他已被授予四星上将军衔！

而现在是 4 月 15 日，巴顿要用实战胜利的功绩来庆祝他晋升四星上将！

德军 716 高地指挥官伏泰康准将走出战壕，一股炮弹爆炸的热浪直扑而来，他闪电般跃入另一个掩体时，副军长达哈森少将正在朝身上套一件士兵服，而他的少将军衔及其将军服已经脱下甩到了地上，不用问，伏泰康准将就明白他是要逃走了，于是忙走过去谨慎地问："将军，美军攻击火力很猛，先头部队已经突破我军第一道防线，我们是否组织反击，把失去的阵地夺回来？"

达哈森少将扫了他一眼，他左右的卫兵一律拿着冲锋枪注意四周动态。

"将军，再不组织反击，第二道防线是要出事的！"伏泰康准将说。

"巴顿的第 3 集团军，"达哈森应付准将，"是打算穿过我国中部，直抵易北河畔与苏军汇合，这一战略目标我们无力阻拦了，元首的命令我已经无力执行，只好去请求增援，现在我任命你为一线总指挥，与 716 高地共存亡。"说完一挥手，"走，保护我，去请求增援！"

卫队护卫着达哈森少将快速地消失在战壕中。

伏泰康准将走出掩体，司令部警卫连长柏切韦上尉神秘地走近他："准将阁下，有人要逃跑！"

"谁？"

"副军长达哈森少将！"

"达哈森少将？"

"他以请求增援部队为理由，已经脱离战场！"

"他逃跑，阁下为什么不阻止？"

"我……我有什么权力阻止副军长？"

上尉凝视着伏泰康准将，举起手枪对着自己的脑门叹道："将军，永别了！"说完枪响了。

伏泰康准将目睹上尉倒下，他扭头问赶过来的上校参谋处长："亚历山大上校，跟克姆尼茨城的电话通了吗？"

"电话不通，电台被炮火击毁，达哈森副军长赶进城请求增援，刚才在战壕里被炮火急袭炸死，卫队也全部伤亡！"亚历山大上校回答。

仅仅四五分钟时间副军长就阵亡了，战场上死个人比和平时期死个蚊虫还简单啊！伏泰康准将不敢多想了，拉了把上校的右手，两人走进一个小掩体，在四

周无其他人的情况下，伏泰康右手抄在口袋里问：“上校，716 高地是守不住了，克姆尼茨的外围阵地也是保不住了，克姆尼茨也是几天内就会被美军攻占，你有什么打算？”

“与 716 高地共存亡！”亚历山大上校坚决地回答。

“你……你真想战死吗？”

“准将先生，又有什么办法呢？”

“派人与美军联络，向他们投降！”

“投降？”

“对，只有投降才是唯一出路！”

“我……我不能接受！”

“你有两个选择：一、自杀在这里；二、立即回克姆尼茨城！”

“准将先生，我已经说过与 716 高地共存亡！”

“好，”伏泰康准将拔出手枪，“那就共存亡吧！”说完“砰”的一枪击毙了他。

处决完上校，德军准将走出掩体，二线阵地已经被美军突破。重炮阵地与反坦克炮兵阵地的炮声停止了，只有步兵的冲杀声与坦克机枪的扫射声以及爆炸声。不知是谁已经举起了用白布制作的白旗，这是告诉美军停止进攻，716 高地的战事进入尾声了。伏泰康准将也从口袋里拉出早就准备好的白毛巾抓在手中举起，向美军摇晃……

太阳西下时，美军夺取了德军克姆尼茨城外的防线，巴顿命令他们乘胜前进！

前进！前进！

4 月 22 日，巴顿指挥第 3 集团军的 3 个军，沿阿尔特米尔河、多瑙河、伊萨尔河推进！势如破竹，沿途德军全部肃清。

5 月 2 日，巴顿进抵萨因河，攻占布劳瑙。

5 月 4 日，攻占林茨。

5 月 5 日，巴顿指挥 54 万兵力向捷克斯洛伐克攻击前进。同日，布拉格城守军瓦解了。

5 月 6 日，巴顿在欧洲战场进行最后一次战斗，因为他知道第二天德军将无条件投降。

5 月 10 日，巴顿下达第 98 号命令：停止战斗！

纵横反法西斯战争的西线战区，巴顿将军指挥的第 3 集团军，在 281 天的激战中，在直线 100 英里宽的战区，推进 1 000 多英里，攻占 82 511 平方英里，解放 1 384 座城镇、村庄，击伤敌人 388 627 人，击毙敌人 154 853 人，俘虏敌人

989 343 人。巴顿，在解放欧洲的反法西斯战争中，发挥了杰出的军事指挥才能。

不幸的是，1945 年 12 月 9 日，巴顿将军惨遭车祸，颅部重伤，于 21 日下午 5 时 49 分与世长辞。他的遗体安葬于卢森堡哈姆美军公墓，墓碑上刻着：乔治 S. 巴顿，第 3 集团军将军，1945 年 12 月 21 日。